わが世の物語

Anna de Noailles〜Le livre de ma vie

アンナ・ド・ノアイユ自伝

アンナ・ド・ノアイユ
白土康代 訳

藤原書店

リュイネス公爵夫人の手になる、11歳のころのアンナの肖像画

左から、妹のエレーヌ、兄のコンスタンタン、アンナ（8歳）

アンナの父、ブランコヴァン大公

少女時代のアンナが至福の時を過ごした、レマン湖畔のアンフィオンの別荘

15歳のアンナと妹のエレーヌ

舞踏服を着た20歳のアンナ

友人たちがふざけて「トルコ風呂」と呼んでいた、お気に入りの寝椅子に横たわるアンナ。
『日々の影』出版（1902）のころ

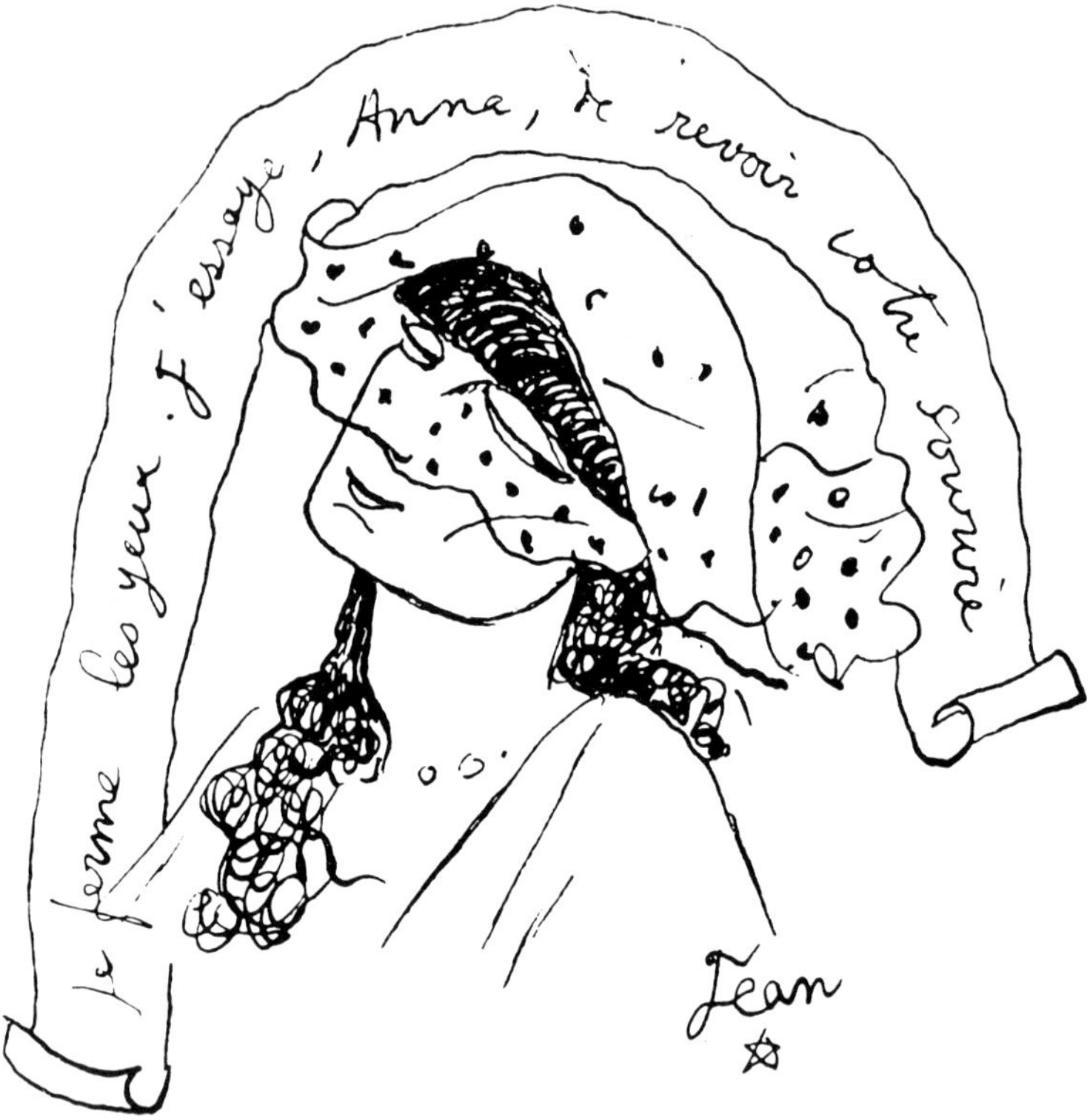

ジャン・コクトーがその『思い出の人物たち』(1935 年、グラッセ社) に描いたアンナ。
「目をつぶり、アンナ、あなたの笑いを思い浮かべてみる……」

一九七六年、生誕一〇〇年を記念して出された切手

日本の読者へ（特別寄稿）

ミシェル・ペロー
（パリ第七大学名誉教授・歴史学）

今日では、いささか忘れられているが、アンナ・ド・ノアイユ（一八七六〜一九三三）は、当時は、いくつもの理由により、もっとも有名な女性の一人であった。その名跡により、会話の妙手であった彼女が、庇護者としてパリ中の名だたる作家、芸術家たちを広く迎え入れていたサロン（そのサロンは彼女の死後、甥のシャルル・ド・ノアイユ、マリ＝ロール・ド・ノアイユによって受けつがれた）、長い間恋人であったモーリス・バレスから、マルセル・プルースト、ジャン・コクトー、マックス・ジャコブ、レオン・ブルムにいたる広範な交友関係、その美貌、すみれ色の目、白鳥の首、か細い手と洗練されきった装い、とくにその帽子により、そしてなによりも、その作品によって有名であった。なぜなら彼女は女性作家たろうとし、現に女性作家であったからである。小説、エッセイ、とりわけ音楽家たちに影響をあたえた詩などの作者として彼女は一七冊の本を著した。ジョゼ・ド・エレディアとルコント・ド・リールの系譜につづく音楽性豊かできらびやかな美しい詩句を作ったが、それは戦後、前衛的なシュールレアリスムの詩人たちの揶揄の的となった。アンドレ・ブルトンとルイ・アラゴンも彼女をほとんど評価しなかったが、それは詩の形式上の理由もさることながら彼女が貴族であるという社会的な理由からでもあった。

ところが、一七八九年八月四日の夜、特権の廃止を提案した代議員の一人ノアイユ子爵の後裔である彼女は断固とした共和主義者であったのである。彼女は人権を高らかに宣言した大革命、急進的な共和国、さらにはジャン・ジョレスや人民戦線の未来の領袖レオン・ブルムの社会主義に強くひきつけられ、支持した。反ユダヤ主義の台頭を知りながら、決然とドレフュスの側にも立ったのである。彼女は新旧の二つの世界に同時に属していたといえる。彼女から『失われた時を求めて』のゲルマント公爵夫人の人物像のヒントを得たマルセル・プルーストはそのことをよく承知していたのである。

両大戦間に出された主な雑誌の一つ『ヌーヴェル・リテレール』の主幹、パリ文壇の明敏で無遠慮な観察者、モーリス・マルタンは最近刊行された彼の年代記『記憶すべきことども』（ガリマール社、一九九九年）の中で、四十回も彼女を引用し、今まさに老いにむかいつつあるこの女性詩人に、すばらしくはあるが時に残酷な数ページをささげている。死にいく身であることを常に意識しつつも、老いることは願わなかった彼女であったのに。一九三三年に五七歳で彼女がなくなった時、思い出を大事にする気持ちから、葬式に列席することを拒んだジャン・コクトーは「亡くなってしまわれた！彼女は生涯ただそのことだけを願っていたのだから、満足にちがいない」といったのである。

彼女がなぜ時に忘れられることがあったかはいくつもの原因が説明するだろう。まず、人々の趣味、世相の急速な変化をもたらした戦争である。第一次世界大戦前には際立って輝いていたアンナ・ド・ノアイユは、第二次大戦によって命脈を断たれた。流行遅れとなった文体、高踏派やバレスへの傾倒、東洋的異国趣味、叙情的な難解さなどもその原因である。さらに世間に順応しようとしない女性の孤立もあげられるだろう。彼女は極端な女性らしさと、創作と自由という男性的な権利を同時に要求したからである。そうしたことはすべてたとえ前衛的な人々でもまず容認しなかったことなのである。

今日、人々は彼女を再発見し始めている。一九九三年にはモーリス・バレスとの書簡集が刊行され、一九七六年には、一九三二年に出された『わが世の物語』がより完璧な版で出され、再び在庫切れとなっている。ベルナール・ラップはテレビ放映された豪華番組「世紀の作家たち」シリーズにおいて彼女を取り上げた。今、人々は再びアンナ・ド・ノアイユを喜んで迎えようとしている。なぜなら、彼女は確かに女性作家として、そして単に女性としてさまざまな点において再発見されるに値するからである。

死の少し前の一九三二年に発表されたこの未完の自伝『わが世の物語』から再発見を始めるのはすばらしい考えである。これは本当の自伝というよりは、自己形成、作家としての使命とはどういうものかをつかもうとしている女性の、思春期の、さらには子供時代の思い出が語られているというべきかもしれない。ここには、奇妙なことに、日付や年代を示す記述があまりない。時間に沿っての物語というよりは、理性的で、同時に夢見がちな幼い女の子、甘やかされてはいても孤独な子供、この世における自分の場所について苦しみ、不安になっている娘の「悲痛な」心に深く跡を残している場所、人々、出会い、旅、とりわけ読書などが生き生きと思いおこされ、語られているといったほうがいいかもしれない。この作品から浮かび上がってくるのは、美しさにたいして敏感で、憐憫の情が深い人柄、自分を取り囲む人間やさまざまなことがらを鋭く深く理解し、その感動を伝えることができる知性の持ち主である。これはまた今は失われた社交界と、人々を魅惑し、自ら創造もしたひとりの女性についての生き生きとした証言にもなっている。

ワラキア公国の大守で、母方の血筋のブランコヴァン家の名をも受け継いだルーマニアの公子と、ギリシアの名門の出身で音楽の才能にあふれたラウルカ・ミシュルスの間に生まれたアンナは、気配りと愛情にあふれた幸福な子供時代を過ごした。それでも彼女は両親との隔たりを嘆いている。社交上のさまざまな義務に忙殺され、子供たち——アンナと妹のエレーヌ、あまり語られていない兄——は、ほとんどいつも召使いたち、とくにきびしい家庭教師たちに任されていたからである。たとえば最後には愛情を感じることになるのであるが、あのしつけのきびしいことで名高い「ドイツ人婦人家庭教師」に。父親は、その男性的な規律が自慢のサン・シール陸軍士官学校仕込みの軍人的なやり方ですべてをとり仕切り、家内全体を自分の命令の下に支配していた。この第二帝政時代の忠実な信奉者である父親がダリュ通りにある正ロシア教会での礼拝のあとで、オッシュ通りの豪奢な食堂に駐仏ロシア大使を迎え入れた日曜日の昼食会を思い出しながら、「最初に出会う男性は幼い女の子を驚かすものである。私は一切が彼に依存していることを感じていた」とアンナは言っている。一八七〇年の普仏戦争の「災厄」と、ドイツのものとなったアルザス、ロレーヌという失われた郷土の思い出は、そのいつ終わるともなくつづく宴会の話題となっていた。幼い彼女は黙ったままそんなことも観察していたのである。父親の死はその子にとって混乱のうちに経験した大きな不幸であった。「子供たちは不幸な事件においては余分な存在である」がゆえにいっそう大きな不幸であった。人々は子供たちをどうしていいのか分からず、何の説明もせずにただあっちからこっちへとつれ歩くばかりであった。

生活が陰鬱な雰囲気の中に再び始まる。厳格な執事、デシュ氏という人物の監督の下に母親は二年の喪に服するが、その喪服の黒色はだんだんに薄くなり、ついには有名なピアニスト、イニヤス・パデルブスキーとの出会いが、「習慣となっていた」喪から彼女を解放する。彼女は明るい衣装を身につけ、ヘアスタイルを変え、虚しい社交生活に時に疲れを感じながらも　再び家に友人を迎えるようになる。今では想像もできないほど大切にされ、しかも当時は作法や形式がこの上なくうるさかった「招待日」を、幼いアンナは自分は決して守ったりはしないと誓うのである。しかし、この美しく人々から愛された母親はアンナに二つの世界を開いた。一つは音楽の世界である。「私はあなたのピアノの箱から生まれたのです」。のちに優雅な震えるような仕種で彼女は叫んでいる。そして今一つは、母方の祖父がボスフォラス海峡を望むすばらしい宮殿に住んでいるイスタンブールへの旅の途中に開かれた東洋の世界である。この子供はそこで、ハーレムが存在し、女性だけを別棟に閉じ込めて住まわせるといった東洋的な生活をしているかと思えば、一方でとりわけヴィクトル・ユゴーを好む文学趣味をもっているといったような驚くべきひとつの家族を知ることになる。

アンナには同じ年頃の同性の友達があまりいなかったが、政界あるいは文壇のあらゆる種類の著名人と交わっている。例えば、大らかな性格の伯母ビベスコ公妃の家で出会ったイギリス国王エドワード七世とルイーズ王妃、ピエール・ロチ、詩人ミストラルを賛美しフェリブリージュ運動（南仏の文化擁護運動）を推進したポール・マリエトンといった学識豊かな人々や学者などである。その彼の家で、アンナはモーリス・バレスに初めて会うことになる。「ほんのしばらくの間であった。なぜなら私たちは互いに怖じ気をふるっていたから」と彼女は回想している。

家族、友人、あらゆる性質あらゆる出身の雑多な知人の回りに、さらに使用人がいる。父親の葬儀の時に子供たちを迎え入れたオッシュ通りの同情心あふれる門番夫婦、たとえばそれが仕事であるから、主人の喪服のことで頭がいっぱいになり、「王子の白い上着とネクタイを荷造りしお届けしなくてはいけない」と勧めたりする部屋係の小姓といった、あっぱれではあるが融通のきかない召し使いたちである。

なぜなら、こうした人々は非常に形式化された各家ごとのやり方、また社交上のしきたりによって決められた作法にしたがって動いているからである。それには階級意識、儀礼を重んじる気持ち、特別な日であるという感覚が入り交じっているのだろう。『わが世の物語』は、その中にアンナが豊富に用意した味わい、香り、彩りよってスタイルとファッションに関する社会学的な目録ともなっている。時代の美意識についての味わい深いページもある。当時はコルセットを使い体の丸みを盛り上がらせる豊満な「美女」にたいする嗜好があったことが分かる。「私はパッドで胸をふっくらさせた女の体が、朝っぱらから四輪馬車のステップにひらりと登り、手に日傘をもって狭い腰かけに座るのをなんども見たことがある……。私の子供のころの世に知れた美人たちはまるで肉の島であった」。「シルエット」という言葉は当時の語彙にはなかった。「ほっそりした手足、華奢な顔は人々を面食らわせたり、とまどわせたりしたものである」。スカンジナビア出身の声楽家の「か弱げな魅力」に人々は「彼女は病気ではないのだろうか」といった疑いを引き起こしたものである。ほっそりと痩せていることへの嗜好は、アンナもその一人であったが貴族階級の人々から支えられたスポーツ選手と、有名デザイナーたちに由来するのである。アンナ・ド・ノアイユはモードを美術にまで高め、装いのもつ作用を変化させることにも貢献した。彼女自身の装いのひとつひとつについて年代記作者たちはいちいち解説したほどである。彼女が私たちにもたらしたものは、彼女がのべたこと、書いたことと同様に重要であるといえよう。

彼女が属したこの上流社会を支える場所はごくわずか、基本的には二つ、パリとオッシュ通り、アンフィオンとレマン湖のほとりの美しい館である。アンナは、母親について、「彼女はパリで幸福であった、他の場所では生きていけなかった」と書いている。彼女自身は自伝を次のような愛にみちた宣言で始めているが。「私はパリで生まれた。この言葉は子供の時からずっと深い満足感をあたえてくれた。と、それほどにこの言葉は私を作りあげたのである」。しかし子供時代のパリは「広く、高く、赤い毛織物で覆われた階段が渦巻いているオッシュ通りの透明な館」に収約される。彼女は贅をこらした居間、東洋風の私室、ダニューブ川とギリシアの祖先たちの肖像画が並ぶ画廊、魅惑的なヴェランダなどを思いおこしている。その「贅沢で都会的な装飾の中で」彼女は「憂鬱な気持ちで押しつぶされていた」。そこでは居心地が悪く閉じ込められているような気分であった。「私はオッシュ通りが好きではなかった」と彼女は告白している。彼女が選んだ場所、それは両親が所有していた夢の別荘である。それは素晴らしい自然と同じくらいに、たとえばヴェヴィーとヴォルテール、レ・シャルメットとジャン＝ジャック・ルソー、スタール夫人とコペなど作家たちと結びついた文化的ないくつもの風景に恵まれたレマン湖のほとり、エヴィアンからさほど遠くないアンフィオンにあった。そこで彼女は、アルプスの山々に沈む夕日の青い光、対立もし、仲よくもした妹と遊んだ豪華な庭を愛することを知った。記憶に残る別な場所、それはパリ近郊、セーヌ・エ・オワーズのシャンラトルーにあるノアイユ家の別荘の図書館である。そこで梯子に腰を下ろし、彼女は豪華な装丁の書物を何冊も手にし、ヴォルテールやとりわけ彼女の感受性の最初の師ともいえるルソーに初めて出会ったのである。

この自伝の志と主な興味、それは私たちを、「肉体的な震え」、個人的であると同時に歴史的でもある数々の記憶、あるいは読書により自分を育てていった未来の詩人の自己形成に立ち会わせることである。実際そうでもあったのだが、社交界で生きていくためのものでだけありえたかもしれない修業以上に、この子供、啓蒙の時代の哲学者たちにも、その第一席にヴィクトル・ユゴーと、母親が心酔していたエミール・ゾラを位置づけた一九世紀の偉大な作家たちにも親しんだ、この貪欲な娘が身をささげ、征服することができたのは確とした広がりのあるひとつの文化なのである。彼女は社会的な問題に道を開いた『ジェルミナール』と『居酒屋』に対する感歎の念をのべている。同情心をもちあわせている彼女は新聞の三面記事がくり広げるさまざまな不幸に憤りを感じる。三面記事は彼女にとってまるで貧しい人々と人生に敗北した人々の叙事詩のようであったのである。

以上のように『わが世の物語』は文学的教養、政治的素養を描き出してもいるが、それは本質的にフランス的なものであった。家内ではフランス語しか話さない。アンナがこの世にはフランスというただひとつの国しかないと考えるにいたるほど、フランスという国は崇拝されていた。したがってイギリスという国が歴史をもつなどということは彼女には考えられないことであった。一八九七年のマチュ・ド・ノアイユ伯爵との結婚はこうした文化の中に彼女をしっかりと根づかせることになるであろう。それでもアンナは近代的な政治感覚と近代的な知性はもち続けたし、彼女が全面的に与《くみ》していた、民主的で社会主義的な共和国のもつさまざまな価値からひき離されることはなかった。

ともかく彼女が打ち込もうとしているのはものを書くことであり、詩であった。『わが世の物語』を信じるならば、彼女は非常に早くから自分の「使命」を感じていた。「私は無駄な時間潰しなどは許されない、大きな辛い務めのためにこの世に生まれてきたと思っていた」。非常に早い時期から彼女は死の概念、人間の有限性を身をもって感じていた。すなわち「生きること、死ぬこと、再び生きること、高みで死ぬこと、それは私の子供時代の誓いであった」。「私は大勢の友をもち、彼らを悲しみと不可知の極みにつれていくことになるだろう。不安気に映し出された宇宙のおかげで、私はやがて彼らの数知れぬ謎になるかもしれない」と、『数知れぬ心』(一九〇一)と『くるめき』(一九〇七)の作者は、まさに回顧的に書いている。

約一世紀前に、失われた時をよみがえらせる不思議な力をもっているかのように「男たちはやがて私という泉の水を飲みにやってくるだろう」とアンナ・ド・ノアイユはいった。

一世紀を経た今、おそらく彼女を再発見し、その泉の水を飲む時期が来たのである。彼女は確かに再発見に値する。この書物がその役に立つであろう。

わが世の物語／**目次**

わが世の物語

アンナ・ド・ノアイユ自伝

序

真実を語ることを辛いと思ったことは一度もなかった。明白で、理にかない、公正なことを大切にする人ならば、ためらいや後悔とは無縁の自尊心をもつものであるから。

真実を語ること、それはもの心ついて以来の約束である。勇気を出し、名誉にかけ、生命のつづく限り守る約束である。というのは、人は、自分を永遠であると感じて、その虚構にしたがって生きているからである。あとになって、激しい疲れに襲われ、胸しめつける現実を見つめざるをえず、やがて自分にも終わりがくるのだと感じるのだとしても。

今日、生涯の正確な思い出を語ろうとするとき、揺るぎない純然たる事実というものは微妙で、恐るべきもの、非常に厄介なものに思える。それは自分を傷つけることがあると同時に、われ知らず自分をほめることにもなりかねない。

率直であろうとして時に節度を欠くこともあるだろうが、子供にとって天命、宿命がどんなものであったか、なぜ、傲慢な自尊心と同時に生真面目な卑小感を合わせ持っていたかを明らかにしなくてはならないだろう。「私たちは考えていることがそのままできるわけではない」とボシュエ〔フランスの司教、神学者、作家。一六二七－一七〇四〕は書いている。活発な人間は自分の旺盛な精神的エネルギーをもてあまし、うまく役立てることができないと感じているものだから、彼らにとってはこれは一見魅力的な断言であるが、よく考えてみると正確とはいえない。あらゆるものに愛情を持つ人であれば、情熱、本能、自分は特別であるという自尊心と、親身になって人を助けてあげたいという無意識の気持ちが理性を越えて働くものだ。私には子供のころから確かにある能力があり、その能力により思っていることをそのまま実行し、それらをはるかに凌駕しもした。牢獄に囚われているようだと感じるほどに、さらには論理の柔軟性はあるが冷厳な鎖に進んで身を任せていると感じるほどに大切にしていたとしても、私には可能性の限界を越えることができたのだった。しばしば一種完全な陶酔感に襲われた。すると、胸の思いがあふれ出て、もはやいかなる束縛を感じることもなく、自由に宇宙を支配し、神さながらにあらゆる力を発揮するのであった。

身の内を流れる熱い血潮ゆえの大胆さを抑えつけようなどと思ってはいなかった。もっとも強力な安全装置が私を全面的に支えてくれていた。天窮の高みから万物にむかって降下し、自然界のあらゆるものと親しく交わったものだ。どんなことでもできると確信していた。したいと強く望み、できっこないなどと思うことがなかったから、波の上でも歩けると信じていた。ときおり、レマン湖の青く泡立つ生暖かい水面が歩いてごらんと私を誘う。すると、私たちをこの世につないでいる絆がきゅっと激しく縮むのを感じ、生と死のどちらにたいしても同じくらいに心をひかれて、ふらふらとよろめいた。もちろん、生の力強い支配力の方が打ち勝つのであるけれど、私が自分でどちらかに決めたのではなかった。だから、突飛な言動に直面しても、罪の意識をもつこともなく、ひるむこともなかったし、そのせいで怪我をするということもなかった。

光はごく幼いころから驚嘆の念で私をふらふらとさせた。植え込みの和毛《にこげ》に包まれたサルビア、たっぷりと豊かな大黄、真紅のアカンサスを香《こう》としてささげながら、無力な子供は口を結んだまま太陽にむかってぶつぶつと愛の祈りをつぶやいた。逆らい難い力で私をしっかりととらえ、身を屈めさせたのは、日の光だけではない。夜空散りばむ微動だにしない星座と、身を寄せる所もなくボヘミアンのようにさまよう星々は恐ろしく感じたが、住まいの中に閉じ込められている火、ランプの炎、暖炉の火に祈りをささげた。少女の頃には平気で暖炉の熱した薪を薄皮のブーツ、金箔の短靴の先でぱっとひっくり返し、友人たちの肝をなんどもつぶした。「火と私はお友だちなの」と傲慢な言葉を吐きながら、元気よく暖炉の中に進んでいくのである。こうした衝動的で無分別な行為で、マントの裾に重たげに下がっている黒豹の毛皮のボンボンを焦がして台無しにしたこともあったし、ある夜などは、怒るどころかむしろ感動していたが、見ている人たちが、赤く焦げようとしているレースの裾飾りを慌てて手でもみ消すということもあった。

私のこうした大胆で危なっかしいふるまいが、嘘でも本当でも恐がってみせたり、気絶したり、叫び声をあげたりすることと同様に、女の弱さに魅力を加えることを知らなかった訳ではない。私はそうしたことを止そうとは思わなかった。まだほんの少女であったけれど男の気持ちをひきつけ、その腕の中で死にたいと望んでいた。

＊

自分の思い出を語るむずかしさはよく分かっている。記憶が生き生きと豊かで鮮明であるほど、規則正しい方法を用いた方がいいのかもしれない。でないと飛躍したり、一切合財ぶちまけたり、後戻りしたりしようとするだろう。そうなったらむずかしいことをいわずに、自由な発露をあたえるのもいいだろう。順を追った話よりも、広がりを見せながらいくつにも分かれて行く思考の枝葉をそのまま示そう。良かれ悪しかれ、人生のその時々に感じたときめきを再創造しよう。若いころから心身をさいなむ苦しみに耐えてきたこのベッドの中で、「ああ、印刷所へ頭ごと持っていけたら」といくどため息をついたことか。そう、もし頭に描いたことが直接活字へ移り、限りない変化を見せる羊歯の葉が、植物図鑑の中ではっきりと姿を示すように、精神の複雑な交錯が紙面の上に記述されるならば、この本は、おそらく真実の刻印を持ちうるだろう。しかし、たとえそうできたとしてもまだ正確とはいえないだろう。思考の微妙でもあり激しくもある紆余曲折、瞑想、大胆不敵、眠っている時以外は常に私につきまとうあの世界の状態を十分に示すことはないだろう。

私は回想録を書くことを断固決意している。たんに望んでいるというのではないのだ。この世の幸も不幸も身に受けたひとりの詩人が、より真実であろうと、まるで通りすがりの見知らぬ人に必死に助けを求めるように、言葉をかき集め、控え目とはいえ語彙や文法を無視し、自分を表現してきた。その詩人は詩人のもつ個人的なものと、詩がもつ普遍的なものの中に自分を完全に委ねきったと信じている。喜びの極み、苦しみのどん底で詩を書く時、他の人のために私はたんに自分の生命の高みと奈落を描いてたのではない。私を導く筋道の曲がりくねり、さまざまな理由をも描いていたのだ。生命力にあふれ、愛しているものはもちろん、嫌いなものさえも懸命に愛するような、そんな澄みきった魂をもっていれば、人を納得させ、分かってもらえ、心を伝えることができるものだと考えていた。が、それは間違いだった。私を理解してくれる人はほとんどいない。人に影響をあたえ、考えを吹き込み、さらにその人の心の中に忍び込むことはできても、心を貫くことはできない。自分とはまったく別の人間の中に、孤独に頑として存在し続けるものを断ち切ることはできないのだ。ただいかなる犠牲も厭わぬ激しい恋の情熱のみが人と人との心を交じり合わせることができるのである。それゆえおそらく恋にたいする私の執着心が消え去ることはないのだし、焦がれるほどに相手が欲しがっているものを暴力的に打ち砕いたり、逆に奴隷のように受け入れたりしたくなるのであろう。私の伝記の大部分には私自身が見出せず、その説明は最大限にゆがめられている。あまりのことに驚いて、私はとうとう自ら語ろうと決意したのだ。

自分で自分のことを書いたものの良さは、そこに肉声、生の感動、肉体的震え、息づかいが聞こえるということである。いら立った哲学者の自己防衛の叫び「文は不可侵なり」に耳をかたむけよう。

これはまったく正しい考えである。個人のかけがえのなさは認めなくてはならない。いったい私たちは自分の思ったり考えたりしたことを、自分に代わって表現して欲しいなどと頼んだりするだろうか。たとえ作品に欠点をもたらすことになるとしても、そうした欠点そのものを望むものである。それには自身の心の震え、数々の骨折りの跡が残り、自分だけが認識し、あたえることのできる躍動力、強い復活力が感じられるのである。

代筆の申し出の声がベッドの両側から聞こえる時、私はなんども「私が死んだらいったい誰が私に代わって電話をするというの」と叫んだ。* あの軟弱で憶病な言葉、ぐずぐずと煮えきらない態度、挑みかかる沈黙に屈した力ない戦いぶり、いや私はあんな人間ではなかった。** もしその同じ声が自分自身のことを説明しなければならなかったとしたら、きき手の求めに完璧に答えることができたであろうに……。けれど私を待ってくれている人、私だけを望み、私によって飢えと乾きを癒《いや》そうとしている人は、ああした歪曲をいったいどう思うだろうか。それゆえ自らに厳しいこの私は、疲れ果て、どうしようもなく無気力になり、幻滅し、無限の虚無を前にして、まさに感じる激しい不安に襲われても、「私はとるに足らないものではあるが、それでもかけがえのないものである」となんどもいうことができたのである。

＊　外出できなくなってから、彼女はおおいをかけたランプと電話をかたわらにおいたベッドの中で過ごしていた。
＊＊　訳者解題にもあるようにルネ・バンジャマンが彼女に当てこすって描いた人物像のことを指している。

第一章　パリ生まれ

パリ―オッシュ通りの館―都会的な内装―自然へのノスタルジー―父―アンフィオンの食卓―母―東洋の光輝から英国の霧へ―英語の最初の授業―家庭教師と手品師―子供の悩み

私はパリで生まれた。その言葉は子供の時からずっと深い満足感をあたえてくれた。と、それほどにこの言葉は私を作りあげたのである。パリ生まれ、それは生涯にわたってつづく特別の幸運であるという思いがした。ヴェルレーヌ〔フランスの象徴派の詩人。一八四四―九六〕の詩句「初恋は祖国にささげ……」をくり返し口にするほどであった。

と、こんな風に本当に思っていることをひとつひとつはっきりさせていこう。なぜなら詩人というものは複雑多様であり、何にも囚われず、その豊かさを率直に表すことが特権的にできるのだと人々が感じているからである。詩人にとって二つのことを同時に選ぶことは矛盾なのではなく、考えを押し進め、知恵を絞った結果なのである。したがってこれからのべていくさまざまな感情は、たとえ率直にのべているとしても、見かけほどには単純ではないということになるだろう。

私はパリのラトゥール・モブール大通りに生まれ、そこで数ヶ月を過ごした。温室のようなガラス張の住まいの正確な記憶はない。母がよく話をしてくれたし、ある日などはその前につれていってくれもしたけれど。私の記憶はオッシュ通りの館に始まる。広く、高く、透明で、褪せた薔薇色、緑色、青色のごてごてした花模様の東洋の赤い毛織物でおおわれた階段が渦を巻いていた。一番大切な客間は浅葱色のビロードで飾られ、ソファーと金鍍金《めっき》の椅子が設けられていた。大きなピアノが二台並び、物憂げな砂漠の広がりのようであった。広間のあちこちに置かれた観葉植物は、サーカスの飼い慣らされた野獣、インド南西海岸からつれてこられてパリの市場で買い物をするマラバール女と同様に、子供時代の棕櫚《しゅろ》の木の思い出としてそれ以後ずっと私を悲しい気持ちにさせた。

玄関の一方に東洋風のまるで市場の安物の宝石のようにきらきらした居間があり、画廊がつづいていた。彫刻を施された樫の木の額縁に、王笏や王冠を身につけた先祖の肖像がおさまっていた。父方の祖先はドナウ川とカルパチア山脈一帯を統治しており、その血はギリシア人の母親たちや妻たちのもたらした繊細な血によって和らげられていた。父が説明してくれた彼らの伝説をきいていると、彼らは強大な力を持ち残酷無比のように思えた。それでも鳩を手に抱いている人がひとりいた。彼らを見ていると自分は数世紀前に彼らを離れ、オッシュ通りとサヴォワ〔フランス南東部の地方〕の庭のまったく新しい少女となったのだと感じた。暗く、いかめしい顔の並ぶ廊下の端に目を奪う朱色の木でできたヴェランダがあった。絹の造花が菱形をした目の粗い格子組を飾り、長椅子のふくらみがトルコ絽でできたクッションをもりあげていた。そして大きな窓がまるで川のように見えるオッシュ通りのもっとも広々として美しく、立派な方へむかって開いていた。

けれどこうした贅沢で都会的な装飾は私を憂鬱にさせていた。すべては私の胸を押しつぶし、息苦しくさせる石でしかなかった。秘密めいた感じのする豪奢なタテルサル馬市場を隠している壁が、住まいの遠景になっていた。用心深い感じをあたえるその石の風景、タテルサル馬市場は今はない。壁はさほど高くなく、空が遮られることがなかったのは幸いだった。毎朝、牛乳配達の車がガチャガチャと音を立てて眠りをかき乱す時刻には、回りの灰色ずくめの建物に隠れて見えないけれど、教会からの詩的な鐘の音がきこえてきて、夜明けの寂しさをなぐさめてくれるのだった。

私は両親のこの洒落た住まいを好まなかった。オッシュ通りも好きではなかった。ごちゃごちゃとした景観やうるさい大通りに悩まされているパリの人々は、この通りをとても感心してほめていたけれど。子供の目にはまるで超半円形の墓か霊廟のように見える外観、息苦しさは発育盛りの子供たちにはふさわしいとは思えなかった。それでも春には、町から手きびしく追い払われていた自然が戻ってきて私たちに視線を注ぎ、暖かい握手をし、励ましてくれた。エトワール広場付近の堅いプラタナスの木々は四月になるとつぼみが芽吹いて、灰色の大通りを色づかせ、六月には花が咲き、やがて若緑色をした棘のある柔らかなはしばみの実に似た、ひ弱な実をいくつも舗道にころがすのだった。けれど、このささやかな贈り物も、ちまちました緑のあふれるモンソー公園の界隈も私を納得させなかった。私は都会と田舎のちがいに苦い悲しみを感じていた。田舎は豊かで、気前良くいろんな深い誠実な贈り物をあたえてくれるけれど、都会の贈り物は失望をもたらすだけであった。近隣の人たちが緑が豊かにあると自慢しているモンソー公園にあるものは、生糸色をした池を囲んでいる廃墟を模した柱であり、その池には数羽の白鳥と、紅雉に似た光沢が目につくまるで僧服を着たみたいな家鴨がいたが、彼らの自然への郷愁は人間たちからは軽んじられ、ただじっと我慢しているしかなかった。私にはそれがよく分かった。遠くから乗合馬車の重たげな悲しい音がきこえる。見れば、砂利を敷いた散歩道を何台かの辻馬車が走っていた。疲れ切った馬、ガラスのはまった狭苦しい車窓、御者の重なりの多い白い外套は私をびっくりさせるのだった。一方では子守や子供たちでいっぱいの芝生に沿って、警察官はすずめに職務訊問をしているように思えた。

私はあざむかれはしなかった。自然を愛していたのだ。自然に飢え、渇き、自然以外のものは欲しくはなかった。自然から離れていると死にそうであった。サヴォワの山荘、道、湖、丘にいるとうっとりとし、離れると苦痛だった。私の体の具合、傍目には分からない心の状態は自然に支配されていた。(その理由は謎であったが、女の子というものは、たとえその子に不思議な勇気があるにしても、深くつきつめて考えたりはしないものだ。)松虫草の紫色をした冠毛、その微妙な香り、花から飛び立つ黒縞染の紋白蝶、小さい実をいくつもつける野生桜の木、露に濡れた牧場の子羊、そうしたものを私はパリの舗道の上で、正確に心に思い描いていた。まるで恋する男が自分でもはっきりとは分からない欲望によって、夢心地のまま、わがものにしたいという思いでじっと恋人の巻き毛を見る時のように狂おしいほどの情熱をこめて。

こんな風であったから、私は広く明るいオッシュ通りも館も好きではなかった。館には薄茶色にニスを塗った大戸があり、通りから入ってくる時、立ち止まると音が丸天井に響いた。前方には中庭とレンガ色をした馬小屋が見え、かすかに動物の匂いがしていた。しかし、それでもこの場所こそは私が子供時代のあらゆる試練を受けた場所であった。なぜなら、レマン湖の庭では私はただ宇宙の声に耳をかたむけるばかりであったから。

パリでも、エヴィアン近くのアンフィオンの屋敷においても、父と母は二人がもっている自由と限りないさまざまの特権によって、子供の目には絶大な力をもっている人に映っていた。サン・シール陸軍士官学校の卒業生である父は、自分が懸命に守っていた学校のきびしい規律を称賛してやまなかった。父は学校を寺院のように崇め、寒さ、夜明け前の起床、粗食、辛い訓練、絶対服従の命令を喜んで耐えた。奴隷状態に打ち勝ったすべての人々と同じく、父はそこから男らしさについての誇りをくみとったのだった。威圧感と風格があり、庭や古典詩人を愛好し、人に話をきかせること、命令することが好きで、建築好きである彼の鷹揚な人柄は私に大きな愛情と極度の恐怖心をあたえていた。父は私を驚かせた。最初に出会う男は女の子を驚かすのだ。父の判断が常に正しいかどうかは分からなかったけれど、一切が父に依存していることは十分に感じていた。庭師たちや自家用船の水夫、召使いたちに対して父が腹を立てているのを見たことがあった。そんな時私は部屋の隅で、父がどうか黙ってくれますよう、さもなければ世界が止まりますようにと神様にお祈りをした。父への尊敬の念がどれほどであろうとも、ただ黙るしかない人にたいして父が激怒することが我慢できなかったのだ。非難する気はないが、私は父が朗々とコルネイユ〔フランスの悲劇作家。一六〇六－八四〕あるいはラシーヌ〔フランスの悲劇作家。一六三九－九九〕を場違いにしかも教訓めいた仕方で引用するのを残念に思っていた。父は自分の道徳感をのべ、人々に意見をし、畏敬の念をあたえるためにそれらを利用していたのだ。

海の怒りを鎮めるものは
悪人共の陰謀を止めることが出来る

アンフィオンの別荘のバルコニーで田舎風の椅子に陣取って、静かにお茶を飲んでいた父が突然朗読する。バニラの香りのするペチュニアと、たわわに花をつけた薄紅色の紫陽花《あじさい》が、透明な水面にまるでこの世の揺籃とでもいうような情景を落としていた。そんな天国のような雰囲気の中に父の声が突如響くのである。

子供ではあったが、私にとって詩は非常に神聖なもの、そっと秘めておきたいものであり、そんな教訓的な使い方などはして欲しくなかった。けれども樫の木の芽が樫の木につながっているように父にしっかりとつながっていた私は、父を間違っていると思ったり、父にたいして何かしら不快な気持ちをもつのは気難しく神経質だと自分を叱りつけた。

父は晩婚であった。第二帝政下最後の数年を華麗な独身者として過ごした。夜、食卓にみながそろうと、幼い子供たちが眠気に襲われ辛そうにしていることにはかまわず、チュイルリー宮の政治の話を楽しそうに語るのだった。メキシコでの数々の戦役、プエブラ攻略、一八七〇年の戦争*、アルザス、ロレーヌ譲渡が次々にくりひろげられ、私たちはあれこれ想像して恐がっていた。食卓は贅沢すぎるほどに用意され、世間一般では考えられないことであるが、子供は何を食べても叱られなかった。食卓の回りには、カミーユ・ドゥーセとカミーユ・ルーセといった似た名を持っているので何だか妙な感じのする学者、外交官、作家たちが座をつらね、結局はひとりひとりの魂から、そして国民全体の魂から永久に消え去ることのない敗北感の中に、失った州の話をし、軍人や文官の責任論をぶつのだった。夢想好きの私はその大きな不幸をどうにもできないのは自分のせいだと感じた。ビスマルクの名が疫病神のように会話をよぎる。彼は人々を深く悲しませ、彼が征服したフランスのみならず、鉄の兵士の祖国をも傷つけ害した張本人であった。それにくらべ、ヴィルヘルム一世の息子、故郷イギリスの習慣に忠実なヴィクトリア妃の夫、フリードリッヒの名は好意的なエピソードで包まれていた。彼のことを話す時は調子が変わった。寛大さと同情心にあふれた彼の歴史に残るいろいろな言葉が引用された。みなが仲良くし、すべてを愛することを望んでいる私は、戦をし、皇帝の息子であり、苛酷な任務を担いながらもアンフィオンの食卓の回りで高潔な賛辞を獲得しうることを知って、驚くと同時にうれしい気持ちがした。

＊ スペイン王位継承問題を契機としてドイツとフランスの間で起こった戦争。フランスは敗北し、アルザス・ロレーヌ地方をドイツに割譲する。

母は極端な華やかさはないが、ギリシアのデッサン画のように調和のとれた完璧な美人であった。凛とした横顔は比類がなく、当然それにふさわしいさまざまの称賛を受けた。ギリシア民族の肉体的美点を受けついでいる証拠に、肉づきはしまっており、まなざしはきりっとしていた。いかなる欠点も持たず、アテネ、フィレンツェ、ナポリ、シシリーの美術館にある優雅なヴィーナス像に似ていた。しかし母の表情には、それらの肉感的な思わせぶりが小うるさく感じられる取り澄ました大理石のヴィーナス像にはない陽気な素朴さ、無邪気な安らぎとでもいった魅力があった。

わが家の者は母の美貌と音楽家としての輝かしい才能を固く信じ、宝のように思っていた。たとえ光の明るさを疑うことがあったとしても、すっきりと尖った鼻につづく額の清らかさのもつ品の良さを疑ったりはしなかっただろう。母はピアノに近寄っていくと私たちは熱を込めてじっと見つめたものだった。ときおり母は不安にかられてピアノに向かうことを嫌がることがあった。それでも母の熱烈な支持者が無理矢理ピアノの前に座らせようとする。母は身を捩り、嫌がり、涙を浮かべてやめて欲しいと頼む。そんな時、母はまるでドラクロワの征服者に凌辱される「とらわれの乙女」のようであった。やがて気を鎮め、われをとり戻すと、今度は威厳をもって、雉鳩さながら、ひらひらと活発に手を動かし、黒と白の鍵盤から聴いたこともないような美しく深く、生き生きとした音をつぎつぎに叩き出すのだった。

臨終の床にありながらも、音楽への思い絶ちがたく、ベートーベン、モーツァルト、ショパンの名を口にする母に、私は心の底から、「私は全身あなたのピアノの中から出てきたのです」ということができた。

実際、私は自分の詩才を母の素晴らしい天分に負っていたので、そのたえがたい最期の時に母をのぞきこみながら、私たち二人が完全に共通してもっているものを母の内に見て、墓を越えて二人を結びつける次のような言葉を思わず口したのだった。

「おそらく滅びることのないいく篇もの詩を母が書いてくれて、私は本当に幸福だ」と。

＊

クレタ島のユマニストの古い家の出である母は、コンスタンチノープルで生まれ、生まれてすぐロンドンの大使館に移り、結婚までそこに住んだ。彼女の父はロンドン駐在のトルコ宮廷大使であり、人々の尊敬を集めていた。トルコ宮廷――それは金色に輝く言葉、おとぎ話に出てくるよび方であり、ビザンティン帝国の財宝を有する国家と、境目のない丸屋根をごっちゃにさせ、「スルタンのショール[*]」と名づけられていた色どり豊かな織物にたいする尊敬の念で私をいっぱいにした。

＊　アブダル・アミドから下賜されたショール。第九章に詳しく書かれている。

パリにあって幸福な暮らしをし、他の場所では生きていけない母であったが思い出を大切にする詩的な気持ちから、もの悲しいイギリスの霧のことを郷愁をこめて思い返していた。冬、薄黄色に曇った霧の中にこもる手回しオルガンの悲しい音色、明け方からともされるろうそく、日曜日の退屈、宗教的な務めであるさまざまな手仕事、悲しみと甘美さの入り交じった一種の充足感に浸りながら、母は私たちによくそうしたことを語ってくれた。その愚痴交じりの幸福な思い出話をききながら、私はミシュレ〔フランスの歴史家。一七九八―一八七四〕に出てくるオランダの港でとらえられ、修道女となった伝説上の人魚のことを夢想した。驚くほどに美しいその人魚は、修道院で暑さ寒さから守られ、みなから愛され、大事にされた。けれど太陽が弱々しく海に落ちかかる夕べには、渦巻く波、塩の苦さを恋しがり、海をみつめながら涙を注ぐのだった。

両親、友人たちは私たちの前でも、自分たちの間でもフランス語しか話さなかったし、子供というものは、それまでの短い人生のささやかなできごとからしか物事を判断するしかないので私はこの世にはフランスという国だけしかないと思い込んでいた。ドイツ人やイギリス人の家庭教師たち、年とったバヴァリア人のボーイ長は、ぽつんと道に迷っていたので、家にひきとった人たちなのだと思っていた。彼らの幸も不幸も私たちしだいであり、フランス人が代表者であるこの世界に確かな地歩を占めるため、とるに足らぬ群れに属していることを受け入れていると思っていた。だから英語を習い始めた時は本当にびっくりした。編み目を数えることと、生姜菓子をうまく作ることにとりつかれた、年をとった風変わりなアイルランド女性が先生だった。彼女はリューマチだった。被り物をし、愛すべき魔法使いといった風情で、エドワード家、ジェームス家、ヘンリー王たちの治世の要約を私たちに何とか読ませようとした。私には何の意味ももたない薔薇戦争〔イギリスの王位継承戦争。一四五五―一四八五〕は目の前で花を咲かせ始め、私はその戦争をどこかの庭でおきたことだと思っていた。

「英語の勉強はどんな具合かな」と父が訪ねた。すると私は、もうまったく驚くことはなくなったとばかりに、はきはきとした調子で、「私たちは、英語でフランスの歴史を少し習いました」と答えたのだった。

イギリスもフランスと同様にひとつの歴史をもっていること、すなわち人々を結びつけ、風土、肉体的特質、風俗習慣、戒律、数々の戦勝、そういったものによるゆるぎない一体感、誇り、優越感をもたらすひとつづきの過去をもっていることを認めることは私には到底できなかっただろう。無知だからとはいえ、子供はなんと排他的な愛情をもつものであろう。というのもそれはたんなる無知ではなく、対象にたいして優しく、細やかで、積極的な気持ちをこめた無知だからであろう。

私が田舎の魅力を知ったのは、英語の授業のおかげでも、母が話してくれた母子《おやこ》連れの羊がたくさんいるハイドロパークの美しい芝生のおかげでもない。ドイツ人の家庭教師がまだ小さかった私をつれて、アンフィオンのうっとりするような小道を歩きながら、ドイツ語で季節、十二の月、鳥や花々の名を教えてくれた。彼女は性根もきつい、人あたりのきびしい人で、私たちの子供時代を非常に不幸にしたのだが、自然にたいして敬虔な気持ちをもっていた。彼女は無意識に、宇宙の中にある崇高で慎ましいものと私を目もくらむような親密な友情で結びつけた。夕べの空やもの思わし気な月を前にして、苦しいほどに胸をしめつける数々の夢想に襲われたのは、彼女のせいである。私たちは空や月そして雪にも鈴蘭にも祈りの歌をささげげたものだ。たしかに刺々しいところはあったが、彼女は私たちに心をゆさぶる言い回しでさまざまな徳を教えてくれた。私が貧しい人や乞食にたいし、友情と敬意を抱き、小さな村を、鐘楼、宿屋、粗末な宝石店、食料品店もろともに愛し、草花、蜂や蝸牛、レマン湖の青い透明な水の中にじっとしている何匹もの鯉と細やかな情のこもったつながりをもてたのも彼女のおかげである。

優しくはないが情操豊かなこの家庭教師は、私が子供のかかるいろいろな病気をした時、その治りがけにあれこれおとぎ話を読んでなぐさめたりもしてくれた。が、なんといってもこの人のおかげで私はいろいろな苦しみをなめさせられ、初めての激しい情緒障害をおこしたのであった。気がめちゃくちゃにたかぶり、そうなったからには人の習いとして、またとくに本能にひきずられて、全身がさながら磔の刑になるほどの苦しみをひきおこすのである。ある夕、両親がエヴィアンからアンフィオンの別荘に手品師をよんだことがあった。帽子からつぎつぎに飛び出す鳩、手品師の袖の端からどんどんとくり出されるリボンの限りもない長さ、きざまれ、かき消されたかと思うといきなり現れ、びっくりと、けれどうれしそうにしている持ち主にもとのままになって戻されるハンカチ、そんなどこから出てくるのか分からないのにパッと姿を現すもの、目にも鮮やかな手さばきでくり広げられる、夢のような驚きをもたらすものに私はうっとりと心を奪われた。そして奇跡が終わり夢見心地で眠りにつこうかという時、彼女は白けきった口調で「居間では場所が悪くて、私は何も見えなかったんですよ」といった。この言葉をきいた時の困惑、では、彼女は楽しみにしていた手品が見えないままじっと我慢していたのだ。そう思うと私の心は彼女への同情でいっぱいになった。この胸をひき裂くような夕に、私は初めて同情という感情を知ったのだった。そしてその感情は生涯にわたり私の心をかき乱し、私はよく「かわいそうでたまらない。いっそ死んだ方がましだ」と口に出していった。

彼女からはアンフィオンの村を散歩している時、さらに同じくらい激しい悲しみを味わわされた。しかし同情心というものは安易で脆い方法によってだけではなく、五体をとおし自らの傷をとおして身につけることが望ましいのだから、その経験は私にとってはむしろためになることであったといえるだろう。広く、真ん中の盛り上がった道が、水晶のような湖と丘のあちこちにある果樹園の間に伸びていた。風で地面に投げ出された小枝と、青い胡桃《くるみ》の実が散らばっていた。そのつんとくる匂いはわびしい十月にあって私には魅力のあるものであった、その日、私たちをつれ歩いていたきびしい人は、理由も証拠もないのに、私が通りすがりの二人の小人、かなり年をとり、背が歪み、その上目が飛び出し、耳がきこえず、口もきけない憐れなサヴォワの人をあざ笑ったときめつけたのだ。本当にそんなことをしたのであれば、どんなにか罪深いことであったろう。よりによってそんなことで叱られたのだと考えると、今でもまだ胸が苦しくなってくる。「聾」「唖」という言葉をきくといつもぼんやりと奇妙な気持ちになり、言い訳もできないままに着せられた濡れ衣、悲惨なありさまとかわいそうでたまらないという思い、それらがひとつの像となって心に浮かんでくる。不当にあつかわれたという感じと嫌悪感と、何か清らかなものが混じった像である。

この厳格な監督者が故郷に戻ることになった日、私は自分が死ぬのではないかという気がした。私は彼女を愛していたのだ。彼女はそのことを理解しないまま、情のないきびしいばかりの手で、もっとも感じやすくもっとも完璧な心に触れたり打撃をあたえたりしてきたのだった。庭の蜂や緑のつぼみが夢に英語で表現されて現れることはないのに、彼女の教えてくれた「蜜蜂ブンブン」「春」「新緑」といったドイツ語はいまも私の夢の世界を視覚的にも音楽的にも豊かにしてくれている。この別れは私を動揺させた。彼女の代りをするために、また私たちの受ける苦痛をなぐさめるために、衣類の世話係のでっぷり太った、優しい、気の利くベルギー女が私たちにあてがわれた。彼女は私と妹の辛い悲しみをまぎらわそうといろいろなことをしてくれた。パリのあちこちを散歩したり、ケーキ屋へ入ったり、ちょっとした民謡を教えたりした。「鳥は自分の巣を作る」という一節を今でもよく覚えている。その日の不快感はそれほどはっきりと心に残っているのだ。彼女は私たちを文具店につれていき、ロシア革で装丁した小さな手帳を買ってくれ、そのインクとアラビアゴムの匂いをかがせた。と、朝からずっと私を襲っていた吐き気が最高潮に達した。その日の午後、死なずにいたなんて、きっと子供というものは死んだりはしないのだと思うしかない。こうしたなんともいい表すことのできない瞬間から、私は気晴らしによるなぐさめ、情けの深い人々が勧めてくれる、気持ちを無邪気に浪費することによるなぐさめを信じなくなった。以来私のような子供は思い出に釘づけにされ、苦しみに出会うと身動きできず、気をそらされたりすることなどないのだと思い知った。今でもそう思っている。

第二章　両　親

病の夜―フィリベール夫妻―七月十四日―ラ・マルセイエーズ―コルニッシュのヴィクトリア女王―シャンボール伯の忠節―ジュネーブの湖―プランガン流謫―ボナパルト

両親が外国人であると感じたことは一度もなかった。[*]生まれた国と両親を切り離して感じたことも。でも、なぜだったのだろう。当時は親たるものは子供にあまりものをいわなかったからだろうか。私の親は自らの才能や風采に誇りを持っていたが、子供たちに気を配ったり、質問に答えたりすることは、すべて女中たちや家庭教師たちに任せきりであった。咽喉炎にかかり、子供ながらに懸命に病気と闘っていた時、夜通し優しくつき添ってくれたのは召し使いたちであった。淡黄色の隠し模様のある青いヴェールのついたクリーム色のフェルト帽をかぶり、見事な装いをして、母が見舞ってくれたのは、夜中にただ一度きりであった。母に恋をしている医者たちが、気晴らしをするよう、観劇にいくよう、夜通し娘の看病をしないように厳命したからである。その日以来、私は通常は見舞いや慰めの言葉がかけられる病人の家族にたいしてではなく、病人自身にたいして精一杯の愛情と同情をむけるようになった。

＊　父は現在のルーマニア南部にあたるヴァラキア公国の最後の太守ジョルジュ・デメトル・ビベスコの息子である。

咽喉炎の夜のこの小さなできごとを語ったのは、当時はたとえどんなに優しい親であっても、子供と親の間には隔てがあったということをはっきりといっておきたかったからである。私たちは親にあれこれと質問をしたりすることはなかった。したがって国籍について私が確信をえたのは親からではなかった。オッシュ通りに面した正面玄関を入るとすぐ広い透明な部屋があり、そこに人望の厚い管理人のフィリベール夫婦が二人してでんと構えていた。フィリベールさんは彫りの深い顔をした老人で、奥さんは白髪を真ん中で分け、昔のノルマンディ娘によく見かけるような平べったい魅力的な顔をしていた。二人は館の入口にまるで根の生えたように居を構え、この上なく良い評判をとっていた。二人の正直さ、人の良さ、夫の方のごつごつした男らしさと丁寧ではあるがぶっきらぼうなもの言い、妻の方の親切気と世話好き、彼女は夫よりは丁寧なところがあり、夫の親しみからくる辛辣な口調を叱ったりするのだった。そんなふうにして二人はわが家にたいしてある決まりを作っていた。

両親、兄、妹と私がフィリベール夫婦とは別の国に属しているかもしれないこと、革命記念日を二人のようには祝わないこと、つまり私たちが彼らにとって大切で神聖なもののために生死を賭けることはありえないこと、実際そうしたことは事実であったにもかかわらず、私にはありえないことにも馬鹿げたことにも思えた。

革命記念日は私たちにとって特別な日ではあったが、その意味をはっきりと理解していたわけではなかった。父の姉妹は二人とも結婚してフランス人となっていたが、まるでたしなみに欠けた下らないお祭り騒ぎはごめんだとばかりに前の日からパリを離れるのだった。ところが友人たちときたら朝早く起きだし、喜び勇んでロンシャン競馬場へとむかうのである。広場で閲兵式が行われ、軍隊がパリの兵舎に戻る時、ラ・マルセイエーズが遠くから響いてくる。と、使用人たちは仕事を放り出し、窓辺へ駆け寄るのであった。初めてきいた時からいままでずっとラ・マルセイエーズはいつも私を陶酔させてきた。その歌は人の心を鼓舞し、怠惰や弱気を追いはらい、はるかな高みへとむかわせる、愛と反抗と解放の叫びである。多くの国が独立を表すのにこの歌を歌う。すなわちラ・マルセイエーズはリュードの手になる、凱旋門の壁の若者たちをしたがえたあの浮き彫りそのままに私の心にそびえ立っているのである。

父の先祖は祖父の代までヴァラキア領を統治してきた。ルイ十四世と書簡をかわす名誉に浴した者もいたし、習わしにより父もオーストリア皇帝の名づけ子であった。けれども父は共和制に敵意を抱くどころか共和制を選びとり共和制について常に尊敬の念をもって語っていた。

父の立場は私にはよく分からなかった。「王冠はどこにあるの、小さい女の子も金の王冠をかぶることができるかしら」と私はよく女中たちにきいた。女中たちは押し黙ったり、気のない返事をしたりするだけだったので、王冠をかぶれないのなら王位についても仕方がないとそれきり興味を失なった。

イギリスのヴィクトリア女王の膝下で育った母は女王をとても尊敬していたので、母の前で女王が食前酒をたしなんでいたとか、民族衣装を身につけた恰幅のいいおとなしそうなスコットランド青年をいつもお側におき、親しくふるまわれていたとか話すことははばかられた。

私が結婚した年、ニースのコルニッシュのきらきらした青い絶壁の道を、始めは幌をはずした四輪馬車で、それからロシアバレーに出てくるような、肌のつやつやした東洋人の男たちの腕にかかえられて通った時、でっぷりと太ったとても背の低い女の人を見たことがあった。その人は黒い衣装をまとい、疲れた鳥のような顔をし、青い矢車草の色をしたヴェールのついたへんてこな帽子をかぶっていた。まるで連れ立って馬で木陰を散歩するアマゾンヌ、あるいは旅を急ぐ女といった風情であった。鈍重で低俗、とはいえある民族のさまざまな栄光と伝統につつまれたなんともいえぬ姿であった。私は母の偶像であるヴィクトリア女王の姿をそこに見ていた。母は自分の父親をひきたて、特別に目をかけてくれたその年とった女君主をこの上なく敬愛していたが、それでもフランス共和国についてはいつも敬意をこめて話していた。

　両親の出自については十分に承知していたはずなのに、二人とも管理人のフィリベール夫婦やパリ生まれである私と同胞なのだという気がしてならなかった。しかし実際には彼らは「礼儀正しい客」であった。二人はフランスの政治に関してはいかなることであっても周囲を不快にするようなことを口にすることはしなかった。

「あの方は正統王朝派ですよ」、あるレセプションの最中に両親がささやくのを耳にした。親しい仲間のつれてきた、軽薄な感じのする心底陽気な年輩の男性を二人はじっと見ていた。その沈んだ声の調子は、らちもなくひとつのことにこだわる子供っぽいものであったのでよけいに私の注意をひいたのだった。会が終わってからも二人は、貴族特有の頑迷さからシャンボール伯の運命と白旗への信仰*にいつまでもこだわっているその律儀な廷臣のことをずっと話していた。白旗にまつわる不幸な事件に私は茫然とした。私にはそうした執拗さは到底理解できなかった。アンリ四世の「パリはミサにふさわしい」という臨機応変**で陽気な発言にひきくらべ、実に下らない気がした。私は成功をおさめるもの、実を結ぶもの、不毛でないものに心をひかれていたので、折角の幸運をふいにしてしまった偏屈さに腹がたってしょうがなかった。三色旗の、激しくも決然とした意味をすでに私は知っていたのだし、アンフィオンの庭の小さな戸口をかざる旗立てに三色旗が親しげにはためくのをいつも見ていたのだから。それにしても三色旗のかわりに白い布を望んだ尊敬すべき老人にもっと優しい気持ちをもってもよかったかもしれない。

* 第三共和国制初期に王党派が絶対多数を占め、シャンボール伯（一八二〇ー八三）の即位が実現するかにみえたが、彼が国旗として三色旗を認めず王家伝来の白旗の採用をあくまで主張したため王政復古は失敗に終わったことを踏まえている。

** ブルボン家の始祖アンリ四世が旧教に改宗して宗教内乱の平定に努める一方、ナントの勅令を発して新教徒の信仰に自由を認めたことを指している。

社会的身分にかかわりなく、傑出した人物にたいしては父も母も敬意を表した。しかし熱狂的にというわけではなく、その点においてはやがて私は二人とは相異なることになった。しかしそのお蔭である哲学者が「人類はごくわずかの人物だけが生を営んでいる」と不朽の文章に要約したような卓越した存在になりたいという激しい情熱をおぼえ知った。尊敬されると人は優越感をもち、並外れた高さに自分を高め、凡庸な存在の群を抜くことができる。そしてやがては大衆の掲げる正当なさまざまな要求、数の力で築く叡知に感じ入り、大衆に心をむけ、大衆に立ち交じり、大衆のために闘うようになるのである。なぜならすぐれた人々の理性に受け入れられ、全体を見通す天才から用心深く舵をとられた大衆の理想は、未来の真実であるのだから。

*

ジュネーヴの湖を思い浮かべるといろんな思い出が相寄って、すべてがはっきりと確かになってくる。まるで物語りの精が、旅人のように髪を乱し、ぎざぎざの切り込みのある風変わりなシャツの襟を半ばはずして、いくつもの谷間といくつもの心地好い泉のある丘の上の栗の木の蔭で、憩いのひとときを過ごしたかのようである。がっしりとした枝がすこしかしぎ、葉群に青い波が高く低く見え隠れしていた。

「プランガンのナポレオン公のところへ伺うよ」とある日父がいった。品よく装うように、セーラー服とベレー帽を晴れ着として着るようにと指図をした。私は髪が肩にうまく落ちて可愛らしく見えるように、ベレー帽の端を具合よくひっぱった。では本当にジェローム・ナポレオン公*にお目にかかりにいくのだ。いや単にナポレオンにというべきであろうか。なぜならプランガンへいくと思っただけでうれしくてたまらず、ぞくぞくとしたのは崇高な響きをもつナポレオンという名のせいなのだから。その名は法律、国境、人心を一変させ、世界地図をかきかえた名前であり、あたりをぱっと彩る至上のもの、栄光の大音響である。

＊ ナポレオン三世の従弟。プルードンと親交があり皇帝社会主義を標榜。パレ・ロワイヤルのサロンにサン＝シモニストを集め自由貿易を鼓舞。赤い公爵と呼ばれる。一八二二―九一。

ナポレオンという名はナポレオンその人を満足させたと同じく、私を感嘆させ満足させていた。どんな時にも現実を見ることのできたこの人はその人間的で率直なセント・ヘレナの会見録のなかで、自らについてこういっている。「人民を魅了し心を奪うことになったもの、さらにナポレオンというわが名そのもの、それは自然が、その名のもつ詩的でどこか冗長なものもろともに余すところなく自分にあたえ賜うたものである」と。

夏の一日、二時間ほど波に揺られて、日の沈むすこし前、プランガンの緑の木々を横に見ながら、ジュネーヴのすぐ側のすこしひき込んだ場所に錨を降ろした。むこうの砂利道から、肩のがっちりした精悍な男の人がやってくるのが見えた。その人は立ち止まり、桟橋で私たちを出迎えて下さった。力強い褐色の顔は皆のいうように皇帝のお顔に似ておいでだった。私はナポレオン一世にそっくりのひとりの人をじっと見ていた。村で雇った乗組員たちや、イギリス人やドイツ人の女中たちは皇帝にそっくりの流謫の人をそっと見るだけならと許されてデッキに出てきていた。

——ナポレオン・ボナパルト、子供のころにお年玉にもらった本にのっていたやせて溌剌とした青年。意志の強さを示す顎の際立つ清らかな横顔、雲をわたるペーメ神に渇望された完璧な唇、つやつやとした長い髪の落ちかかる明るい鷲の目、あなたは私に大胆さ、頑迷さ、運命の極みを教えて下さった。あなたの勝利に輝く運命の不思議をどれほどに私は愛したことか！

私はロベスピエール風の衣装に身を包んだあなたを見ていた。その衣装は地味ではあるが、腰をしっかりとしめている幅広の帯によって、あなたが常に危険、しかも他の誰によりもただ自分にだけ挑んでくる危険に身をさらす支配者としての地位にある方だということを示していた。アルコラ橋の上で非常に美しく、ジャファのペスト患者の中にあって非常に大胆でかつ思いやり深く、学者たちの中にあっても博識において肩を並べるあなた！　私は、戦争のもたらす災厄、相つぐ戦や数々の動乱、体に受けたいくつもの損傷の残酷さにあなたの姿を重ねてみることは一度もしたことがなかった。何年もの間、あなたを一目見、あなたに触れ、遠くからでもいい、最期の時に、自分はあなたの視線がむくほうに身を置いていたのだと必死になって確信しようとする数百万の男たちが、愛にみちた歓呼の声をあなたにむかってあげていた。

あなたが打ち建てたくつかの体制の求めのままに戦闘を重ね、殺戮された人間たちの前を、収穫物にたいして良心的にふるまった若きボアズ『ルツ記』に出てくるベツレヘムの富裕な地主、ルツの夫」のように、いわば勝利の目に見えぬ光の中を通っていく時、息絶えた死者、血にまみれた瀕死の人々こそが、それでもまだあなたを歓呼の声で迎え、あなたという存在に飽くことがなかったであろう。そのことを疑うのは不可能だ。あなたが息をひきとったずっとあとになって、年老いた廃兵たちは、自分の傷ついた肉体のことも忘れ、あなたの姿を雲の中に追い求め、神の息子とあなたを混同したのである。彼らの傷を麻痺させながら、精神を昂揚させながら、心身に安らぎをあたえてくれる雲のような気をこの世とあの世の境目に放射しながら、いかなる芳香があなたから立ちのぼっていったかは誰も知らないだろう。

ボナパルトという権威のない、響きの鋭い、長い名前は、短刀のように、あなたの皇帝としての栄光を傷つけ、最高の独裁権力者としてのこの上ない輝きをいささか曇らせていた、その名はまるであなたの体が、あなたが実は繊細な骨格でできていることを示していたように、あなたがブリエンヌ王立幼年兵学校の少尉であり、ツゥーロンの新進の将軍、砲弾の煙で黒くなった手をした大革命時の貧しい一兵士であり、さらにはこの世でもっとも狭くもっとも惨めな寝台の上でなくなったという事実を、あなたの中にとどめているのである。あなたは自分が一兵士でしかなかったことを一度たりとも否定したことはなく、むしろジャコバン党が使いそうなどぎつい言葉で、都市や河川の名前をもったあなたの麾下の将軍たち、公爵や皇子たちのいる中で、乱暴に人々に思いおこさせもしたのである。

私は、ゲーテが彼の透徹した情熱で、「宇宙の縮図」と呼んだ比類ない英雄であるあなたの中にある神話、生きている時にさえ、伝説とありそうもないことの中にあなたを位置づけていた、東方に上り、西に沈む太陽の神話を愛したし、今でも愛し、崇拝している。あなたのうちにある詩情、あなたのなさることや自然に出てくる言葉に霊感を与える唯一の望ましい詩情、生き生きとした詩情を私は愛している。病に苦しむエルバ島にあって、七宝のような灼熱の空の下、輝かしい数々の勝利のひとつを納めた日をぼんやりと思いだしながら、あなたが「あの雲をもう一度みれば病などは治るだろうに」とため息をついたあの憂鬱な夕べを私は愛している。野営中の麾下の軍が体をのばしてこんこんと眠っている一方で、布張の天幕の下、コンパスと筆記具をもち、夜を徹し、世界地図の細部にわたって正確な距離を計っている幻視者を私はあなたの中に見る。あなたは宇宙とだけともにあり、その数々の秘密、香り、波をこっそりわがものとしたのだ。そして決意も固く、神秘主義者として、あなたは次のような目もくらむ言葉を発したのである。「私は戦闘計画を、夜、眠っているわが兵たちの精神で練るのだ」。

どんな裏切りや卑怯な言動もよく調べて、自分が見損なっていたということをその裏切った人々に打ち明け、「私は人間たちの徳をもともと信じたことはなかったが、彼らの幸福は信じていた」とあなたがいう時、私はあなたの中にいる的確で沈着冷静なモラリストを愛している。

私はあなたの中にいる孤独な神を情熱的に愛している。その神は、いくども熱烈に称賛され、あるいは何度もたえ難い逆境にあいながら、それらを超えて、自分の額を出口のない宇宙空間にぶつけ、それでも行動し、愛することをけっして止めないし、ロングウッド〔セント・ヘレナ東部の高原。配所の所在地〕の晩餐後があまりに重苦しい雰囲気になるや、ラシーヌの一頁を読むことで勇気を奮い立たせようと努力するのである。すなわち、あなたは、夢にでてきた次のようなラシーヌの言葉をとり出し、そっとささやくのである。

アンドロマックよ、私はあなたのことを想う！

これはずっと後になってボードレールの名の下に有名になった。

私はあなたという人間の中の、自分の神々しい姿は自分に属しているわけではないことを受入れ、厭世感と倦怠感を乗り越えようとする人を愛している。その人は、自分はいかなる死にたいしても権利をもっていないことを理解し、辱めと吊し首の脅威にさらされながら、熱に浮かされたようになっているプロヴァンスの地を横切る時、かってない最も傲慢な心をもっているにもかかわらず、人々の目に落ちぶれたように映ることもかまわずに、ためらうことなく身をやつしたのである。なぜなら、あなたの肉体には次の聖なる予言が書き記されていたのだから。「私は殺されはしても侮辱されたりはしない人間である」。あなたは、セント・ヘレナの哀れをさそう悲惨の中にあっても、「私の本当の不幸は決してここにはない」とくりかえしていた。人格に加えられる最悪の苦痛からのストイックな解放を、私は崇拝している。私はあなたの吐息、英雄からもそして貧しい子供からも発せられる吐息、彼らの間にある弱さ、脆弱さ、全能性を結びつける強い吐息をたくさん記憶している。あなたはラス・カーズ〔ナポレオンの侍従。「ナポレオン伝説」を伝播させることになった『セント・ヘレナ回想録』の著者。一七六六—一八四二〕に告白している。「ああ！　人間の壊れやすい尊厳に思いをいたせば、思考の一貫性や力強さなどいったいなにほどのことであろうか、確かに、思考は何ものにも縛られはしない、それはわれわれを自由にする、この地において、私はいつでも人が好きに侮辱を加えることのできる囚人である、しかしこの火山岩でできた島にあってさえ、どんな心の動きでもすべてこっそりと見張られてはいるが、それでも、迫害する者たちを逃れ、彼らの手から離れ、精神は自由に、望むところにいくのである。ノヴァラツ〔セント・ヘレナに随行したスイス出身の忠実な召使〕を見るがいい、強い肩、鍛えた腕をもった我々の忠実なるスペイン人のノヴァラツを見るがいい、彼は自分より肉体的に劣る者にたいして、いったいどうしてその肉体だけでは抵抗できないのであろうか」。そしてあなたは崇高な調子で次の言葉によって結論を下した。「自然は魂にとってすべてをなすが、肉体のためには何もしはしない」。

最後に、どんな愛にも負けないような喜びで、私はあなたの中の男性を愛している。欲望と官能の嵐の中にいる時には、あなたもすべての男と似通っている。あなたの愛人の一人は、興奮しわれを忘れた時のあなたの様子を思い起こしながら「あの人は私の涙を飲みました」といったりもしたけれど、懇願の言葉を口にし、痙攣の発作を起こし、真っ青になり、ふるえながら気を失ってしまうすべての男たちとあなたは似ている。

ボナパルトの大本にあるもの、それは他に類のない意識的な成功である、それは数世紀にわたる野心、虚栄に満ちたものでも、怠惰でもなく、人を軽蔑するものでもなく、心身をすりへらす労働に結びつき、万物にたいする認識へとむけられる野心である。神の救いのない天の下、無謀にも人間個人の悲惨な運命に気高さをあたえる次のような悲痛な文章と調和する野心である。「シーザーはアレクサンダーの像を見た時、涙を流すだろう」。すべてを変え、再び作り上げることを自らの務めとしている人は、まず運命にたいして、惜しみないひとつの贈り物、その人を作っている唯一のもの、すなわち生命そのものを最高の賭け代として預けたのである。ボナパルトは存在するや、死ぬことを辞さなかった。人の身に奇跡がおきることはめったにないのだから、廃兵院《アンヴァリッド》の丸天井の下に憩う、頑として静かに存在する神をたたえよう。うっとりと夢見心地に誘う金泊は、彼自ら指図したものである。カイロで見た、詩情あふれる回教寺院《ミナレット》の塔を思いおこすのが好きだった彼が、若いころの記憶にもとづいて作らせたのである。その気持ちは、アルコラ橋の戦いのおりに、彼の身をかばって戦死した幕僚ミュイロンの遺体におおいをかけながら、彼を限りなくたたえた時と同じである。自分の大いなる役目が終わり、フランスにおける自分の存在が祖国に害をなすと判断した時、彼は「私はミュイロンの名前をもらおう」とよくいっていた。くり返し、くり返し「ミュイロンの名の下に、私は再び新しい人生を始めよう」と彼はいっていた。

彼はただ一回きりしか書き記していないが、英雄といえども「私は両肩に世界をかついできたが、やはり疲労をともなわずにはいなかった」というようなことを絶えず口にだしてもおかしくはないのだということを考えれば、以上のような彼の心情を表すエピソードは最も感動的な話といえるだろう。

とりあえず今は、さまざまの制度や事業を創設した彼がどんなものを計画していたか、いわば権力をもっている占い師としてどんなこと予言したかを見てみよう。幻覚をもひき起した惨憺たるロシアの原野の戦役を非難しないものはいなかったではないか。その恐ろしい北進は、休息をとっても思慮深く考えても役に立たないほどに倦み疲れた精神のせい、あげくは、制御できない、神経を苛々とさせる何かの皮膚病のせいにされたのである。しかし、権威にみちた豪奢さを維持するためにも、イル・ド・フランスのあちこちの庭に気晴らしとなる安らぎを味合いたいと願い、うるさく次々にさまざまな要求をつきつけてくる王侯となった兄弟たちにたいして、ナポレオンは非難を込めて「われわれの内でひとり私だけが簡素な家庭生活を送ることができている。私は妻と話をするのが好きだし、子供たちに話かけもするし、学者たちにあれこれ質問したりもする、夕べには回りの者たちに進んで本を読みきかせたりもする」と答えていたではないか。

確かに、ロシアでの雪に振り込められおびただしい血を流した悲劇的な敗北は、かってのスペインの無秩序でめちゃくちゃな戦闘と同様に、歴史に刻み込まれた傷のひとつである。しかし、その責任をになった人が自分の口から弁明をし始めると、何と説得力のある理にかなった美しさが生じることか！　セント・ヘレナ島で彼はよくいっていた。「モスクワを平定すればわが遠征は完成し終了するところであった。それは危険の終わりそして安全の始まりとなるはずであった。世紀の大義は獲得され、革命は完遂され、もはやただ革命をそれが破壊しなかったものと調和させることだけが問題となったのだ。この仕事が私のなすべきことであるというのなら、私は私の人望そのものを犠牲にしても革命が勝利するようにさせたであろうに。私の栄光は私の公平さの中にあったものを」。

地球の創造者として、純粋、融和、寛容さたいして彼が常にもっていた志向が伺える言葉である。誰も彼に恨みの感情をもたせることはできないし、心からの寛容、人を許す喜びを奪うことはできなかった。大革命時にすでに流されたおびただしい血、ダントン〔フランス革命時の政治家。ジャコバン党の首領として恐怖政治を行う。断頭台で処刑。一七五九－九四〕とロベスピエール〔フランス革命時のジャコバン派の政治家。一七五八－九四〕も苦しんだ血、そうした流血を目にすることこそ、彼が忌み嫌うことであった。事実、彼はアイラウのしみのついた雪にずっと苦しめられた。なかなかできないことであるが、万人の同意をえて、要求しうる限界を超えることができたこの人間離れした支配者たる彼も、自らの使命に疑いをもつことがよくあった。あんなにも愛していたルソーの墓前で、気弱になり、こうつぶやいたのであった。「おそらく、人類にとっては、彼も私も生まれないほうがよかったのかもしれない」。しかし、そうした疑い、ためらいは、まるで夏の湿った灰色の暁がもやを吹き払い、きらきらと輝くように、彼から急速に消えていった。

ヨーロッパ全体の繁栄、さまざまな利益、権利の享有と安寧のために提案したものを考慮し、発展させながら、彼は最後には次のような言葉でしめくくった。それは今日、さながら「救いを求める乙女たち」の声のように、そこに彼の名前こそ見受けることはできないものの、あらゆる団体やグループからあげられる言葉である。「やがてヨーロッパはひとつの国民だけを本当にもつことになり、旅する各個人はどこでも共通の祖国の中にずっといることになろう。そうなれば、今常駐の主要部隊は、軍縮され、ただ諸国の平和を守るためだけに存在することになろう」。

このように、魂に誓って自分のためには何も求めなかった人は、常に積極的なしかしもの静かで世俗のことには無関心な支配者として、生きてきた。ある朝、マルメゾンの館で、彼は妻のジョゼフィーヌが夜のうちにそっとかけておいた魅惑的な絵を、寝室からひきださせたことがあった。なぜなら「私にはそれを見ることができない。その絵がかかっていると居心地悪くなり、困惑する。いくつもの美術館を不当に自分のものにしているようなたえ難い気持ちになるからだ」。ナポレオンは自分に固有のものはただ名前だけであることをよくわきまえていた。宇宙の判別しがたいいくつもの目的を前にして、およそもっとも偉大な人々がもつ確信と謙遜である。しかしその名前はセントヘレナの柩の上に記されることはなかった、イギリスが柩に書き記すことに同意しなかったからである。

偉大さ、栄光、おお虚無よ！自然の静けさよ！

一部カトリーヌ・ド・ヴュルテンベルグの血が混じっているが、実質的にはナポレオンの血を引く流謫の皇子と、よく気がつく子供のプランガンでの出会いは、ただ私に失望のみをもたらしたに過ぎなかった。世界の歴史を驚愕させた男の忘れることのできない天賦の才は、一八二一年五月五日、世界の暦の上に刻まれた夕暮、彼とともに消えてしまったと私は感じていた。その時、イギリスの大砲は天にも海にも、岩壁も震えるような号砲を放ち、海へと没する太陽と、伝説となった生命の解放をいく世紀へだてた未来に伝えたのであった。

しかし、打算的で陰気であると自称するジェローム・ナポレオンの無愛想で力強い顔は、島のまぐろ漁の人々とおしゃべりしたり、彼らと夕餉を一緒にしたりする「雷鳴の人」、エルバ島のポルトフェライオ港の燃え立つような温厚な囚われ人を思いおこさせることはなく、むしろ、私が世界の歴史における胸を高鳴らせる宝石であるという気持ちをもち続けてきた人にたいして、再び気持ちを高めるための導きとして役に立ったのである。いったい、いつ自然は、外見においてもそのいろいろな能力においても、自然をみたし、凌駕する人を見事に作り出すのだろうか。自然は、いつ、ひとりの人間の誕生から死までずっと続く驚異、並ぶもののないほどの豪華さにおいても、あるいは、節度と節制のいずれにおいてもどっちみち予想もつかないような驚異を、じっくりと見るように私たちに促すのだろうか。ナポレオンが誕生した一七六九年に、フレデリック大王〔フレデリック大王。プロイセンの啓蒙専制君主。一七一二―八六〕が予知夢の中で見たという英雄の星から、十八歳のボナパルトが最後の勉学ノートの下に描いた星印、その極々小さな星まで、そんなこともあるかと唖然としながら想像してしまうような奇妙な方法で、自然はいったい誰の上に確実なもの、神秘的なものを重ねるのだろうか。まだ将来が分からないこの熱烈な勤勉家は、読み上げた膨大な量の書籍を書きとめ、注釈し終わって、ある夜、最後のページの残された狭い余白に、次のように書いたのである。「セント・ヘレナ、大西洋の小さな島（イギリス領）」。

彼に属するものなら、その虜となった私を征服し、次いで法悦に似た喜びでいっぱいにした肉体的な側面さえも愛している。

革命の最中、まだ彼がなんらの栄光にも無縁であったツゥーロンにおいて、救助隊員に守られて旧宮廷の優雅なひとりの女性が、とり乱し、砲弾が飛びかう街路を逃げまどっていた。彼女は突然、一団のまだ若い兵士たちに命令を下している若いボナパルトに気づいた。と、彼女は恐怖も忘れ、ふり返り、足を止めたのである。およそこの世でもっとも眩しい歯を、きらりと光る束の間の空間に見て、彼女は身動きもせずに、胸に手をおいた。仮装祭りの最中、真珠と象牙の光沢からすぐに自分と分かるのではないかと恐れて、顔の下半分を隠さざるを得なかった、ナポレオンの自慢の完璧な歯であった。彼はまた、かって一度も描かれなかった名状しがたい視線、敵でさえも喜んで描写し、磁石のようにひきつけられると認めたほど、とても美しい手をもっていた。セント・ヘレナの鉄製の寝台の上で、死の苦しみにある時、ナポレオンは死後、自分の手は胸の上で十字に組まされるのではなく、遺体の両側に自然に伸ばされ、自由なままにしてほしいという希望を口にした。しかしその願いはきき届けられず、遺体は、服従の印として指を組み合わされた＊。方言と同様に、アッティカ風のさまざまな特徴がしばしば何の影響も受けずにそのまま純粋に保たれているコルシカの生まれで、その上、彼の天才の中に、モンテーニュ、ラ・ロシュフーコー、百科全書派の哲学者たちを見出すことがあるほど強力にそして他にないほどにフランス人的であるので、古代ギリシアの子孫ともいえる彼は、罪を悔悟しているようなそうした姿勢をとらされるなどとは思いつきもしなかったし、同意することもできなかったであろうに。

＊アンナ・ド・ノアイユの遺体は、果たされなかったナポレオンの遺志にならって両手は組まず、体に添って置かれた。

この上ない組織人、計り知れない詩人、さらにおそらく母レティチア・ボナパルトを尊重している子供としては、カトリックを支持し、自分の死についてもカトリックのさまざまな宗教儀式をきちんと行うように要求したけれども、だからといって彼が、万物の謎めいた波乱の生命とひとりひとりの人間の虚無を思い浮かべなかったわけではない。祭りが行われた森の中で、小鹿のひき裂かれた血まみれの体を差し出された時、狩猟のあとに彼を襲ったもの思わしげな悲しみにいかに心を動かされたことか。彼は回りの者たちに悲しみを込めて次のように問いただした。「ああ、いったい君たちは、息の絶えた動物と生命が亡くなった人間との間にいかなるちがいを見分けることができるのか」そして彼は「植物と人間の間には、途絶えることのないつながりがあるのだ」ときっぱりといったのである。

いわば死ぬ運命にある神であり、フランスについても、頑固な夫として「私はフランスと寝たのだ」といったと同様に、時に飽いて「私は栄光を満喫し、栄光を惜しげもなく人々に与えた」といえるほどに栄光にみたされていたナポレオンが、私たちにもたらすいろいろな思いの中から、傲慢な女の、正当でつつましい口答えはのぞかないでおこう。みなは、世界を魅了したその人を魅了しようと試みることもできたかもしれないのに、その限り無い誘惑者と同じ時代に生きることがなかったのは気の毒だと冗談交じりに彼女に同情しもするが、彼女は、漠然と思い描いた最高の純愛を力の限り退けながら、熱を込めおごそかに断言するのである。「いいえ、私は彼の恋人たちのひとりになりたいと願ったこともありません。でも、せめて彼の近衛兵のひとりにならなりたいと思っています、近衛兵なら彼のために死ぬこともあるでしょうから」。

第三章　湖畔の読書

ボナパルトの奇跡―マルメゾンの庭で―ヴォルテールの東屋―ルソーの魅力―レ・シャルメットでのバレス―ミュッセへの恋―湖畔の読書―コルネイユとヴィクトル・ユゴーの天才

ボナパルトの奇跡の何が人を引きつけ驚かすのだろうか。人類の中でもっとも係累が多く、あるいはもっとも孤独であったというのは本当なのだろうか。大音響がとどろき、光輝くノートルダム寺院で、教皇をわが意のままにしたがわせ、自身に最高の価値をあたえ、手ずから王冠をつかみとり自らの頭にしっかりとのせた男にいかなる孤独があったのだろうか。コンドルセ〔フランスの啓蒙思想家。フランス革命時、ジロンド派の指導者となり、獄中で自殺。一七四三―九四〕に死をもたらした毒をあおり、思わず吐いたものの、断固死ぬのだと再び飲み込み、それでも現実的な可能性を冷静に探り、緋色の寝室の薄明かりのなかに横たわって、弱々しい、しかしはっきりとした口調で「かの軍隊、かの部隊は余のためにその血を流す用意がある」といったフォンテンヌブローの敗者の胸にいかなる抑圧があったのか。

のろのろと進軍し、止まり、びっこをひき、倒れ、再び立ち上がり、当初は手薄だった行進にしだいに農民や民衆が加わり大きな群となり、親しみのこもった熱烈な気持ちでその雑多な群衆が、「陛下」とよびかけるやら、むしろ最高の愛情をしめすためか「君」とよびかけるやらするのを耳にしながら、グラース、グルノーブル、リヨンの街道を押し黙ったまま、しかし威厳をもって、まるで渡り者のように進んでいく人の中にいかなる孤独があったことか。

肩に鉄砲をかつぎ、頑強な馬に乗ったロシアとイギリス以外のすべての男たちが、ただひとり、武器もなく伴もつれずに彼らの前をいく、疲れ果てた小柄な男が、悲しげに、かつての部下の兵士たちに問いかけようと、色あせたマントをはぐり、自分の心臓の位置を示すのを見たグルノーブルの夕！夏、うまごやしの野と無限の青空の間をひらひらと飛ぶ珍しい蝶のように、空間を貫く一発の弾丸があれば、その疲れ切った体を地面に倒し、運命を終わらせるのに十分であった。ナポレオンが手短によびかけた「人間の壁」は、追放者の膝元に喜んで身を投げ出したのである。愛情と一種の疑い深く母性的な陶酔に震えながら、兵士たちは彼に近づき彼にさわり、その存在を確かめ、彼にキスを浴びせたのである。かつてのシベールや、春のバッカスの祭りにささげられた信仰に立ち会っているようであった。しかし、松明の光に照らされ、歓呼の声にぼうっとなりながら、足どりもおぼつかないルイ十八世〔フランス革命時、処刑になったルイ十六世の弟。長い亡命生活ののち王位につく。一七七三―一八二四〕が離れたばかりのチュイルリー宮殿に、今から戻ろうという疲れ切ったその旅人の胸中をいかなる孤独が横切ったことか。運命の勝者は、もはや手足が麻痺し、目を閉じ、唇を結んだ銅像でしかなかった。血気にはやる手が彼を馬車からひき離し、玄関にひき入れ、階段の上に持ち上げ、ひきおこし、いわば愛の大洋に漂わせるのであった。その場所で、ナポレオンは危険なほどにあまりにきつく抱きしめられたので、兵士たちの腕から彼をひき離し、息をつかせようと、骨が砕けるほどに彼の回りで踏んばっていた部下のラベドワイエールとコレンクールが恐怖で声をあげるのがきこえたほどであった。

それぞれの人の生命は、たとえばその属する集団の量りで量ればみな同じ重さをもっていて、共同体の中で同じように尊重される。公正さ、同情の気持ちは、そうした狂信的なまでの堅固な信念にもとづいているのである。初めて『人間宣言』を読んで、「人は生まれながらにその権利において自由で平等である」という文章が魂を満足させた時に感じた心からの感動を私は忘れることはない。理性、善意では「権利において人は自由で平等である」ことを望んではいる。そして死がやってくる。死後は、総決算が行われ、遺体は正当な差別をうけ、たとえば生きている間に当然うけるべきであった分け前が増やされてもどってくるのである。その総計は、彼らが生きてこの世にある時の価値をもはや損なったりすることはない。たったひとりであっても、肉体的精神的に数千の人間にも値するそうした尊敬すべき死者には、皆が納得する惜しげない格差がつけられ、その総和は、人々に彼らを崇める気持ちをおこさせるのである。ナポレオン自身が「平等の感情は個人にあっては当然である、その正しさはよくわかる。それは喜びでもあるし、平等感は自由の感情よりも必要である。どうしてあるものは荷鞍をつけて生まれ、別のものは長靴を履いて生まれたと見分けることができようか」といったからといってそれがなんだろう。肩をすくめてお世辞を追い払うのが、およそ陰気な指導者たちの理性、叡知、高邁さというものではないだろうか。

＊

一九三〇年の夏のある日、私はマルメゾンの館を訪ねた。ただひとりの男がいないというだけで、まったく人の気配が消えてしまっている館のなかを私はさまよい歩いた。生きている時に親しんでいた庭、階段、寝室が、死者となった人をつなぎとめておく力をもつには、ナポレオン以上に、並外れ、途方もなく偉大で、確実で挑戦的、想像をかきたて、比類がないほどに存在感がある必要はない。ローマの中央大広場に咲くひなげしや白薔薇にシーザーを、青く塗られた鎧戸でかざられたヴェローヌの赤い宮殿にそこで天国を描いたダンテを、ワイマールではゲーテを思いおこすが、マルメゾンではナポレオンを忍ぼうとしてもできないとよく人はいうけれど、私はそれとはちがう感情に胸をしめつけられ、踊り場のところに立ちすくみ、なにか裏切られたような気持ちであった。私は、長細い窓から、一般公開された優雅な光景を見つめた。将軍ボナパルトがほっとくつろぎ、フランス皇帝がぐったりとなった場所である。若いころに読んだ書物を思い出す。それは奇跡について同時代の人が書いた話で、正確で彩りあざやかで、歴史というよりは、歴史の、的確で詳しい反映であった。

夏や、秋の暖かな夕、若き征服者は、屈託のない将校連とともに、勇敢でコケットなかれらの妻たちの笑いと大胆なおしゃべりに囲まれて、砂場で陣取りゲームを楽しんだものである。怪物の足が踏みしめたのは本当にここなのかしらと私は思い描こうとした。イザベ〔フランスの細密画家。ナポレオンを多く描いた。一七六七―一八五五〕の肖像画に見ることのできる、優雅で子供らしいので、かもしかの皮の手袋をした繊細な手のような感じがする足。その運命の足が、輝く平原にまでやすやすとつれていってくれると思い込んでいた、恐るべきアルプスに踏み込んだのである。イタリアの庭園の蔓穂蘭《つるほらん》やすみれの中に踏み入れている足を思い描いてみる。あるいは羽飾りをつけたやせた領袖が、クレベール〔フランスの将軍。ナポレオンのエジプト遠征に従軍。一七五三―一八〇〇〕が作る大きく涼しい影の下に巨大な太陽をさけながらナイルの岸辺をいく足を。その運命の足は地球のあらゆる街道に未曾有のくっきりとした消えることのない不死の跡をのこしたのである。凍てついてしまったベレジナ川では、その足が疲れ切った体をひきずりながら、初めて杖にすがって歩いていくのを見て、精悍な兵士たちも凍りつきながら泣いたのものである。マルメゾンの庭で、私は必死に思い描こうとしたけれど、何の形跡もない地面が見えるだけであった。

この夏の日の好奇なできごとが気にかかり、私は城も訪ね、急激に変化する途方もない時代の衣装類が展示されている居間にいってもみた。そこには鷲と蜂の紋章がいっぱいで、壁掛けと絨毯の上で、ぶつかりあい、襟、胴着、袖、カフスにも入り込んでいるようであった。もったいぶってきちんと並べられたその陳列はいったい何なのか。紫の衣装の裾に天才の影を虚しくとどめようとしている、いってみれば絹と色あせた刺繍の店なのか。王妃オルタンスのレセダ色をした編み上げ靴、ローン地でできたローマ王の帽子を見つめながら、私は一人言をいった。「厳めしく心に染み入る形見の品、ともかくも形見の品なのだ」と。悲しくなり解説書や中央の展示物から離れ、窓の前に巧みに配置されたガラスの陳列ケースのところに私は身を屈めた。年を経てしなびれ琥珀色になった形見の衣類に遠慮会釈なく日の光があたっていた。その時、私の視線は、オレンジ色の染みが見えるようにたたまれた、薄地のリネンでできた大きなハンカチにひき寄せられた。時が、その麻織物の上に、緋色、真紅を吸いこんでしまい、もはやただうっすらとした錆のような色合いだけを残していたのだ。資料に貼られた説明によれば、それはラティボンヌの地に倒れたナポレオンの血ということであった。なるほど、生命は当然のようにその力を誇示し、充足を求め、本質を保存しようとするものだと、血痕を前に、胸をいっぱいにしながら私は考えた。しかし、はたしてナポレオン以外の何人の人間が、沈黙から発せられた「これが余の血である」といった言葉で、私たちの夢を無限につなぎとめる力をもっているだろうか。

*

ジュネーヴ近くのプランガンが、今でも残る皇帝の威信によって輝きに浴している時、湖のもう一方の岸辺では世の中の興味は移っていった。ガンベッタ〔フランスの政治家。一八三八－八二〕のいくたの恋人が身を隠していた木立ちにおおわれた別荘がよく話題になった。ほかの景観ではラマルチーヌ、ミシュレ、エドガール・キネー〔フランスの歴史家。一八〇三－七五〕がひき合いに出されたし、ローザンヌでは慎ましくて学識もある年若い未亡人、ヴァランス夫人*のことも人々は思い浮かべていた。レ・シャルメットの丘の上にあるシャンベリー近郊に居を構えたその優雅な女学者が、ルソーの欲望とつるにち草**に永遠に彩られる以前から、切り込みの入った雉鳩のような襟の彼女の黒い服はスイス大学の教授連を感動させていたのである。緑したたる澄み切ったサヴォワでは、どの風景にもジャン=ジャック・ルソーが忍ばれた。フェルネーではヴォルテールがそうであった。村の広場の真ん中にある彼の彫像はまさに田舎の長老そのものであった。ひっそりとした牧歌的な岸辺に生活する純朴な子孫を祝福し、彼らと共にあることを示すほほえみを浮かべていた。

＊ 離婚して、アヌシーに住む女性。ルソーの「母」であり愛人。一六九九―一七六二。
＊＊ ヴァランス夫人が、道端で見つけた青いつるにち草は、その後ルソーにとって幸福な日々のシンボルとして特別な花となる。

娘時代の私が、世界の思想をひっくり返したその不動の長老を初めて目を凝らして見たのは、噴水の回りで遊ぶ一団の子供たちに混じってであった。もっとあとになってからは、ヴォルテールの住いをよく訪れたものである。運命の手が緻密に作りあげた、鼻腔のひらいた、皮肉っぽく優しげな顔つきのヴォルテール、創造的で勝ち誇ったようなしかも慈愛にみちた笑い。あらゆることに通じ、自らの名前で時代を驚愕させたヴォルテール。彼は、いかなる精神をも豊かにし、決して奪われることのない、時代や場所を超え通用する貨幣をその名で作り出したのであった。

当時を忍ばせる衣装が保存されているフェルネーの明るい部屋に座って、病気がちでよく呻き声をあげる虚弱な体質ではあったが、それでも疲れを知らぬ哲学者の肉体を私は思いおこしていた。広く若々しい知識で彼が心酔させていた遠くの国々を駅馬車でかけめぐる姿を想像してみたのである。赤褐色のタフタの外套、花模様の刺繍がほどこされた明るい色合いのチョッキ、三角帽と古びた杖、そうしたものが展示されているおかげで、理性を世界に植えつけた散歩者を思い浮かべることができた。湖水に面したきらきらと輝くヴォルテールの住まい、その東屋の下や、菜園の葡萄《ぶどう》畑の近くをぶらぶら歩きながら、いったいなんど「ここここそはとるに足らないことなど滅多に語られなかった場所なのだ」と尊敬の念でいっぱいになったことだろう。

優雅さにおいて力強く、叡知において限りない彼の作品があたえる敬愛の念は激しいものではあったが、私の気に入っていたし、けっしていき過ぎとは思えなかった。手にとって見たことのある彼の書籍の多くの版は、しばしば非常にすばらしいもので、ほとんどすべて最初のページに挿し絵があり、情熱的な間投詞があった。

姑のノアイユ公爵夫人が、ルイ・フィリップ王〔フランス王。七月革命の後、王位につくが、二月革命で退位。一七七三―一八五〇〕の大臣でもあり友人でもあった祖父のモレ伯爵から相続した、シャンラトルーの城の図書館は、その丸い形、寄木張りの床、交互に差し込む甘い茶色と金色の光で私を魅了していた。細部にこだわった高価な装丁が一種の堅固な壁掛けのようになり、そこから思想のもつ荘重で高貴な雰囲気が発していた。シャンラトルーの豊かな緑、すなわち重い枝にかしぐ木々、ラ・フォンテーヌの寓話にでてくる、人間のさまざまな特徴を貸しあたえられた、気取った話し方をする動物たちが仲間になったり喧嘩したりしている寓話にでてくる詩的な野原などが、十七世紀のしっかりとした優雅な作りの高窓にぴったりと納まって見えた。昼はいっぱいの光が、そして、夕べにはほっそりとした明かりからいきいきとした輝きまでが、そのページのなかに数世紀にわたる総括と力を含みもっている、皮革やなめし皮で装丁された本の並ぶ、たわんだりそったりしている書棚を照らしていた。

飽いたり怠けたりすることもよくあったが、私は若さからくる好奇心をその魅惑的な部屋で満足させた。居心地のよい梯子に乗っかったまま、あれこれと本を選んだものだ。豹の皮膚のように点々と色褪せたトルコ青の染みのついた、滑らかな皮でおおわれたヴォルテール作品の一巻をよく手にした。第一集には、時を経てざらざらして茶色になった最初のページに、ヴォルテールの胸像が刷り込まれていた。その像は寓意的な装飾模様に縁どられ、下のほうには彼にたいする敬愛の念からでた「彼は人々の蒙を啓《ひら》いた」という文章が目についた。その賛辞がなぜ私たちをびっくりさせるのだろうか。数学と天文学の仮面をかぶった女神が鼓舞するニュートンを恍惚と不安で喚起することができ、ペルシアのギターの音にとろけるようになった薔薇の園にサーディー〔ペルシアの詩人。代表作『薔薇園』、一一八四頃—一二九二〕を生き生きと巧みによみがえらせる、博識で詩的なヴォルテールにむかって私たちの精神から、同じ称賛の気持ちが立ちのぼっていく。

両親の友人の中には、この輝かしい精神を、むきになって「不吉な悪魔」あつかいしている人もいた。しかし不思議なことに、すでに私は、だれの詩かは知らないまま、普遍的な哲学者を彼の祖国に結びつけるユゴーのあの響き渡るような叫び、「おお、ヴォルテールの国よ」という詩句を知っていたのである。

ジャン＝ジャック・ルソー、彼こそは、牧歌的な幸福と瞑想的な空間の憂愁に結びつく不思議な力で、子供のころの無知な私をひきつけ、想像をかきたてた人であった。ジュネーヴの湖の農場のまわりで、こおろぎの鳴き声と岸を洗う波の音がささやきのようにいっしょになってきこえる中に煙とミルクの匂いが立ちこめる時、栗の木の下で、茂みの下を流れるせせらぎの音、夕べの岸辺に響く羊の鐘の響きに、私はルソーにあこがれ、ルソーを味わったのだった。

たとえば暁がホメロスの胸をふくらませ、月の光がバイロンの胸とシャトーブリアン〔フランスのロマン派の作家。一七六八―一八四八〕の気取った悲しみから発してくるように見えるというように、伝説となった巨大な天才というものは、風景をしっかりとつかみ、町々や田園を所有し、自然のあらゆる様相に結びつくものである。私がやっとヴェルギリウス〔ローマの詩人。前七〇―前一九〕を読んだのは人生も半ばになってであったし、『墓の彼方の回想』は大人になってからの長い苦しみの時にしか私の心を悲しみでしめつけはしなかった。とはいえ、ヴェルギリウスもシャトーブリアンも、彼らのさまよえる魂、広がる不死のため息により、私の子供時代の空、牧草地と果樹園をいっぱいにみたしたのである。

二十歳のころ、ルソーの作品と生涯がふりまく毒に心の底まで魔法をかけられたようになった。悪い行いを満足がいくようにあれこれといかにも良心的に告解するのは止しにしたが、それは絶対的に真正であるがためであった。ルソーは、さまざまな悪い行いというものはさくらんぼのかごや鳥のうぶ毛のように自然に私たちにもたらされるものだと思っていた。肉体に結びつき、しかもまさに精神の宝物として私たちが夢見る恋、その恋に関する諸々の事柄が、欲望の気高さ、もろく崩れる幸福と苦しみの気高さによって価値あるものとなる時、各々の存在の中に、それぞれの形をとり、それまで知らなかったかあるいはおおわれたままであった、しかし今は命令し、行動し、選び、飽食する恥じらいの気持ちが芽生えるのである。

もし神を意識し、当然求められる羞恥心がその唇に指をおいて制止しなければ、たとえ聖女や天使といえども、告白したあとのうっとりとした混乱状態が消えると、普段の生活がその勤勉で立派な魅力と名誉を失うようないくつかの打ち明け話を私たちにするかもしれない。しかしこうした考えを誘い出し、ルソーに結びつけるようになったのは、曖昧なままに隠されているものを探求しようという彼の姿勢、癒《いや》されぬ彼のさまざまな苦悩、『告白』の中の数々の話が完璧に、鮮やかに手にとれるように描きだしている場面、さらにはその率直さが牧草、素朴な家畜、サヴォワの家、生まれつつある欲望の匂いをもっている『孤独な散歩者の夢想』の中で語られるいろいろな夢想を知ったからである。

青年時代には胸がときめくあまり耳鳴りまでさせながら、ヴァランス夫人の方へ進んでいった道で、今は年をとり腰の曲がったジャン＝ジャックはかっての巡礼を描写して「今日、花咲く復活祭の日」と書いた。

『夢想』の第九章、それは、それ以後はどんなものによっても満足できなくなるような手管、気配り、上手なほめ言葉でとり囲み、詩人の熱烈な魂を満足させた母なる愛人にささげた、恋と感謝の牧歌詩、言葉による短いソナタである。私はその寝室を思い浮かべてみる。ざらざらした中国の壁紙の貼ってある部屋、十八世紀の錫製の食器類、質素なクラブサンの上に置かれた緑色の飾り時計、手狭なチャペル、空と野菜畑を分る地平線。それが、博識な庭男*にたいして以前そうしたように、アヌシーの理髪師のさまざまな要求にたいしても親切に答える落ち着いた愛人を、ルソーがわがものとした寝室の装飾である。

＊　ルソーの前にヴァランス夫人の愛人であり、庭男でもあったクロード・アネ。

次の文章は、情熱的なページの中にあるおだやかな、いわばアンダンテとみなされるべき文章であるが、籠絡《ろうらく》され、満足でいっぱいの青年の感謝の気持ちがあふれ、爆発せんばかりである。「僕は、ローマ皇帝ヴェスパシアンの不興を買って、田舎にひっそりと世を閉じた裁判官のようにいうことができる。すなわち私はこの世で七十年を過ごしたが、そのうち七年を生きたのだ、この宮廷、いや正確にはこの空間がなければ、私はおそらく自身について不確かなままであったろう。優しさにあふれたひとりの女に愛され、いまだに単純でナイーヴな私の魂に、それにふさわしい形をあたえ、そしてそれをいつまでももちつづけることができたのである」。

数年が過ぎ、幸運にもレ・シャルメットを訪ねるという機会がやってきた。心は相変わらずルソーにとらわれたままであった。モーリス・バレス〔フランスの作家。一八六二―一九二三〕、バレス夫人、二人の息子の小さなフィリップがアヌシーで私たちに合流した。すでにモーリス・バレスと私は、夏の朝、アヌシーあたりを訪ねたことがあった。小さな湖が嵐に怒り狂う中、ラマルチーヌがその腕に、エルヴィルのモデルとなった、青ざめ、今にも死にそうな情熱的なジュリー、つまりシャルル夫人を支えたすばらしい風景を訪ね求めたのである。

バレスと私は、ピンクの岩扇と紅花爪草が乱れるほどに生い茂った野原で、斜めにかたむいている標識をみて大笑いをした。それには「霊感の場所、三〇〇メートル」という叙情的で手短なことばが書いてあった。

バレスはラ・マルチーヌにたいして、ユゴーが彼にあたえていた熱烈な尊敬の気持ちをも凌ぐ信仰に似た気持をもっていたけれど、ヴァランス夫人とルソーのレ・シャルメットはそれにもまして、彼をひきつけていた。

一台の車に家族いっしょに詰め込まれ、夕暮れ時、私たちはレ・シャルメットの屋敷にやっと到着した。夕べの匂いのする道、輝かしい風景へむけるまなざし、疑い深そうな管理人の男の人がその家に格別の関心もないままに住んでいる静かな家へとやっと入れる入口。管理人は押し黙ったまま、不愉快そうなようすを隠そうともしなかった。観光客の、はしゃいだしかもおもおもしい態度が気に入らなかったのである。私たちは、『告白』の初な主人が、分けあわねばならなかったいくつもの恋に苦しんだ館をていねいに見て回った。私はジャン＝ジャックの寝室に入り、天才と神経の病に取りつかれ、魂も荒れすさび、もろくなった肉体が半死半生で横たわった寝台のかたわらに、しばらくひとりでたたずんでいた。秋の果樹園は、重そうなダリアの花が輝き、すぐりと、まるで夏の唇そのものがすっかり食べ尽くしたみたいに実が減ってしまった野いちごでいっぱいで、地面は、平らな緑の植物が絨毯のようであり、その深い根から湿った息が吐き出されていた。寒い季節でもあり、心残りなことに、つるにち草はなかった。それでも、私たちはその特別な花を思い浮かべた。両の肩に鳩をのせた女主人のお気に入りのクロード・アネの影に出会うような感じする庭を、話をしながら足早にざっと見て回りながら、私はルソーに関する詩を作った。心の中に、たちどころに次のような詩のイメージができ上がったのである。モーリス・バレスは優しげな好意に満ちた顔つきで、私の視線のなかにそのイメージを探ろうとしていた。私はレ・シャルメットに次の叙情詩《スタンス》*をささげたが、ここにもそれを記しておこう。

* 同型の詩節からなる宗教的・教訓的・悲劇的な叙情詩。

街道。薄荷《はっか》の甘い蜜が
小さな流れに漂う。
つつましい永遠の恋人のほうに、
ルソー、あなたがさまよいついた時。

川は流れ、あたりは静かで涼しげ、
影は青く、湿気を含みまどろむ。
あなたの窓が開いたのは
あのなだらかな坂の上!

いら立つ人々を

もっとも大きな都会につれてもいく、
あなたのため息と怒りが、
ここでは葉群を持ち上げる……

気を失うほどの宗教的な恍惚！
私の心はやさしさに溶けていく。
ドアを押し、部屋に入ると
ほらあなたの家の空気が感じられる！

あなたの窓辺に体を寄せる
夕べがシャンベリーに降りてくる。
ここであなたが田園の恋人に
笑いかけたことを思いながら。

あなたの足は窓ガラスのほうへと進み
チャペルを横切っていった。
あなたの官能的な母たる人が

カーテンの中で目をさました時。

教会の鐘が鳴り、日が沈む、
私は夢み、おしだまる……
あなたが悲しみに穿たれた心を
投げ出したのはこの寝台の上！

この感動的な夕に
私は色を失い
魂を重くしめつけられて
あなたの寝台のかたわらに立っている。

思い詰め、黙ったまま
あなたの枕に両手を置き
開かれ、再びたたまれた腕
私はあなたに恋する妹。

あなたの影を抱きしめる、
二人を隔てる百年がなんだろう！
この月の同じ時間を
あなたはここで生きていたのだから。

六時半、
クロード・アネが庭に散水をする時間。
あなたの熱い両手が、突如、
恋人の首にまきつく。

ここ、このマスカットのそば、
柔らかな単調さの中、
あなたが自分の天才に震えたのは、
おお、卑劣で繊細な英雄！

ダリアと葡萄《ぶどう》の
秋の澄みきった冷たい匂いが、

あの人の胸の中に染み入ってくる。
あなたにあんなにもやさしかったあの人の胸の中に。

古い壁に支那の壁紙が
貼られた寝室で、
ああ、あなたの女主人はなんと狂おしいことか！
あなたたちは三人ながら愛に泣く……

パルムの僧院に輝く光の強さも、
宇宙の美しい入江も
あの名高い涙が滂沱として流れた
緑の庭にかないはしない。

おお下劣な下僕でしかなかったルソー、
何人もの主人から追われたルソー、
あなたの神々しい歌は
林、泉、森を次々に貫いて行く。

ほら、ご覧なさい、今夜、青い空が
その清らかな額をレ・シャルメットの上にかたむけている。
私は手の中に空全体を抱きとり
このつるにち草をささげよう！……

習性になっているのか、陰鬱で、口数の少ない管理人が見学も終わろうかというころに、芳名録を差し出した。そこには誰ということのない何人もの名前や、簡単なあるいは突飛な感想が並んでいた。バレスがペンを手にして、今度は自分も何か詩を書こうとじっと考えている間、私の方は、彼の作品の中の文章をそこに書くことができると思って喜んでいた。それは激しいよびかけで私を驚かせた次のような彼の若いころの文章である。「我が親愛なるルソー、おお我がジャン＝ジャックよ！　あなたこそは私がこの世でもっとも愛した人」。

＊

もうお分かりのように、レマン湖は、私にすべてをもたらしてきたのであるが、それもはるかな偶然により、わが岸辺とわが家にあたえられたアンフィオンという名前のゆえである。父は結婚した時に、かってヴァレフスカ伯爵[*]が所有していた優雅な別荘を手に入れた。いつまでも匂いの消えない箱植えのオレンジに囲まれ、庭はうまくデザインされ、土台は湖に張り出していた。歴史の見逃せない宝ともいえるヴァレフスカ伯爵はナポレオンの愛人であるポーランド女性との間にできた息子であった。彼女は危なっかしい帆船にのって、当時四歳であった子供を見せるために、たおれることも怖れずエルバ島にまで赴いた、哀しみを誘う忠実な女であった。ナポレオンは父親としての熱い気持から、差し出された世に知られぬ格別の子の額をじっと見つめ、笑い顔を抱いた。そうした父親としての思いは、二人が島を去ったのち、三歳になる嫡子のローマ王にむけられ、ナポレオンは胸をえぐりとられるような悲痛な思いに沈んだのである。

＊ ポーランド女性マリア・レツィンスカとナポレオンとの子供。のちナポレオン三世の信任をえて外相となる。一八一〇ー六八。

アンフィオンという名前はモーリス・バレスを感歎させていた。いつも詩に陶酔している彼は、ユゴーの次の戦慄的な詩句を喜んでくりかえしていた。

人よ、アンフィオンにとらわれし永遠のテーブ！

湖の回りには、まだまだ最高の人々、さまざまな姿が四方八方に飛び散るほど多くいる。たとえばウシイー、ローザンヌ、クラランスはバイロンとシェリーの訪れに永遠に名誉づけられてきたし、秘密の恋の初めのように曲がりくねって影のあるヴヴェイは、アルフレッド・ミュッセ〔フランスのロマン派の詩人。一八一〇―五七〕に「十二月の夜」の郷愁にみちた風景をひとつひとつ提供したものである。たとえば朝露に足を濡らし、朝の間に、素早く仕事をする巨匠の絵のように、簡潔で涼しげなつぎのような光景を。

ヴヴェイの、青いりんごの木の下で……

シヨン城とボニヴァール〔ジュネーヴの愛国者、修道院長。シャルル二世に逆らって、シヨン城の牢獄に幽閉される。一四九三―一五七〇〕が幽閉された牢獄は、いつも無防備の私の憐憫の情に、独房というものが存在するのだということ、そして人間の知略というものが発揮され、残酷さのうちに勝利をおさめるのだということを教えた。

幼いころ、ミュッセに夢中になり、父のすばらしい蒸気船の甲板で、『ロマニア』、『スペインとイタリーの物語』、そしてさらに少しずつ彼の作品全体を読んでいた時、彼がこの湖岸に滞在したことがあったなどとは露知らなかった。レマン湖上の旅、それは大好きだったが、よく気分がとても悪くなった。岸辺の住民が自慢気にし、強烈な塩水に慣れている旅人がむしろ楽しみにしているあの突然の嵐がおきた時はとくにひどかった。

船が横にも縦にも大揺れする時は、めまいに襲われ、キャビンに逃げ込んだものである。波の色に染まった幕が張られ、優雅にも湖を描いた水彩画が飾られていた。私はそこで横に伸びていた。青白くなった顔を見て、かわいそうに思ったのか、誰もそこから出るようにとはいいもしなかった。フェルトの壁掛けやニスを塗った木から出る湿った匂いを嗅ぎ、青い波頭が舷窓に見え隠れするのを肩越しに見ながら、私は詩の魅力というものを知ったのだった。

おお、ペピータ、魅惑的な娘よ！

読みながら、無垢な予感に満ちた私の想像力は、スペイン全土に遊んだ。さらに私は読んだものだ。

聖ブレーズに、ラ・ゼッカに！

もっとあとになってからは、ドレスのようにわら筒を巻かれ、かたむけておかれた瓶に入ったイタリア酒場のワインは、私にとっては、どれもこれも、アルフレッド・ミュッセの味をあたえるものであった。

道ならず私が誰を愛しているか
言うつもりだと、あなたが知れば……

こうした詩句を私は心に受け入れていたが、それは思春期の娘たちに特有の混乱をともなっていた。すなわち、恋の情念を歌う詩人というものは、娘たちにとって、いつの時代でも、きよらかな初恋の人となるのである。ミュッセにたいする一種の恋心はこのようにして私の心に入り込み、代々受けついだ気質、それぞれの心の謎、個々の事情によってさまざまな様相をとる恋のあらゆる形に入り混じった。その上、ミュッセは、なぞめいた歌い手であり、頑強なジョルジュ・サンド〔フランスの女性作家。一八〇四－七六〕の生けにえであった。哲学、学問、心身を没頭させる研究に身をささげた夫たちに裏切られたニノンやニネットといった、明るい目をした老婦人たちが、よく私の前でうっとりとそのことを話題にしていた。なぜいかなる人も彼女たちの高貴なあるいはとるに足らない倦怠を満足させなかったのだろうか。早くから黒いレースのドレス、紫の北京織、彼女たちには大胆に思えた灰色の服を時には身につけ、艶のない髪をした、かってはコケットとして通った女たち、しかしその魂も婚約式の時には、次のようなロマネスクな詩句を味わったことを思い出していたのだろう。

かって夜中の風は、永遠の沈黙の中、
黄金のバルコニーの足もとから、
眠る美女に恋のため息をこんなにも陽気に運びはしなかった……

十五歳の時、いわば踊り子の薄物のスカートを履かされ、音楽のヴェールに覆われ、あんなにも真面目な子供の心の一部を麻痺はさせていたが、それでも、彼の大胆な呼びかけ、肉感的な詩人の恍惚状態を見破り、それを好んだ私は彼女たちよりものが分かっていなかったというのだろうか。私の注意を長い間ひき寄せ、スゾンという名前が軽やかな調子を巧みに出している次のような詩句が、人をひきずっていくのは官能的な恋の悪魔的な闇の中であろうか。スゾンという名前はいつもミュッセに成功をもたらしてた。いったい誰が香りをたたえた、一陣の疾風が起こす軽い竜巻のように渦巻く出発の次のような叫びを愛さずにいられただろうか。

さようなら、スゾン、我がブロンドの薔薇よ？

以下の引用は、私が、好奇心からだけのただ無邪気な好みによって読んだ「ロマニア」である。幻想的で調子を乱すようなところもあるが、官能的で苛酷な心の傷を、本能へと導く作品である。

勇気を出せ、流れる血を逆巻かせるのだ、恋心を奮い立たせ、
人の欲をもった神も呼び起こせ！
スゾンが眠るはずの部屋に入って行くのだ。
起こさずに、彼女に語り、魅惑する。
なんなら、前もって麻薬をあたえるのもいい。

あらわな胸に手をかけ、唇をその耳に
お前の両の腕のまわりに、彼女の長い髪が巻きつく。
女の胸にすべりこみ、そして言うがいい、お前がわが身に何を欲しているかを。
いいか、お前が何を欲しているかを告げ、そして死を賭して言うのだ。
彼女がお前を感じ、忘れることのないように
彼女のどこかを傷つけるのだ。二人の血を混じり合わせるのもいいだろう。
傷痕が彼女に残るよう、お前にも同じ傷痕ができるように。
どこでもいいからかまわずに、頬でも、耳にでも、
彼女が感謝して体を震わせるように。
次の日は、かたくなな冷たい態度で、押し黙り、
目を閉じ、彼女がおそれなく我に戻るままにさせ、
そして、夜が来れば、再び、始めればいい。
そうして過ごして一週間、獲物はお前のものとなる……

ミュッセが私に教えた恋の感情は、ラシーヌに発露する情念によってすぐにおおい隠されることになった。よく人は、優しく愛情深いラシーヌとよぶが、そうした形容は私を押し黙らせ、いら立たせていた。私の習った先生方も当時の伝統と語彙にとらわれ、そういう形容をよくしていたが、ラシー

ヌは私の中のギリシア娘の魂にまっすぐに迫り、そのソフォクレスとエウリピデスの子の手ほどきをしたのである。ラシーヌの劇にある、激しく、避けがたく、血なまぐさいものは、当時はそれほどでもなかった私の激しさによく合っていた。ラシーヌの詩句の炎熱の火山岩の流れは、燃え立つモーツァルトのように私を恍惚とさせた。

天のおかげで、私の手はけっして罪にはならない
私の心もその手のように無垢であるように！

同じように湖畔を散歩している時、私はコルネイユを薄い版で読んだものだ。日が落ちかかると活字が読みづらくなったが、疲れた目を凝らして読んだ。疲れた目にエネルギッシュな強さを貸しあたえる根気が私にはあった。詩人、英雄が、不屈の自尊心、力強い悲劇、豊かでてきぱきした対話の華麗なやりとりで私を征服した。コルネイユの郷《くに》で生まれ、彼の声を聞いたことのある人は、彼の掟にしたがって生きたり死んだりするのである。心に葛藤がある時、彼のストイックな教えは、炎の剣をもってエデンの園の門に立つ厳格な天使のようにそびえたち、われわれをしたがわせる。シメーヌのああした音楽的な叫びを自分のためにくりかえすのが私はなんと好きだったことか。

殺人者ロドリーグ、すなわちわが父を殺した人！

コルネイユの詩には、たとえば緋色の法服をまとっているといった感じがあったが、それは他の人の作品では決してみられないものであった。私は思い出す。ラシーヌびいきの人々の嫉妬と非難をひきおこした脚韻「あなたが説明なさる」という詩句を。もっとあとになって、快活さが崇高さをものともせずに傷つける時、コルネイユ劇によく現れる家族間の徹底的な殺し合いに私が驚いたのは本当である。そこにはラシーヌの竪琴が奏でる黄金の歌の響きはけっしてきこえなかった。『オラース』の最後の場にただひとりでも誰か生きていただろうか。当時のフランスの館の踊り場からは、なんと多くの怒り、血、騒動、滅亡、憔悴が見えたことか。十五歳のある日、『ベレニス』の繊細な嘆きに酔いしれて、「私はコルネイユよりラシーヌが好きなの」と、あのちょっと頭のおかしい家庭教師にいったことがあった。そして、「あなたならそうでしょうね、ちっとも驚きませんよ」と、敵意のこもった、しかも自分は貞淑だといわんばかりの侮蔑的できっぱりと威厳をともなった調子でいい返された。そのぎょっとするような返事に、私は落胆し、恥ずかしさを味わった。

国家というものはその領土からのみ形成されているのではない。コルネイユの天才はいくつもの州にも匹敵する。「あなたはいつもコルネイユを自慢なさいますね。でも私は彼にしたがって生きているのですよ」。さまざまな決断をする時によく私よりもぐずぐずとはっきりしない友人に、嘆かわしそうにこう呟いた時、嘘をいったつもりはなかった。コルネイユを読み始めてすぐあとに、それまで私がすべての詩人にたいして抱いていた愛情など吹き飛ぶほどに今度は子供ながらに、ヴィクトル・ユゴーに圧倒された。彼の巨人の吐息、詩によって駆け巡る宇宙、やすやすと詩を作りあげる力強い手並み、圧倒的な数の詩句、ばらばらでも、大理石の固まりの中に一群となっていても同じくらいに生き生きとしている彼の詩句のひとつひとつが、彼にたいする崇拝の念をあたえ、それは時がたっても変わることはなかった。ユゴーにあっては、栄誉がシラブルの響きそのものの中にはいっているのである。彼は彼を読むものの生命と勇気をたかめる。彼はなるほどと思えること、本当のことしか予言しない。ヴォルテールが知っていることを、ユゴーは偉大なものにする。詩句の軽快さと驚嘆するほど数のおびただしさによって、この鳥人は下界から天空に跳んでいき、火山から星々のなかにまで駆け出していく。もし、人間にあって、感情というものがヴィクトル・ユゴーの詩句のひとつに込められるとしたら、魂の高貴さはそれによって高められるだろう。頂上の住民である彼の天才はまた恩寵へとおりてくる。それはまるでペルシアの細密画に、かもしかの首がジギタリスの茂みに入り込むのを見るようである。喚起したものを限り無くひき延ばしていく詩があるかと思えば、ある時代、ある都市、時間の闇のなかに飲み込まれたある男を喚起させるのに十分な詩もある。それほどに詩の初まりは直接的で心地好いのである。

かつて、私はミゾールのなかにフェルドゥシを知った……

始めの詩句のこの晴朗な分り易さ、建物の土台深くにある固い石の位置がそうでなくてはならないような完璧なこの配置。私はその配置を、次の詩句にみられるようなラフォンテーヌの詩的構成、すなわち巧みな堅固さ、簡潔で伝播力のあるバランスのよさとよく比べてみた。

　樫の木が、ある日、葦にいいました

ヴィクトル・ユゴーに負っているものを知らずにいたり、忘れたり、否定する人がいるかもしれない。貧窮の日々に神々のパンで身を養った人々にありがちなことではあるが、それこそ恩知らずというものだ。私はといえば、彼を読んでよりこの方、完全に彼にしたがい、彼の子供となった。

第四章　レマン湖のほとり

怖いスタール夫人―瓶詰めのネッケル夫妻―ジョルジュ・サンド―フランスへの忠誠―デシュ氏の歴史観―母なる牢獄、祖国―かごの鳥の子供―天国アンフィオン―ジャン叔父―葬式

いま一度思い出をたどりながら、レマン湖を端から端へ横切ってみよう。ジュネーヴからさほど遠くないところに、豊かな葡萄《ぶどう》の木におおわれたモルタル造りの家がわずかにあるだけのエルマンスのひなびた町がある。住民の中には詩情あふれる景観と、美しい庭のある、町でただ一軒の旅館を自慢にするものもいた。夏にはよく川沿いの小道に、きらきらと玉虫色に輝く鶏の羽毛が散り、観光客の目をひいた。その向こう岸にコペー城がある。ずっと敷石を敷いた中庭の奥に、コペー城が美しい正面を見せて立っていた。中に入るとかのコリンヌ〔スタール夫人の小説『コリンヌ』（一八〇八）のヒロインの名〕の末裔オッソンヴィル伯爵に迎えられる。かたわらに気位の高さと風変わりなようすでならした妻をしたがえ、まわりを魅力的な風情の娘たち、学者や気品にみちた客たちにかこまれ、いかにもスタール夫人〔フランスの女性作家、批評家。一七六六―一八一七〕を訪れているのだという感じが漂っていた。子供ではあってても私はどこにでもよくつれていってもらっていた。ひっ込み思案で無口であったが、どん

なことでもちゃんと正確に心にとめていた。目を伏せているように見えたかもしれないが、実は大きく見開き、何でもしっかりと観察していたのだ。あちらからも、こちらからもスタール夫人の姿絵、胸像、小肖像画がつぎつぎに立ちあらわれたことをよくおぼえている。

実をいうと、スタール夫人にはがっかりした。いや、怖かったというべきか。美しいものに憧れる子供は、心をひきつけることもなく、ただ支配しようというものの前では萎縮するのである。たくさんの肖像画の中でスタール夫人は男っぽい顔をし、回教徒風の厚いターバンで髪を整え、麻の胴着の上には力強い胸が盛り上がり、がっちりとした肩、肉づきのよい褐色の腕をしていた。とはいえ、子供はすぐに希望をなくしたりはしないものである。幸いなことにある午後、私をがっかりさせていた数々の絵の前で、スタール夫人が比類のない雄弁さと同じく比類のない素晴らしい目をもっていたこと、バンジャマン・コンスタン〔フランスの作家。一七六七－一八三〇〕が彼女を愛したこと、手にしている真赤なハープは彼女の指にかかるとこの上なく美しいアルペジオを奏でたこと、とても親孝行であったこと、その仕事は不滅であることなどを耳にした。それをきいた時はほっとし、うれしかった。そして幸福な思いで、彼女の娘、長い髪が魅力的なブロジル公爵夫人の大理石像に見入った。オッソンヴィル伯爵の母親の若いころを描いたアングルの手になる肖像画はすばらしかった。美しいとはいえず、黒いこおろぎのようでありながら、それでも思慮深い物腰、胸、腰とお腹のつつましくほどのよいふくらみが見る人の心を打つ女性であった。そのふくらみは日の光りを受けて青くなるロベリアの花に似た青い衣装を際立たせていた。ラマルチーヌがこの上なく汚れのない詩句で男たちの夢に刻みつけた永遠のエルヴィルを思わせるものがあった。スタール夫人の小説と書簡類を私がやっと読んだのはずっとあとのことである。すぐに力強い天才の調べにきづいた。ずっと以前に『デルフィーヌ』を読んで、見境のない心情の叶露にうんざりし彼女から遠ざかっていたのだが、その時からスタール夫人が好きになった。竪琴、ミゼーヌ岬、愛情をかきたてられた青年との晩年になってからの結婚、そうしたことにも共感を感じた。妻としては年をとっていたが、壮健な彼女は男の子をひとりもうけた。ヘルマンスの古文書にはその子の若いころのことが記されている。彼は二十歳で死んだ。

コペー城のどこかに、スタール夫人の両親であるネッケル夫妻が、腐敗を防ぐために大きなビンの中で二人してアルコール漬になってゆれているときいて胸が苦しくなった。いったい城のどこでそんないまわしいことがずっとつづいてきたのか。

コペー城を訪れると家の人たちや客としてきている人たちはいつもレカミエ夫人の部屋をほめ、いろいろと説明したがるのだった。白いオーガンディでおおわれた寝台、竹と紅水蓮を描いた壁紙……つまりフランス的中国趣味の寝室であり、隣室はサロンになっていた。シャトーブリアンが初めて、いわば挑発的なジュリエットに出会った場所である。その時はやがて彼女に心を奪われ、永遠に結ばれることになるとは思ってもみずに。けれどそうしたものを目にして、優雅さと、勝利と愛の光景を心に描がいてみても心は暗く沈むばかりであった。もの好きにも歴史的興味から、果てはこの二人にも鉛色になった一組みの夫婦が何も感じないままアルコールに浸かっているあのなんともいいようのない水晶の広口ビンを思いつくのではないかと怖れていたのだ。

私の心のなかでは、スタール夫人はジョルジュ・サンドと並んで共通の栄光を浴びていた。私はこの二人の傑出した女性にたいして常に公平無私である。彼女たちが攻撃されたり、低く評価されるとすぐに憤慨するものの、あまりに崇められると口をつぐんでしまう。それぞれの気質を思い描くこと、その心情を理解することがどうにもうまくできないからである。ミュッセの手になる日本の魚のような細い横顔をかたむけているジョルジュ・サンドの魅力的なデッサン、あるいはドラクロアの描いた色とりどりの羽飾りのついた帽子をかぶった、色黒い、しかし清らかな顔が女フロンド党員を思わせるあの簡素な肖像画を知らないなら、恋人カラマタによって彫像となっているいかめしい中年女性がミュッセのジュリー、ペパ、ジャナ、ローレットの偶像であったとは思いもしないだろう。ところで、ノーアンの朝の物語には感動をした。サンドは死の床で苦しみながらも、リストの鍵盤から竜巻のように叩きだされる官能的な音を解放感にみちたのびのびとした心地できくのだった。彼女がおおらかな母性愛をもっていたことは確かだし、バレアレス諸島の荒れ果てた僧院でショパンの心を虜にしたことにも驚嘆したけれども、アルプスを舞台にした哲学的ないくつかの小説には不満を感じた。どうして彼女は好き好んでありそうもない社会主義を描いたのだろうか。それはアルプスにソクラテスやプラトンといった人々が住みつき、羊の群れ、樵《きこり》あるいは小作人たちの指導者よろしくあれこれ議論をして、せっかくの早瀬のほとりや、ごつごつとした杉の木蔭やシクラメンのひんやりとした香りをぶちこわすようなものだ。

＊

レマン湖のまわりで、さまざまな政治的意見というものがあり、それらはどうちがうのかをはっきりと知り、私は自分の政治的立場を決めた。夏のある日プランガンの岸辺に打ち寄せる波音に耳をかたむけながら、ナポレオンという名がかきたてる強い愛情を心に受けとめたものの、人々を酔わせたその名をもつ、ずんぐりとしてとっつきにくくもの憂げな人が、今では追放の身の上であることを知り、彼にたいして希望をもつことをきっぱりと止めた。彼の王朝を諦め、私は全面的にフランス共和国の側に立つことにした。

生まれ故郷の体制に奇妙な情熱を抱く子供もいるのだ。その子は生まれた国とその国の体制を頭と心の両方で愛しているのだ。祖国を愛しているとはいえ、その法律を特に好ましいものだと感じることもなく、国を形成したり変えたり改革したりする理念や理想のために闘おうという本能的な気持をもたない人は、その子が持つような一本筋の通った熱情を経験することはないだろう。そういう熱情は真面目に国のことを考え学ぶものだけが抱くのである。その人は自分の祖国が「フランスがなければ世界はひとつにまとまるのに」というあの華麗な文句に値することを宇宙に感謝するだろう。祖国にたいするこうした気持ちは子が親を求める叫びのようなものである。その叫びに答えて、古来人々は「フランスは世界の炎である。フランスが消えてなくなるようなことがあれば、諸国は闇の中にとり残されるであろう」と断言してきたのであり、さらにゲーテは「ローマの人々は重要なことを書き記さねばならない時、ギリシア語で書いた。我々がフランス語でそうして悪いことがあろうか」と雄弁にも明言したのである。

祖国の過去の偉大と恩寵にたいして敬虔な気持ちを持ち、現在、祖国に然るべき地歩を占め、あるべき未来の祖国のために働き、懸命に勤しむものは幸である！　ある日、ミサに出ていた時、思ったことをすぐに口に出すお友だちが「私、ミサが早く終わりますようにって祈っているのよ」と真面目な顔をして打ち明けた。でも私はいつもより注意深く耳をかたむけていた。そして司祭様がラテン語でなさる祈りの最後を私にも分かるようにゆっくりと、波のように長く抑揚をつけ、「主よ、フランス共和国を守りたまえ！」としめくくるのをきいた。それは実に熱のこもった言葉であった。匂いたってくるような炭火と、恭しく広げられた刺繍の施された布から発する冷気を、供物として受け取っている祭壇の上の神へむけられた祈願であった。

そう、当時はフランスの教会も寺院もこぞって共和国のために祈りをささげたものである。私は自分の心にぴったりくる祈りをきいたのであった。教会の厳かで夢想を誘うような雰囲気が夢見がちであまりにも感じ易い女の子をやすやすと魅了したのである。私はじょじょにものごとがはっきりと分かるようになってきていた。ちょうどその年、復活祭の休暇に、兄が家庭教師にともなわれてボヘミア地方、オーストリア、チロルに旅行をしたことがあった。帰ってきてから、手続きの仰々しさ、さまざまな約束事あるいは儀礼的な挨拶などについて話をしてくれた。パスポートに記された爵位はまさに一国の君主にふさわしいものであったので、各政府の高官たちはそれに応じた敬礼をしたり慇懃な介助を申し出たりするのだった。博学とはいえまだ年若く単純なところのある家庭教師は、話のしめくくりに、高飛車なあるいは卑屈な役人をずらっと何人もとりそろえているオーストリアで、「フランス人民の名において……」という文字が完全な力を発揮する紙切れを、ポケットから出して提出する時に感じるのびのびとした心地を得意そうに告白するのだった。

この簡単でしかもいかめしい文章は、私の心の中で、コンドルセ高等学校の石壁に大きく刻みこまれていた「自由、平等、博愛」という語にたいして、子供の時からずっと持ちつづけてきたおごそかな尊敬の念にしっかりと結びつくことになった。五歳の時、その石壁を横目に見ながら ル・アーヴル横町の近くのソルフェージの練習場に通っていたのだった。通りすがりの人たちがふりむきもしなくなっていたその広大無辺の言葉のために、私は実にさまざまなことに苦しまなければならなかった。

食卓で私はいつもそっと大人の会話にきき耳を立てていたが、デシュという名の非常に博学な老人のいうことには特別に注意をかたむけていた。その人は家の人みなに好かれていて、よく家にいらしていた。あまりにも時代離れのした風貌のため、かえってそれが最新の流行ではないか、自然がこの世にティエール大統領〔フランス第三共和政初代大統領。一七九七―一八七七〕あるいはエミール・オリヴィエ〔ナポレオン三世のころの政治家。共和派の「五人組」の一人。一八二五―一九一三〕を創り出す時に、途中でやめて、外見だけはこだわって海軍将官のようにしたのではないかと思われるほどであった。彼は天使のような音楽家であり、腹黒い政治家そしてヒステリックな信者であった。母のかたわらで彼がヴァイオリン――正確にはヴィオラをひく時、まるで子供が厚紙で不器用に切りとったような荒削りの奇妙な顔に、ヴァイオリンの音色から発した金色のもやがかかった。鋭さも険しさも消えた目は四十雀の羽色のような青に染まり、突然魅力を帯びるのだった。本当に変な人！　真面目といえば真面目、でも誠実さがないといえばない人だった。この人ほど信念のくるくると変わった人もいなかった。瀕死のラムネー〔ロマン派文学に影響をあたえたフランスの宗教哲学者。一七八二―一八五四〕の床から、臨終に立ち会うべくやってきた司祭を引き離し、階段に放り出したのは誰あろう、革命家にして激しい反宗教家であった、外ならぬこの人である。ともかく彼はその事実を認めていて、後悔の念もあらわに事件について語るのだが、どこか自慢そうなようすを隠すことができなかった。自分という人間が他の人を支配したあらゆる行いに、内心満足している激しい性格の人間にありがちな虚栄心である。

老人とはいえ頑迷で壮んなこの人は、転向して、今度はいわゆる保守系新聞に素朴で激しい信仰心、野蛮な反ユダヤ主義をあらわにした記事を書き、それに〈超党派〉という見え透いたペンネームを使っていた。情熱の対象はくるくる変わるものの、その人となりは同じであった。大革命にたいして何かにつけて当たり散らしていた。だからといって歴史全体にたいして彼の抱いていた不満がせめて少しだけでも解消したというわけでもなかった。彼は歴史全体の裁判官のつもりであったのだ。批評はあらゆる時代に及んだ。あとになって知ったテーヌもそうであったが、彼には体系的で息の長い愛情が欠けていた。私が急速にミシュレにかたむいたのはそのためである。デシュ氏は片っ端から悲憤慷慨したが、私を悲しませるばかりで納得させることはなかった。彼にかかればフランソワ一世は女好きで、お調子もので、華々しい勇気があるとはいえ軽はずみであったし、アンリ四世についてはユグノー出身、卑しい名の何人もの愛人たち、フィレンツェ生まれの妻が気にさわった。ルイ十四世ときたら尊大で、私生児が多く、その軍事政策も、貴族を隷従させたことも、ついでに卑しめるつもりでスカロン未亡人と彼がよんでいたマントノン夫人もてんでお話にならなかった。ルイ十五世については淫蕩な生活を容赦しなかった。それに「最愛の王」というもっともやさげな名にもかかわらず、私もこの王が怖かった。まさに哀れむべきルイ十六世にたいしては、我らが敵意にみちた友は大革命の釈明を求めた。もっとも彼は大革命についてはは一切が気に入らなかったのだが。最初は革命政府にたいする忠誠心から、ヴァンデの戦いで名をあげたマルソー、オッシュの名を諸事件からひき離し、広大で黄金に輝く空間に漂わせ、それから次に音楽にたいしてと同じように彼らにたいして情熱的になり、翼のある、無垢で清らかな女神フランスが見守る空の台座の上に鎮座させた。すべての罪人にたいする愛情から、東奔西走したミシュレの慈愛にみちた文章「ロベスピエールはこの世の苦汁を飲み干した」を引用するとデシュ氏は必ず発作をおこすのだった。そのくせコンドルセ高等学校の前をとおる時私の心をしっかりととらえたあの三つの言葉、「自由、平等、博愛」にたいしては今にもつかみかからんばかりになって叫ぶのである。

「何という愚かしい嘘！　罰当たりで嘘っぱちの言い草か！」

しかし、いかに幼く、柔らかく素直な性格であったとはいえ、私はすでにゆるぎない確信をもっていたので、この三つの言葉を否定してまで彼のいうことを信じるはずもなかった。街の石壁に希望が刻みこまれていたこと、それがまるで十戒を刻んだ石板の聖なる役目を果たしているようだったこと、特権階級の人々には自分たちはたまたま恵まれているのでありさまざまな義務があるのだということを思い出させ、恵まれない人たちには公平に分かちあたえられるべきささやかな幸福を夢みさせることができたこと、私はそうしたことに満足し安心しており、意見を変えるなどということはもうありえなかった。パリ、イル・ド・フランス、サヴォアの風景もさることながら、私を生まれた土地にしっかりと結びつけられた存在にしてくれたのは、幼いころから自然に芽生えたこの感情、強い民衆的な感情である。かつて幸運から私はこの国、あらゆる国の中でもっとも高貴なこの国に法的に帰属したのであった。この国は、他の国々のために労をとり、自然にほとばしり出る気持ち、自発的で分別あふれる友情から、他の国々に歩み寄りを見せ、誇りをもっているがゆえに他国にたいして野心を燃やすこともせず、古来から敵対関係にある国々にたいする執念を廃そうと、友好の宴への招請状を心をこめてしたためるのである。*

＊ この当時第一次世界対戦への反省からブリアンらにより次第に平和外交政策がとられロカルノ協定（一九二五）、パリ不戦条約（一九二八）、ロンドン軍縮会議（一九三〇）が結ばれたことを踏まえている。

世界が戦争の恥ずべき行為を永久に告発し、世の母親たちが息子を何年にもわたって心をくばり、知恵をしぼり、手塩にかけて懸命に面倒を見、教育をほどこし、まだ小学生のうちからその力と素質を監視し、それもこれも息子が死ぬべく出征するのを無慈悲にも見送るためであるというようなことがなくなり、ルソーの「人間が生きて呼吸するということ、それは他の人間を破滅に導くということである」という苦い言葉が今ほどはばを利きかせなくなる。そういう時代がくるにしてもそれでも男の子というものは生まれた土地の子であることにはちがいないだろう。

ヨーロッパが鎮静化し、話し合い、友情を暖め合うようになっても、人は己を知るならば、身も心も祖国に属すであろう。植物をもとの土地から他の土地に移す時、枯れさせないためには麻酔をかけ意識を失わせなくてはならない。つかまってフランスにつれてこられた動物にも、毛の色艶がなくなり、鳴かなくなり、繁殖しなくなるものがある。人間だけがこの甘美で微妙な母なる牢獄、生まれた土地から抜け出すなどということがあるだろうか。たとえ人間に関するすべてのことに、広くしっかりとした熱烈な愛情をもっていたとしてもそんなことはできはしないだろう。人間は植物であり、動物であるのだから。他にたいして広い愛情をもち、我欲をおさえることができる人であっても、人間と生まれた以上、知らず知らずのうちに、自分の満足を求めるようになっているのである。人として生まれたからには家族の懐に抱かれ、自分を守り、生を脅かす自然の脅威やさまざまな状況を切り抜け、束の間の人生の中で、繁栄をはかり、快楽と名声をきわめようとするのである。度量大きく普遍性をかかげ、自分は生まれ故郷から解き放たれていると自負する某氏は、むしろそれに拘泥しているのである。たとえば彼は父方の言語を理解し、そのことがうれしくてたまらないし、親から受けついだ体質からくる気難しく根強い要求をつぎつぎにだしてくるし、集団で行動する時も個人の時もつねに父と母のどちらの故郷を優先させようかと心の中で猛烈にこだわっている。自分の祖国こそが、今よりもっと平和な人類の未来の力強く敏捷な創始者であるとしていたある生物学者は「私はフランスを愛している。なぜなら人間を愛しているから」といつもくり返していた。

友人に科学者としても著名であり、またその文学的な才能によってもならしている人がいる。生粋のフランス語を使い、外国語ではたとえ水一杯といえども頼むことができないが、いかなる国にも順応していると信じている。彼が先輩連からある批評記事を書くようにいわれたが、その不偏不党ぶりは徹底しており、彼がものごとを見抜く理性をそなえていることを示していた。彼は研究設備や学者の地位について、フランスが他の国に比べて遅れていることを的確に指摘した。しかし、はっきりとした論拠にもとづく彼の数々の批難の言葉の中に、なんども「わが国においては」という言葉が出てきたことを私はききのがさなかった。たとえ手きびしく批難する時でさえ、その「わが国」こそ、人がそこで生き、働き、運命を豊かなものにし、そしてそこで死にたいと願う場所なのである。自分の国にたいするこの気持ち、それは思わず知らず母の頬へキスをするようなものである。

人間というものは生きるために生まれてきたのだろうか。私にはそうは思えない。生まれてくるまでのさまざまな困難、そしてやっと生まれてきた命のなんとはかなげなこと、考えも本能もなく、未だ何者でもなく、奴隷の中の奴隷でしかない。死んでしまわないように絶えず気を使わなければ、すぐにでも母の胎内の闇から大地の闇へと虚しく葬られるのではあるまいか。けれども子供は抵抗する。

慣例となっているので無視もできないいろいろなしきたりや、世話をする人間がうっかりしているためにさまざまな危険がひきおこされることはあるものの、それでも赤ん坊のぼんやりとした脳やおぼつかない手足にはすでに驚くほどの力があり、たいていは大事にはいたらないものである。まったく無意識のうちにも赤ん坊には自分の仕事、なすべきことが分かっているのだ。すべての細胞が光、空気、食べ物、睡眠を懸命に求め、毎日のくり返しの中で大きくしっかりとなるのである。どうなるとも分からず、何も約束されてもいず、それでも本能的に必死に存在しつづけようとしているその肉体はいったい何をひそかに感じとっているのだろうか。昨日は、運命に翻弄されて喜んだり打ちのめされたりしながらも幸福の思い出や望みに支えられている大人たちを念頭におきながら書いたけれど、今日は子供のためにまた書いておこう。

人はささやかな幸福のために生きて行くのである。

しっかりとした自尊心にもとづく心身をつくりあげること、それが子供の務めである。子供は可能な限りのものをつかみとろうとする。そうしてこそ、成長してからのち、自分の絶対的価値を主張でき、さらに選んだ愛の対象を自信をもってわがものとして楽しめるのである。それが子供のうちにある力強く、巧みで、用意周到な本能の働きであると私は思っている。美味しいものを味わいたい、暑さ寒さにたいして快適に過ごしたい、適度の運動、休息、そうした身体で感じる心地好さを感じとりたい。また美しい色、音、香りといった感覚的な喜びを知りたい、持って生まれた才能を活かしいろいろなことに慣れ親しんでみたい、そういった欲望も、もしその見返りとして自然があたえてくれる快楽、完璧さに近づき、実現し、それを越えさえし、瞬間的に全身に閃光がひらめき、力がみなぎり、死ぬもよし生きるもよしといった超然とした境地に達するあの快楽に、全身全霊で憧れているのでなければ、はたしてみたされ、味わい尽くされるべきものであろうか。すべての行動が快楽を目的にしているとはいえないかも知れない。しかし、だとすればなぜ私たちがこれから先もなんとか我慢していろいろなことで時間をつぶしていかなければならないのか分からなくなる。それもこれも陶酔の瞬間に達するためではないのか。陶酔の瞬間に近づきたいというひそかな思いがあればこそ私たちは子供のころからずっと我慢してきたのではないか。そう、子供の心には何という疲れ、倦怠、退屈、いら立ち、怒り、死にたいという気持ちがあることか。子供は自分がどうして世の中という檻の中に連れてこられたか分からないのだ。そして分からないまま檻の中をさ迷い、うろつき、衰弱していくのである。檻のむこうで自然がその嘘偽りのない抗しがたい秘密、思いもかけない秘密をささやき、子供の心を波立たせるまで。

幼いころ、私は確かにアンフィオンで天国の時を味わった。プラタナスの緑の葉が丸天井のように湖の上に広がっている小道、薔薇の木の小道、薔薇の花でこんもりとなった茂み、小暗いヘリオトロープで縁どられ、萎れた花びらがそのままになっていた。その匂いの強い花がまるで紫の石炭のように太陽にあぶられ萎れてしまい、その時に放つ芳香を吸い込むのが私は特に好きだった。そこはまさに天国だった。もし大好きな野いちごが邪魔っ気な大小とりどりの種でせっかくの味をばらばらにしさえしなければ、さらにずっと申し分のないものであったろうに。けれども思えば私の幸福はそれが未完成であるがゆえに完璧なものに感じられていたのであった。私は待っていた。アダムとイヴ以前の庭の中にいて、私は無邪気にやがて一組の謎めいた男女が姿を姿を現すのだと信じていた。宇宙は彼らのために創造されたのであり、はっきりとした理由も知らず、おそらく恒久的な目的もないままあやうい人間の運命を永遠のものにすることが彼らの使命であった。

＊

人生への関心をつくりだした愛という感情は、かたわらに寄り添う影のように死という感情をともなっている。ある七月の午後、ごく幼かった私は父と伯母のエリーズに手をひかれ、スフィンクスの黒いブロンズ像の飾りのある、湖につきでた御影石のテラスを歩いていた。その時二人があの驚くべき言葉をいったのだ。「ジャン叔父さんが亡くなられたよ」。注意深く、手心を加えた優しい言い方であった。では、二人は子供に生まれて初めて恐ろしい思いをさせようとしているのだということに気づいていたのだ。声の優しさが私への気づかいと言い訳を表していた。

ずっとあとになって、旧体制下ではフランス国王はたとえ自分の息子、皇太子であっても死に際の苦しみにも臨終にも立ち会えなかったということを知って感心した。死に瀕しているものにも死者にも近づけない、それは最高の尊敬のしるるし、君主にささげられた非人間的な特権であった。父と伯母が低い声でそっと囁くように「ジャン叔父様が亡くなられたよ」といったのは彼らの心に同じような感情があったからである。すぐに「叔父様は天におられるのだよ」とつけ加えたのは、深い意味はない敬虔な気持ちと、とりわけ私にショックをあたえまいという配慮からであった。私は天を仰いだ。一点の曇りもない紺碧の空がいっぱいに広がり、かすかにさざ波をたてている真っ青な湖面に落ちかかっていた。花々は今を盛りと咲き誇り、色とりどりに辺りを彩っていた。蜂の群れが舞いながら花々をとり囲んだり、先にとまったり、まるで黄金の花束のようであった。芝生が庭の細かな砂利につづき、庭では、おとなしい動物の目をした年若いサヴォワ人の庭師たちが熊手を手に銀色の砂利をならしていた。私は天を見た。しかし、居間のトルコ赤の壁布の上にかけられた大きな金箔の額に縁どられた威風堂々としたジャン叔父様の姿は天にはなかった。

色黒で顎がしゃくれ、優しげで物知りの目をし、恰幅のよい体をフロックコートにつつみ、赤い絨毯に立った姿、そして今やお年を召され、数々の名誉に浴しながらモルダヴィア公国（現在のルーマニアとロシアとの国境付近にあった公国）の黄金の宮廷でお亡くなりになったばかりのジャン叔父様の姿は天にはなかった。じっと澄みきった空をみつめたけれど叔父様は空を飛行してはいなかったし、七月の輝かしい真昼の空にぽっかりと浮かんでいる訳でもなかった。画家が入念に描き出している深靴は高く柔らかな空をふみしめてはいなかった。では叔父様はこの空のいったいどこに靴の位置を定めたのだろうか。考え込んでいる私の頭のはるか上の方だろうか。ああ、地上から天へ、そんな子供騙しのありえないこと、昇天なんて、なんという切なく愚かしい嘲りであろうか。
矛盾しているようだけれどこの日から私は宗教心をもった。懸命に祈ることにこの上ない喜びを感じ、供物をささげ、誓いをたてた。部屋に飾ってある気に入りの絵、英雄、音家、詩人、小説家の姿絵に聖水をかけた。けれどもジャン叔父様が天にいらっしゃるということは信じなかった。アンフィオン教区の村立公教会のサフランの香りのするパンを恭しく口にした。天国はつつましく、すっきりとして飾り気のないところに思えていたので質素な司祭館、地味な法衣、安ワインのつがれたグラス、そういったものは私をうっとりとさせた。それでも叔父様が天にいらっしゃるということはどうしても信じられなかった。司祭たちの田舎の人によくあるような威厳にみちた態度は私を感動させたし、彼らの友情は大切なものであった。私は教えをよく守った。けれども一族の老人がアンフィオンの清浄な大気の中に昇天したということは信じなかった。

十五歳の時、病を養うためヴォワロンのエルミタージュにやられた。家庭教師がひとりつけられた。場所や時をわきまえず無遠慮にふるまう人で、それがだんだんひどくなってついには気が狂ったみたいになり私を怖がらせた。ヴォワロンは湖にそってゆっくりと汽車で登っていく高地である。ボン＝サン＝ディディエで止まり、それから先は何台かの馬車にふりわけられ山をよじ登ってやっとたどり着くのである。曲がりくねった山道を馬は鈴の音にあわせて悪戦苦闘しながら進んでいった。私は真上から照らす太陽とあちこちに群生するいかめしいもみの木が発する冷気に苦しんでいた。みなはもっぱら馬を気づかっていたが。道がいよいよ険しくなると馬車から降ろされ歩かされた。息が切れたけれど馬のために我慢した。夕方頃、正面にモンブランの勇壮でどこか悲しげな山塊を望む小さな宿屋のある平地に着いた。圧倒されるような大気の清浄さ、旅行者たちを互いに結びつけるうわべだけの陽気さは私の心を重くしめつけ、水晶のような静寂の中にあって私は孤独であった。ここいらではただ一軒しかない自分の宿屋が自慢のおかみさんは押しつけがましいようすながら愛想よくみなを迎えた。山頂の木がたまにやってくる臆病な鳥をそっととまらせてやるように、彼女は訪れる人々を泊めるのだった。質素な部屋がいくつもあるこのみすぼらしい山荘で、ある素敵な植物学者と知り合いになった。その人は助任司祭でもあり、リヨン郊外で任務についていたが休暇のためここにきていたのだ。朝、苔桃やきのこの中で聖務日課を唱え、夕方、チャペルの敷石にひざまずき漆喰のマリア像に、午後の遠出の時に危ない目にあいながら採ったジギタリスとエーデルワイスをささげる彼をなんどかみかけた。病気とはいいながら活発な女の子である私にその若い司祭は近づいてきた。私の読んでいるものにあまり感心せず、ためにもなり面白くもあるので読んでいたアナトール・フランス〔フランスの小説家、批評家。一八四四―一九二四〕の『文学生活』四巻を批難したが、私の心と顔をとても好いてくれた。ある暑い日、虫の鳴き声のする草むらのかび臭い腰掛けに座り、ヴィクトル・ユゴーが娘にささげた詩を静かに読んでくれた。

青白く薔薇いろの、

長い髪の幼い娘……

別に変な意味合いがあるわけでもないので、私のほうもできるだけ媚を抑え、感謝をこめて彼の気持ちを受けとった。私は詩と情熱を地上の彼方上方に位置づけた人々を敬愛していたし、これからもそうするだろう。私ほど宇宙空間に魅了された娘もいなかっただろう。が、それでもジャン叔父様が天にいるのではないのだということは確信していた。

結婚してからソルフェージの練習仲間の死を知り、葬式にでむいたことがあった。音楽、献花、黒幕、青白い光は、どんなものか想像することのできない死よりはむしろ奇妙でひそかな喜びを喚起した。葬式に参列しながらも夢想的な年若い女というものは力強い生気にあふれているのであろうか。教会の前庭に最後まで残っていたので、人の最期になされる葬儀やもろもろの儀式がいかにすみやかにテキパキと取り片づけられるかを私は見た。がっちりした男たちが忙しげに葬儀用の幕をはずし、敷物をくるくると巻き、銀の燭台を片づけたりしていた。それは見かけは豪奢であったが中は空洞で軽く、生きているものの大方が死者にあたえるもの、表面的ですぐに忘れてしまう追悼の気持ちを無残にも象徴していた。私は永遠たるべき死がそんな風にして終わりになる様を茫然と見ていた。そして、この世からいなくなってしまったからにはもう私とは無縁となった若い女のことよりは、彼女の死を嘆いている人たちのことを考えた。二十歳の子を奪われたばかりの母親の身を思うと苦しくなった。私は後片づけの物音が次第に静かになっていく教会のあたりから、パリの上空へ視線を移した。

雲と風がではじめ、フェルトの襟巻を口におしつけなくてはならなかった。永遠に娘を奪い取られた母親、彼女は娘の生身の肉体を失ってしまったのである。いまや目に見えぬ空中を浮遊する天使となった娘ではなく、私がその目、髪、声をはっきりと覚えている手応えのあるれっきとした生きものを失ったのである。そう思うと深い同情の念が湧き、次のように祈らずにはいられなかった。それは私の願望であったが、おそらく母親自身もぞっとして退けた思いであったろう。

「どうか、せめて娘が天にいるなどと母親が信じたりはしませんように……」。

第五章　アンナという子

幼い子―アンナという名―ミストラルの視線―シュリ・プリュドムとガストン・パリス―アンフィオンの英国皇太子と二人の皇子―感動する力―友愛―ジェラール・ドゥーヴィルとコレット―英国ルイーズ王妃へのご挨拶

これといって辛い目にあうこともなく、無垢の魂の輝きを持ちつづけている子供は、自分のことをほかの子供たちと同じように思うものだろうか。そんなことはあるはずがないのだが、それが分かるのはずっとあとになってのことである。ずっとあとになって初めて、ごく幼い頃から自分がいかに回りのたわいのない子供たちとちがっていたかに気づくのである。アンフィオンの別荘のヴェランダが目に浮かぶ。夕暮れになると、燕《つばめ》が悲しげな鳴き声をあげ、黒く軽やかなナイフさながらに素早く飛び交い、夕焼けてかすかに薔薇色に染まった空を切り裂く。やがて燃え立ちそれからヴェールがかかったように空が薄らいでいくと、音もたてずに、これまた空を切り裂くようにさっと舞い踊るこうもりの姿がはっきりと見えるようになるのだった。半分だけ開いたヴェランダは涼しく、細かい雨がふりかかる夜などは、まるで湖上の舫《もや》い船にいるような感じがした。ごわごわした羊毛でできたトルコのクッションをたくさんならべている絨毯に、兄と妹にはさまれて座り、夕飯までの時間を過ごす時、無邪気にも私は自分がまったく彼らと似通っていると信じていた。平凡で、しかものぼせやすい子供時代にありがちな、みんな仲良しお友だちといった気持ちであった。私と同じように二人も何か胸苦しい思いをしているのだと思っていた。私は気づいていなかったのだ。二人とはちがって、私はすべての人々から遠く離れていると同時にすべての人々と相結びあっているのであり、宇宙の広大無辺の詩が私を選び、「この子の胸にはいっていこう」と考えていることに。したがって私のような子は他の子供たちとは全然ちがっていたのだった。そして今でも私は他の人々とは異なっている。ヴィクトル・ユゴーが老人にあてた見事な詩句でいっているように「子供のころのすばらしさは生涯変わりはしない」のだとしたら、その点ではこの私も他の人々と同じということになりはするけれど。両親や大人たちからあれほどほめちぎられていたのに、回りの子供仲間と自分はなんら変わるところがないなどとなぜ思い込んでいたのだろうか。もっともそのようにほめられはしても、自惚れて駄目な子供になるどころか、ほめられればほめられるほど、私の心には回りの人々にたいする感謝の念と謙虚な気持ちでいっぱいの愛情が湧いてくるのだった。この頃、生涯にわたって消えることのない自尊心をしだいに自覚し始めていたが、それは自惚れたり、人に威張ったりするようなものではなく、初対面の人に感じる祈りにも似た気持ちであった。私はすべての人にたいし好感をもっていたのだ。私に敵意をもっている人にたいしては悲しいけれどどうしようもなかったけれど、愛情を示されるとそのつど、どうしてもいささかなりとあるいはそれ以上にお返しをしたいと切に思うのだった。愛したり愛されたりが許されていないことは子供には悲しくも情けないことである。子供には人に何かをしてあげる術がない、ただ愛されるばかりである。子供にだって大きな愛情はあるのだが、受け止めてもらえず、分かってももらえない。世話をしてくれるまわりの大人たちのために古新聞を詰め、不器用につぎはぎした針刺しをいったいいくつ作ったことだろう。アンフィオンの庭で飼っていた燐光を放つ白孔雀が砂利の上に落とす、緑の小枝か雪の小枝に紛う羽を、結び合わせたり並べ広げたりしていくど扇を作ろうとしたことか。それらはいつもすぐに羽布団を縦にしたみたいにぺらぺらになって、どうにもあつかいにくくがっかりするような出来映えであった。

草花のようにかすかに湿り気のある明るいカーテン地が発する匂い、蝋引きの床の匂い、水晶の花瓶にたっぷりと活けられた薔薇の香りが客間をみたしていた。その客間に一歩足を踏み込むや、本当の話し、私は家族の自慢の種であった。けれどそんな風に幼い子が人前でほめちぎられるのは良いことではないと私は冷静に考えていた。母にとって音楽は最高の芸術であり、私にも音楽の才能があると固く信じていた。ピアノの腰掛けに分厚いリトルフ全集を置き、その上に私を掛けさせ、題をあたえ、ひらめいたメロディーをすぐに弾くようにというのだった。ふるえ、とまどいながらも、無限の彼方に耳を澄まし、響きよく、彩り豊かな音を探し求め、鳥の歌、始め青白くそれから輝きだす夜明け、のどかな田園、朝日が射すとくわっくわっと鳴き声の聞こえだす鶏小屋、湖水の湿った空気がつつみこむ木蓮の上にかかる三日月の夢などを曲にした。おそらく運命から数々の賜り物を特別に受けながら、自信なさげにしているその子の切長の目になにか感じるところがあったのだろう、みないつももったいないほど好意的に聴いて、はげまして下さったので、私はちょっとした曲をたくさん作った。母がそれらを綴じて、もっともらしくアルバムに仕立ててくれた。その淡褐色の皮表紙にアンナという名を金色の文字で記入して欲しいとせがみ、すぐにきいてもらえた。アンナ、私はこの名をおぼつかない子供らしい手つきでどこにでも書きつけたのだった。幼いながら自分をつくりあげていきたいという欲求が自分の名をできうる限りたくさん書きたいという気持ちにさせたのである。ノートに、本に、吸い取り紙に、帽子ケースにそして砂利道の上にも、アンナという名を書きつけること、それは心身の健やかな発育のために子供たちに大人があたえる栄養物にも匹敵する効果がある。私は初めはアンナという名を気に入らなかった。けれど、ある日、ある年寄りが（その方は年寄りだったかしら、子供だったからよくは分からないけれど）アンナという名はアルファベットの最初の文字で始まっていて、前から読んでも後ろから読んでも同じだとお世辞まじりにいって下さった。すると、それまでの嫌な気分はふきとんでしまった。幼かったのでつい年を召した方だと思ったその親切な人は、私の名前の回文のようなきれのよさに約束された完璧さを見出だそうとしたのだ。私に好意をしめしてくれたのはこの方だけではなかった。実際どんな女の子でも私以上にちやほやされたり、可愛がられたりはしなかっただろう。私にとってこうしたことはまったく好運であったし、どうしても必要なことであった。私は高慢でも、エゴイストでも自惚れやでもなく、人々の愛情にすがって生きていたからである。人間の最高の友であるヴィクトル・ユゴーが書いているように、生きていくには「人にはパンが、子たちには抱擁が」どうしても必要であり、それを誰も私以上に本能的に、ひそかに求めたものはいなかったからである。だから、もしあの一風変わったきびしいドイツ人の家庭教師がなんども話をしてくれたように、守護天使の肩に頭をあずけて眠るのだと思わなければ、夜はとても怖くてたえられなかったであろう。夜は回りに目に見えぬ柵を巡らし、暗闇をつくり、私はひとりぼっちでベッドにはいって眠りにつかなくてはならず、昼間に仲良くしていた人々と散り散りばらばらになってしまうからである。とすれば、なにも居間での華やかな立場に不平をいうことはなかったのだ。訪問者があればすぐによばれ、紹介された。両親は訪れたひとかどの人々が私をほめそやすのを当然のことと思っていた。王者の風格をもつ牧人とでもいうべきすばらしいミストラル〔南仏の詩人。吟遊詩人の文学復興を標榜する「フェリブリージュ」結成。一八三〇―一九一四〕は、ものごとを見抜くするどい視線を、とはいえ優しげに私に注いだ。ミストラルとは別な機会にまた巡り合うことになるのだが、最初のこの出会いはとくに感激的であり、いつまでも心に残ることになった。彼の訃報に接した日、夏の夕べの清らかな闇の中に、天へ帰っていった天才の息吹の神秘的な跡をいつまでも追い求めた。目は天使のよう、髭は司祭様のよう、背が高く、どっしりしてしかもさばさばしたシュリ・プリュドム〔フランスの詩人、哲学者。第一回ノーベル文学賞受賞（一九〇一）。一八三九―一九〇八〕は、かたわらに私を座らせてくれた。ギリシアの詩神エラトの変わりやすい顔に張りついた鉄仮面にも似た、仮借のない規則である韻律法について実にこまごまと丹念に持論をのべ、聞き入る人々は、素人も玄人もみな魅了されていた。ロンサール〔フランスのプレイヤッド詩派の首領。一五二三―八五〕は韻律法を求めることはなかった、そんなものはなくても、これしかないという激しい、しかしまた屈託のない安らかな調べを導きの糸として、魂を自由に遊ばせ、言葉を自在に駆使するのにさほどの障害があるとはまったく思わなかったのであろう。しかし、他方きびしい規則をものともせず、逆に精神をそうした枷に合わせ、誰よりも豊かに感情を吐露した二人の詩人のことを思えば、詩はいかなる奇跡をもおこしうるといえるのではないだろうか。その二人とは、途方もなく大きく、音に高く、普遍的なヴィクトル・ユゴー、いまひとりは、ロマンチックな夕、乙女やトルコ王妃の閨房へ忍び込もうと無分別にもかける絹の縄梯子の上でさえも、自在に天翔る詩句の上でも均衡のとれたアルフレッド・ミュッセである。

　十五歳の時、再びプリュドムに会った。かつては厳格で古典的な道から決してはずれないようにと諭しながらも、私の子供っぽい詩をはじけるような快活さで受け入れてくれた親切な師が、ルナン*で有名なコレージュ・ド・フランスの図書館に私とともに招待された時のことである。招待したのはルナンの跡を襲った学者、物腰柔らかなガストン・パリスであった。かつて私の懇願にもかかわらず、「目にたいする踏韻」を頑として禁じていたのに、年をとった詩人が今では自分のしてきた諸々の努力や入念な制限が無駄ではなかったか、有害ではなかったかといかにも気がかりな様子で自問しているのを見るのはもの悲しい気がした。昔のように「冒瀆《ブラスフェメ》する」と「愛《エメ》する」が十分なメロディーをなしているとはもう思ってはいなかったが、「寒さ《フロワ》」と「おびえ《エフロワ》」は隣り合わせるべきではないとしていた。母音衝突については「ある《イリヤ》」は認めたが「イリアッド」は駄目だった。枯れかかった瑠璃ぢしゃのように青い彼の目にはそんな論争はもうどうでもよかった。カルデアの羊飼いたちが夢みる大熊座を歌った彼の悲痛な作品にも似て、自分が今まで大切にしてきたものを突然疑いだしたのだ。そしておそるおそる、が、それでも素直に、とはいえしぶしぶ最後の収穫であるいくつかの作品をしめつけた枷のことを考えながら、「夕べの祈り」に手をいれたのだった。春の息吹きが永遠にみなぎる若々しい老人パリスは、大胆にも親友であるプリュドムにたてついて私の味方をしてくれた。細心さと従順さが豊かな大胆さをうち負してしまった人を見放したのである。私はこの碩学の人、埃をかぶった本や昔からの書物の番人であるパリスに感謝をした。彼が詩人にして哲学者たる高潔なシュリ・プリュドムが規則でしめつけていたヒヤシンスの房丈の花びらにのびのびと咲き開く権利をあたえてくれたからである。

＊ フランスの思想家、言語学者、宗教史家。六二年、コレージュ・ド・フランスのヘブライ学教授、一時罷免され七一年復職、八四年に学長。一八二三―九二。

＊

新しい糧を日々もたらし、精神にも行いにも未来の作品にも役立ってくれたあの子供のころに話しをもどそう。

ある秋の日、当時、英皇太子であったエドワード七世がローザンヌ巡行のおりにアンフィオンへ立ち寄られることになった。わが家のイギリス人の女中たちは、まるで礼拝の時間の修道院みたいに宗教的喜びにとらえられ、のぼせあがってしまった。

奥庭の雑木林は端がほんのすこしだけ、それでも目に鮮やかに、パーゴラにからみつく椿桃《つばいもも》のような紅色や火色に染まり、風は緑にそよぎ、紅葉した葉はゆらいでいた。そんな実り豊かな季節に皇太子をお迎えした。狩りの獲物だけが飾られている殺風景な食堂で上等のお茶が出された。そこからは景色のよい方に開け放たれた窓をちょうど額縁にして、水平線と、棕櫚《しゅろ》の木が影を落とすテラスが見えるのである。テラスには金属性のバネのついた座り心地のよさそうな庭椅子が芝生にもまがう光沢を放っていた。バルコニーから垂れ下がった九月の朱い野葡萄《ぶどう》はヴィロードの肌をした罪なき蛇のようにゆれていた。縦長の窓には四方八方からフクシャの花の群れが押し寄せて、その紫や緋色の花は長い雌しべの先が割れ、まるで小さく風に舞う踊り子のようであった。

テーブルではたっぷりした銀のティーポットが回され、イギリス式のパンとバターが磁器のお皿から減っていった。その花模様の磁器は目にも爽やかなもので、まるで中庭そのもののようであった。母は私を未来の君主のところへ自慢気につれていった。私はおそるおそるさっと目をあげて彼の年若い二人の息子を見た。父君の青いどんぐり眼のでっぷりした顔より彼らの方に興味があったからである。クラランスという詩的な名前の兄君は弟君ほど気にいらなかった。私はいつの日か二人のうちどちらかを夫に選ばなければならないのだと思い込み何日も沈みこんでしまった。なぜなら、子供の頃、無邪気で、お茶目なところのある母は、男の客がくると必ずその人のお嫁さんになりたいかどうか私に楽しそうにたずねたからである。それは東洋の血がまじっていることにこだわる母の、東洋と恋についての固定観念であった。兄君を選んで王妃になるという野心、弟君と官能的な恋をするという魅力、人間にすべての力をあたえる相反する二つの要求が葛藤し、私は激しい鬱状態に陥った。

母がおもしろがって私に王妃となることを想像させたのは、母なりに正確な、しかし、狭い、世間並みのつまらない意味においてである。けれど、私の方は恋心をおこした弟君の方ではなく兄君の方を選ぶという妙に気をそそる努め、人を高慢な孤独の極みに身を置かせる努めを義務だと思ったのである。おそらく私がさっと兄君へ心変わりをおこしたのはそのためであった。けれども、二人のうち典型的な誘惑者である弟君をあきらめなくてはならないのだと思うと、切なくなり、いつの時代にも見られる悲劇と多くの芸術のきっかけを生み出したさまざまな誘惑に襲われた。記憶をたどれば、たしかに野心がつい幼いころから私の意志とけなげさをつきうごかしてきた。私は自分の運命を予感せずにはいなかった。もっとも熱い心をもってこの世に生まれながら、天であれ地であれ、さざめき、匂い立つこの宇宙のありとあらゆる場所に自分の反映と刻印を残さないままでいると仮に考えただけで、聖なる脅え、不安、後悔に震えたであろう。三万年の果てには自分たちの労苦と夢がつまった本が灰に過ぎなくなるのだと思った時、ゴンクール兄弟［フランスの小説家、歴史家。兄エドモン、一八二二―九六。弟ジュール、一八三〇―七〇］をとらえた陰鬱なめまいは、馬鹿げているといえば馬鹿げているが創造的精神に必ず襲いかかるのである。こんな気持ちはぼんやりとした連中には軽蔑されるが、自嘲をともなった自負と不安が、一瞬とはいえ、作家をさいなむのである。しかし魂と詩をみずからの任務としてひき受け、後世に作品を残したいと思っていながら、神々の力と永続を感じることができず、怠惰におちいる者は無意味な仕事しかせず、さらに罪深い者はその卑小さゆえに不完全な仕事しかしないのである。

だからこそ誰よりも近く地上の美に近づき、その秘密を解きあかし、集め、分かってくれるすべての人に、露に濡れ星々に飾られたさまを、そのまま生き生きと伝えたいとどれほど私が願っていたかを語らずにはいられないのである。

若さの最後の時期、すべてが若げのいたりとして笑いのうちに許されるころであった。最初の詩集『数知れぬ心』を出版したばかりで、おびただしい数の原稿や本が送られてきた。それらの作品がもしかして私と同じほどの愛情で、自然のさまざまな力、とりわけ人の喜び、悲しみ、渇きを描いているのではないかと畏れて、ざっと目をとおしたあとで、作家仲間となったばかりの彼らに「拝啓、貴方様の美しい詩を拝見したところです。私のより美しい詩ではないかと心配でこわかったのですが、杞憂でした……」と返事を書くつもりなのと回りのみなにいって面白がったことがあった。得意気にいうべき冗談ではなかった。そんな冗談はいっさいのものをほめたたえるという激しく敬虔な能力によってのみ一生を支えられた私の精神の求めに反するものであったから。ソフォクレス、ロンサール、モンテーニュ、シェイクスピア、ヴォルテール、ニーチェ、ユゴーを崇拝していた時、最高峰の人々について思いちがいはしなかった。不出来なオード、とるに足らないスタンス、耐え難いソネットであっても、凡庸なあるいは馬鹿げた表現の中に、たとえば、「緋色の」、「紺碧の」、「牧歌的な」、「高邁な」といった喚起力のあるきらり光る形容詞が入っていると、作者を大目に見る気になって、それらの作品が好きになった。誓っていうが、たとえ無意識のうちにせよ私にはいかなる悪意もなかった。その証拠に、天衣無縫とでもいうべき才能を見出だした時には、酸素、新鮮なオゾンが清らかな風土を保ってくれている私の心にまるでさわやかな一陣の風が吹きぬけるような気がした。それに私は生まれつき澄み切った、誇り高い心をもっていた。誇り高い人、自惚れとさえみえるほどに誇り高い人は、高貴で潔い魂を持ちつづけることに懸命に心を砕き、自らの意に添うように行動するものである。それに、いわゆる寛容さ、私にあっては一種の衝動、躍動、悦びであるもの、それらが友情をこめてすべての人々を助け、そしてある意味では敵ともいえる人にたいしてさえ、その人が望んでいるのなら、手にいれることができるようにしてあげようという気持ちにさせるのである。何人もの編集者、雑誌の責任者が必死の懇願、アンドロマックさながらのまなざしに負けて、彼らのきびしい目がねにかなうと思われる作品を私の手から受け取った。勘がはずれることはなかった。あまりに性急なやり方に、レオン・ドーデ*は遠くから私を見かけるや、プロヴァンス地方の太陽のような声で「おてやわらかに！」と叫ぶのだった。いつか彼が親しくしていた人たちにはらをたて、怒鳴り声をあげ、知らん顔をきめこんだことがあった。そういう時に発したあの大声である。彼は想像力、言葉の才能、情熱的な気質によって、結婚したてのころからの友人であったし、いつまでも残る香りに似たほのかな魅力をもった私の妹とはもっとずっと仲良くなっていた。彼は私がどんなつまらない作家にでも、感激でいっぱいの献辞を書いて自分の本を渡すのをやめさせようとして、その馬鹿丁寧な決まり文句をもじって、「赤面しているあなたの賛美者より」と喜んでサインするのだろうとふざけながらいったものだった。

＊ 批評家、「アクシオン・フランセーズ」の論客。以下は反戦論者カイヨーが起訴された事件をめぐる対立不和をほのめかしている。一八六七—一九四二。

真に華やかで、感じの良い、ぴったりくる作品に出会った場合には、確かについ妬ましい気持ちになることがあった。とはいえ、ただぼんやりと頭のなかで感じるだけで、なんらかの行動に移すわけでもないし、嫉妬を感じたということは、その美を認めたということであり、向上し、それを共有したいということなのだから別に咎められるべきだとは思えない。嫉妬をされたこともあったが、私には彼らに気に入られ、心をとらえることができた。嫉妬心に対処する方法がある。愛をもってあたることである。そうすれば愛情と感謝の混じった、正しい競争心のみが残るのである。

『パリ評論』に私の最初の詩「連禱」が載った時、その率直さ、つぼみと果物の奥深くからみつ蜂が放つような芳香が高く評価された。ちょうど同じ時『両世界評論』にアンリ・ド・レニエ氏〔フランスの高踏派のち象徴派の詩人。一八六四―一九三六〕と結婚したばかりのマリ・ド・エレディアが「三星」の軽妙な署名のもとに、清らかで哀切な詩を発表した。それは不吉な川辺で毬遊びをするナウシカ、イオニアのみつで育まれたクレオールの魅力によって、うかつにも冥府の川の渡し守に哀れをもよおさせたナウシカの喉からしぼりだされたかのような歌であった。長く緑豊かな髪を柔らかく結いあげて、夜の神秘を身につけたその娘は、天空に関する謎めいた比喩を、妙なる「ベレニスの髪」や「アンドロメダ」「カシオペア」といった作品の中に集めたように思えた。数々の星座のうちにそれらの歌は終わっていた。宇宙と相応ずるパリが、人をはっとさせるその調べに感動した。そのメロディー、色合い、忍び泣きは私を魅了してやむことがなかった。猫のようにしなやかで哀愁にみちた小説のほうもそうであった。本人のように手触りが良く、いたずらっぽく、さっそうとして、しかもどこか悲嘆にくれていた。

ややあって、長い間ヴェールに覆われていたひとりの作家が不意に姿を現した。その人は芳香を放つ灌木でひっ掻き傷をつくった狐のような尖った美しい顔の下に、旺盛な生命力をそれまで隠してきたのだった。正体を隠しているのにうんざりし、挑発的で、傍若無人なところがあり、自信たっぷりで、シベールのようにおとなしいかと思うとアフリカの女神のように神秘的でもあり、雌猫にも虎にも似ている、強く賢い水の精ナイアスの目をしたコレット〔フランスの女性作家。一八七三―一九五四〕が人々の前に姿を明らかにしたのである。それまで、どこか特別な雰囲気のする寄宿舎生活、慎みのあるあるいは束縛された婚約時代を送る繊細で世間知らずの娘を思い浮かべさせたコレットという名が、今やそのきっぱりとした雰囲気、近寄りがたさのゆえに並外れて大きな、傷ひとつなく磨きあげられた石となったのである。その側におかれると、カットをほどこされたどんな石も輝きを失い、ひとりでに光りを吸収されるのであった。

いまさらコレットの天分をのべることもないだろう。辞書をまるまる一冊使うことを許可するならば、そこに潜り込んで巣を作り、彼女自身のいい方によれば、血のしたたるような、野菜のような、味わい豊かな作品を一気呵成に作り出すことだろう。その作品はあとで加筆をして生命と避けられぬ運命をひき受けた物語りを重苦しいものにしたりすることもなく、どの語もまるで辞書からかっさらって、紙の上にばらいたように見えるだろう。逆にいくつかの形容詞しか使ってはいけないというのなら、コレットはあまりにも巧みにそれらをあやつるのでむしろ世界がそこに映し出され、自分の担っている大きくもあり凝縮されてもいる豊かなものをいわば誠実な悪賢さによってそこにしっかりと据えることだろう。パルマ産の紫の植物に似た、薄紫がかった軽やかで短い金髪を紙の上にかしがせながら、一度書き始めるやたちまちひとつの地方、多くの町、さまざまな姿を見せる海や空を現出させることができた。時を越えて悠然と流れるナイル川に似て、彼女は枯れかかった土地を肥沃にし、そこに心に浸みいるような魅力的で恐るべき物語りをいくつも生み出すのであった。しかも彼女が一時書いていた新聞記事は、ハムレットの舞台、あるいはサーカスの目もくらむライトを浴びながらそのために鍛えられた筋肉を駆使する、有名なロートレックやドガの絵にあるような、本人は毅然として平気にしているけれど見ているものをはらはらさせる綱渡りの芸人が作るピラミッドを、ほんの何行かで描写する力をもっているのである。

マリ・ド・エレディア（ジェラール・ドゥーヴィル）、そのすばらしく調和のとれた詩の最後に、打ち上げた花火の火花さながらに三つの星印の署名がしてあった。彼女はごく若いころから私の精神を昂揚させた。そしてコレット、彼女は凝縮された宇宙、あらゆる情念がじりじりしているこの世の舞台である。ひとりは仮面をつけ、いまひとりは短刀を手にしていた、この二人はまさにもの思う森の精であり、私はできることならその秘密を暴きたいと願っていた。でもエレディア、ついでコレットと友人になってからは、二人の天分の舞台裏を詮索することは止した。そして今は私たちの似ていたところとちがっていたところを深く考えたりしないで、ただ彼女たちを愛するようにしている。けれどもちがいであれ共通点であれ、それは各自の魂から生じるものであり、だからこそ価値があるのである。したがって過去の子供っぽくはあったけれど、私の気力、自分ではよくやったとほめてやりたい頑張りのことをのべておこうと思う。私は臆病で、傷つきやすい少女、物思いに苦しむ娘ではあったけれど、勇気と執着心を失うことはなかった。それは私が母方の祖国としてタイゲートをもっているからである。若きテミストクレスが、出遅れて勝利を逃すことになるよりは、不興をものともせず競技場で武者震いする走者をおどす刑罰をわが身にひき受けることを選んだ土地である。* 細部にわたって競技場のルールを定め、競技場に秩序を保つことに腐心する人たちにたいして、血気に逸るテミストクレスは、そしられるのを覚悟で「薔薇と月桂樹の王冠を獲得するためには、たとえ杖で打たれようともとにかくゴールをすることが先決だ……」と答えた。

＊ 古代ギリシアではオリンピックを始め公式の競技の時には、棒を持った警備員がおり、違反者に体罰を加えた。以下の言葉は、サラミスの海戦の軍議でテミストクレスが切実な必要に迫られて、順を待たずに発言し、咎められた時に応酬していったとされる。

アンフィオンの少女のころに話を戻そう。英国皇太子の妹、ロンドンの宮廷で育った母にとても親しみをもっておいでだったルイーズ皇女は子供心にも特別な方であった。モントゥルーで迎えのロマニア号に乗船された皇女は船上に姿を見せたまま、こちらの岸に近づいてこられた。私は豪華な花束をさしだしながら、教えられた短い英語の挨拶をしなければならなかった。母は英語を完璧に話したけれど私はアクセントがどうしても上手にならないままであったし、もったいぶった文章だったのであがってしまった。挨拶の終わりは「ようこそおいでなさいませ、皇女様」であった。苦しくなるほどの気後れにとらえられ、透かし格子のある渡し板に足をとられる気がして散々お稽古をしたお辞儀をしそこなってしまった。それればかりか挨拶の最後を間違えて、「皇女様」というところを「ハニー」といってしまった。母があんなきびしい目をしたのは初めてだった。悩んで、考え込み、このいい方のほうが詩的であるとして、叱られてしょんぼりとした気持ちをそっと慰めた。

華やかな輝きに満ちた子供のころのこうしたちょっとした話をあれこれきくと、両親が機会ある毎にその長所を輝かせてくれた少女はさぞやいつも誰からも同じようにかわいがられたことだろうと思うかもしれない。実際は全く反対だった。家庭教師たちのきびしさ、優しさのなさは前に話したことと思う。子供部屋になっている最上階に戻されると、私にはまさに殉教の生活が始まるのであった。通常私たちの世話を任せられていた家庭教師たちはみな外国からきている娘たちであったので、今にすれば無理もないのだがいつもいらいらとしていた。男の子であるということで、兄は異国に身をおく彼女たちの不機嫌をまぬがれることができた。妹はあまり表に感情をださず、しっかりとした気質でもあったので彼女たちの気に障ることはなかった。そしてどんな言葉にも感じやすい私ひとりが八つ当たりを一身にうけたのだった。私の子供時代は、確かに黄金の小島のようにいくつもの輝かしい場面があるにはあった。けれど、かくも重苦しく、かくも邪険にぐさりと傷つけられた思い出をもっていたので、どんな苦しみといえども、こうした落差以上に不当な苦しみはないという気がしている。自分を保育管理している人間の、気紛れな力におびえる子供の知恵と、真っすぐな気持ちのこもった訴えをきき入れてもらったことは一度もなかった。

第六章　夏の夕暮れの散歩

罪人の弁護―夏の夕暮れの散歩―ある男とサヴォワの巡査―警鐘―テプー通りの電車―ソルフェージの新しいクラス

憐憫の情こそは、人生の当初から私を支配する感情であった。かわいそうだと思うと苦しくなって我慢できなくなるのだった。おやつの時間に、これ以上においしいものはないと思っていたヴァニラクリームが出された時、家庭教師が「貧しい子供たちはこうしたものは食べられないのですよ」と言っただけで、うっとりと口にもっていこうとした小さなさじを皿の上に置いてしまったことがある。そんなことをしても無駄なのだが、不幸な子供の生活についての漠然としたイメージにたいして敬意をはらい、目の前のデザートをささげたのであった。それは受け入れてもらうことの無いまま、天へと立ちのぼるアベルのささげ物の芳香のようであった。体を包んでくれる限られた空間、液体の天国ともいうべき暖かいお風呂も大好きであったが、これも何だか気が咎めていた。今でもお風呂にはいって幸せな気分になると不公平なこの世にたいする何ともいえない恨めしい気持ちが漠然と、あるいははっきりと湧いてくることがある。父は寛大で善良な人であったが、権力ずくのところがあった。私が誰にたいしても隔てを感じることなく、人々の貧窮を気にかけ、自分の人生と同じように考えるのは母のおかげである。娘のころ夜会で行われる音楽祭の準備を手伝ったことがあった。その時母がピアノの調律師にまず最初に出したあの一杯の紅茶、それは私にひとりひとりの人間にたいする友愛の情を教えたのである。その気持ちを強く持ちつづけたことが私に狭い意味における正義というものにたいして違和感を持たせることになった。ある人は薔薇のしるしのもとに、ある人は刺草《いらくさ》のしるしのもとに生を授かるのであるが、どちらになるかはほんの気紛れに運命が決めることでしかない。狭い意味での正義をふりかざす人はそのことを忘れているのである。どうしようもないこととはいえ情けないことである。道徳的な美しさを感じさせるなんらかの高揚や有徳は別に私を感動させることはなかった。子供のころ、聖なる墓碑銘*「旅人よ、行きて告げよラセデモーヌの人へ、我ら掟を守りここに死してあると」をたどたどしく読んだ時は激しい愛情にかきたてられたけれど。私は高揚や有徳を具現している人々を敬愛しはする、けれど彼らはそのことですでに報われているのではないだろうか。ところが、一方罪を犯す人々は、私の目にはでたらめで取り返しのつかない運の無さゆえに悲痛に映るのである。

* テルモピレーの戦い（前四八〇）においてペルシア軍の奇襲にあいながらも踏みとどまり、三百人の兵士とともに玉砕したスパルタのラセデモーヌの王、レオニダスをたたえシモニデスがささげた墓碑名。

罪人という言葉は単に罪を犯した人をさすのではなく、ゆっくりと何年もかけてしだいしだいに罪人となり、ついには隠れもない本物の罪人となるその過程をさすのである。ある人間が人を殺し、傷つけ、法を犯す。しかしその人はいつから、何度目から罪人なのであろうか。あえて答えるならば、最初からずっと罪人であったといえるだろう。彼は最初から罪人として存在し、いくつもの罪の芽生えを経過しつつ少しずつ哀れむべき人間となり、最後に恐るべき、醜い、みすぼらしく有害な存在に、なるべくしてなるのである。私にとってドストエフスキーの小説のあの場面ほど悲痛なものはない。ロシアの僧院に、よくものごとを見通し神の加護を人々にさずけていた僧がいた。彼は参列者のなかにやがて暴力を犯すべく運命づけられている男を突然見出だした。その時、僧は心乱れながらもじっと彼をみつめ、やがて犯すであろう罪のことなどまだ考えもせずにいるその人におごそかに近づき、不幸のために生まれてきたその人の前に、罪を犯さずにいる年老いたわが体を屈めるのである。

夏はほとんど毎夕、妹、両親共々に幌を外した馬車に乗って、アンフィオンからトノンへの道を散歩したものだった。妹と二人して補助椅子に腰掛け、そこらじゅうの草花から発散する牧歌的なかぐわしさに思わず知らず身をゆだねながら、心穏やかに喜びをかみしめていた。

まさにこうした瞬間に目くらめく自然が決定的に私をとらえたのだった。自然はわが身の内に永久にはいりこみ、魂に無限のひろがりをあたえつつ、逆にかくも小さき肉体の中に凝縮したのである。金色の砂埃の舞うほてった道、黒いちごと野薔薇の刺の絡みつく生垣、珊瑚のような粒のある蛇登らずの木の鋭く勢いのある冠毛の下にこんもりとしている野性の李の青くて堅い実、時は流れても、何ひとつ記憶から消えることはない。単調で歯切れのいい蹄の音をぼんやりとききながら、妹と私は刻一刻と姿を変える水平線をじっとみつめていた。くっきりと影をみせていた縦に長い鳩舎に似た教会の鐘楼、屋根の低い家々、根元から梢まで枝葉豊かなポプラの樹、黴がはえないように巧みに処理を施され、ペルシア陶器の青色を保っている葡萄《ぶどう》の樹は、暮れなずむなかしだいにぼんやりと靄がかかったようになっていった。路肩に、陽気な悪魔といった感じの小さい黒豚の一群が、馬車に気づいた若者から追い立てられて列をなしていた。いかにも食用にあてられるといった子豚も、もう一度おなかに子豚を隠してしまえそうなたっぷりとしたたんすのような大きな母豚もできたらなんとかその避けがたい運命から救いたかった。それよりずっと以前に、百姓家の宴会のために殺されるべくしばられた豚の叫び声をきいたことがあった。その声は、下手な手際で念入りに人目をはばかって行われる罪の、残酷な記憶を私に残していた。百姓が綱でひっ張ったり、馬車につないで駆け足でひっ張り運んだりしているまだ柔らかくクリーム色をした子牛を見た時にも胸を刺すような苦しみを感じたものだ。女中のひとりが「屠殺場につれていかれているんです」と言った時、苦しくてたまらなくなり「買ってちょうだい」と頼んだこともあった。今でもお金は生きものをその恐るべき運命から守るひとつの方法であると思っている。財産というものは自分の快楽のためよりは人に同情を寄せるために役立つものである。

道の両側に広がる、耕作具合によって緑、茶、赤と色調の変わる畑のなかに、所々ではあるがひなげしが気紛れに咲いている野原をみつけ大喜びをした。真っ赤な色を勝ち誇ったように見せながら、束の間の生を生きている、緋色の甘ったるい花の群れであった。

馬車の軽快なリズムに揺られていると、五官はすべて自然に吸い込まれ、心のなかに詩の戦慄を感じ、体はふんわりと愛情に包まれているようであった。ドイツ人女中の男友だちの水夫のアレクシスがまだ子供の私を高く抱き上げて、うぶ毛の生えた唇で頬にキスをしたことがあった。部屋に戻るとはっきりとめまいを感じたけれど、その時に感じたような愛情である。すると、サヴォワの空へむかって私の無垢な夢が登っていき、体が投げ出され、夕べの星の流れるような瞬きのなかに身を落ちつけるような気がしたのだった。

＊

静かな夕暮れのこうした散歩の最中に、貧しげな身なりの男が、血色の良い警官に両脇をかかえられながら引きずられていくのをなんどか見かけた。目前に広がる水平線だけでなく、麦の穂の細かくしっかりとした縫い目や、栗鼠《りす》のふさふさした尾のようなもみの木の幅広い枝でさえずっているキクイタダキの喉のふくらみにも目をやっていた私は、遠くからその一団を目にした時、胸をつかれるような苦しさを覚えた。憎む気はなかったけれど、威張りちらしているくせに、ささいな規則には小心翼々のその巡査たちの方を、むしろ牢屋に入れてやりたい気がした。

おそらく酔っ払うか、あるいは惨めなまでに貧しくて、市場の棚から何やらを盗むかした哀れな男、通りすがりの人たちの目にさらされ、ささやかな名誉を失い、二人がかりでしっかりとつかまえられてよろめいているその人は、はたしてやりたくて盗みをやったのだろうか。誰がいったいそれまでの人生と一連のできごとの積み重ねはその悪行を自分にさせるためにあったのだなどと思うだろうか。

万人にたいする同情と許し、それは人間という葡萄畑を正しく成長させるために必要な、たわむことのない添木をとり外すことであり、確かに危険な考え方である。けれど、羊のように弱々しく、おずおずとして、何の企みもなくただ従順なだけのその人はきっと天使たちから愛されたにちがいなかった。そうした場面に出くわすといつも気が動転した。そして、妹に馬車の前を通り過ぎる神から見放された人に一緒に会釈をしてくれと必ず頼むのだった。私には面倒を見てくれる人がいる、大罪を犯さずにすむべく守られているのだ。自分が無垢のままでいることが申し訳のない気でいっぱいになり、頭をさげてその人生の敗残者たちに許しを乞わずにはいられなかった。

理性の賜物である同情という施し、たとえ一日たりともその施しをゆるがせにしたことはなかった。娘のころ、昼餉のあとの手持ち無沙汰なひととき、以前は犯罪事件などにあてられていた新聞の四面を読むことがあった、眠りにつく前には、その新聞を手に、過ちを犯した人々に神の御加護があるようにと祈ったものだ。人をあやめてしまった哀れな勇者も、咎むべき浮浪者も、ひとりも落とすことなくひとりひとり名をあげて祈った。神を信頼し、寛容を願いつつ、一種の決算表をさしだしているつもりであった。自分の創造した人間の悪性にたいして神は責任があるはずであると思っていたのだ。

後になって、最高の博愛心を表したニーチェの「本当に誇り高い人ならば自分の前で人が辱められるのにたえられはしない」という文章を読んだ時、長舌をふるう太陽とでもいうべきニーチェは最高の喜びを私にあたえた。私は彼に感謝をした。

孤独な思索をつづっていた娘のころのノートに「星空と正義の心ほど私を感動させるものはない」と書きとめさせたのは、おそらく踊るように宇宙全体へとむかう私の心、その瞬きとさざめきを祈るごとくにじっとみつめていた星々の魅力、公正でありたいという強い気持ちであろう。あとになって、このページを見た親しい人がカントが同じようなことをいっていると教えてくれた。カント・ド・ケーニヒスベルク、はるか高く、はるか遠くにいる人、いつも決まった時間に散歩に出かけるのにフランス革命の報に接し、習慣をたがえてとんでもない回り道をしたという人、今なお名高く、その短く堅いカントという響きがあらゆる形而上学の扉を開く鍵のようにみなの精神を打つ哲学者、その人が十五歳の女の子と同じ気持ちをしばし持っていたというのだろうか。天を見上げる眼差し、人の心の深みを見通す二人の眼差しが、出会い、相近寄るのを確信して私は人知れず誇りを感じた。

くり返しのべるように、私にとって同情心は自尊心とならんで最も強い感情であったが、それはまたいろいろと滑稽な事件を巻きおこしもした。

十四歳のころ、以前から患っていた虫垂炎が悪化し、ひどく痛み始めた。小さいころ、楽しいことがあるという時にはいつもこの病気がおきた。そんな時は気持ちをしっかりさせて痛みをないものとしてこらえてきた。私にはそれができた。痛みを受け入れずにいると、命には命の法則があるのだということがはっきりと分かった。それは人間を生み出しておきながら、気持ちよく迎え入れることはしないこの世に闘いを挑むことであり、毅然とした生き方を獲得するということである。父の姉妹、結婚によりフランス人となった私の伯叔母たちの家でクリスマスツリーに明かりがつけられた時、私は参加できなかった。何日も前から、ハイネの詩にあるように、東洋の棕櫚《しゅろ》の木が北国のもみの木を夢みるように詩的な思いをこめて思い描いていたのに。諦めきれず、十二月の寒さがいっそう辛かった。夏には、兄と妹がスイスとオーストリア国境のラガッシュの森を駆け回っている時、私は引き籠もってじっとしていなくてはならなかった。そこは、いくつもの早瀬があり、風が吹き、魔王のでてくるゲーテの詩の突然の馬の早足、ウェーバーの射手の歌劇などを生み出した深い森であったのに。家族がシャモニーにいった時も、駄目だった。シャモニーというふわふわぬくぬくした名はまるで大きな砂糖菓子のように私の心をとらえていたので悲しくてたまらなかった。コンスタンチノープルでは、たったひとりで残された。外套を着、トルコ帽をかぶった伯叔父たち、パリ風に素敵に装った伯叔母たちはトルコにたいしギリシア人のもっているちょっと馬鹿にしたところのある好奇心から（母はギリシアとトルコを区別したことはなかった）、回教僧の「法悦の舞い」を見にいったが、私は絶望の底に置き去りにされた。

時がたつにつれ病気はますますひどくなるばかりであった。しめつけるような痛みにすっかり衰弱して、私はアンフィオンの庭や果樹園を歩き回った。健康にたいする不安におしつぶされ、なんとか頑張ろうとおもいつめたけなげさも消えてしまいそうな気がして、ぼんやりとした、が、深い絶望にとらえられていた。私はどんどん痩せて、顔つきが変わった。もともとは、小さいが丸々した手足と、血色のよい頬をもった丈夫な女の子であったのが、このころから、ひ弱で、病みがちな体質になり、いつも悲しげにもの思いにふけっている娘になってしまった。砂漠のような私の孤独、みたされぬ思い、束の間の謎めいた死ぬほどの苦しみの合間から、なぜか不思議にも、モーゼの岩から発するかのように時には笑いがはじけることもあった。そうすることも、もちろんできるのだけれど、こうした勇気を自慢する気はない。私にはそれなりのさまざまな力があり、運もよかったということなのだから。人が自分のことを、青い目をしているとか、黒い髪だとか、手は小さく力強いとか、負けず嫌いであるとかいうのと同じように、私は自分の勇気のことを話すことができる。

医者たちは投与した薬が効いて、病を抑えているとでも勘違いしたのでもあろうか、散歩を勧めた。散歩の最中に襲ってくる憂鬱を隠してはいたが、そのようすはアンフィオンの控え目な村人たちの注意を引き、心配をさせた。最初にがっちりとした農民の夫婦が気づいた。彼らは道端の家に住んでいた。いつも何かの常備食の匂いがくすぶり、その煙りが表にまで漂ってきていた。我が家とはほんの垣根で隔てられているだけであった。やつれていく私を心配して、道を横切り、私とおしゃべりをしにきてくれた。もっと正確にいえば、彼らは遠慮がちながら、心配気な、はっきりと口にだす訳ではないが同情をよせている顔つきであれこれと尋ねるのだった。

彼らの気持ちにたいして私がそれ以上の気持ちで答えたので、日焼けした、羊のような髪の、田舎の魔法使いといった様子のおかみさん（何人もの子持ちで、末の子はまだ乳呑児だった。盛んな夫を持ったものだ）は、私と同じ年の彼らの娘のプロテジーも、やはり同じような障りに悩んでいると打ち明けた。娘は食べ物をうけつけず、痩せて、顔色が悪くなっていった。わがことのようにそのかわいそうなプロテジーに同情し、私はこれと思った薬などをいかにも訳知り顔で分けてあげたりした。粉薬や丸薬を持っていったり、苦しみを和らげる湿布の方法を教えたりした。かくして私は、その子だくさんの家族と、感動した近所の人々の感謝の言葉を浴びることとなった。と、ある日、「アンナお嬢様と同じ病気」の、村中知らぬ者とてないプロテジーが、子供を産んだことを知らされた。祭りの日、村中の興奮と酔い心地のうちに孕んだひ弱な小さい赤ん坊であった。が、こんなことで私は怯みはしなかった。羊、チーズ、畑の神々へささげる香のようにいつもストーブの上でぐつぐつ煮えているスープの湯気の匂いのする田舎娘、恥じ入っているその娘に、優しく「あなたと私は同じなのよ」と言ったのだが、この言葉はその後もなんどもくり返されるのである。

サナトリウムに入っているこちらのお友だちを見舞ったことがあった。彼女は脳貧血にもとても苦しんでいた。頭より足を高くして寝かされ、同室のほかの人々もそうであるが、隠しようもなく人目にさらされたその陰気なさまは、人としての尊厳を欠いているように思えた。

私は眠れずに苦しんだ夜の辛さのことなどをそれとなく話しながら、「私もあなたと同じ病気に苦しんでいるのよ」と彼女にいった。どうしてもそういいたかったのだ。私が結核だという噂がぱっと立った。たいしたことではなかったが、母と私は意地の悪いことをいう人たちに、私がおしゃべりで口をすべらしやすいとか記憶がとても良くいろんなことを忘れないのだとか説明しなければならなかった。

そんな風な嘘をついついてしまうことは毎度のことだった。辛い目にあっている人々に病気のせいで独りぼっちで置かれているのだということを隠すためであった。

戦争の間は、地球上でくりひろげられる最大規模の数々の惨事が目に焼きついて離れなかった。無実の国の安泰をまず考えはしたものの、世界全体にたいする絶望感でいっぱいになった。夜となく昼となく、私は空を見ていた。空にはただひとつきりの太陽が誰の目にも同じように輝き、月はどの場所でも満ち引きをくりかえしている。人の群れのおぞましい争いをよそにした無限の天の清らかさが私の心をとらえていたのだ。こうした感傷が嵩じて、血管の網の目が脆く、弱く、壊れやすくなり、この世全体に広がるかのように開き、ついには見るにたえないようになった。散乱する死体、くり返される死を思うと自分自身の生命のことなどにかまっていられなかったのだ。

相変わらずの状態がつづいていたが、その頃、飛び回る鳥のような、小さく陽気な顔、きりっとして、若白髪なので賢そうに見える目つきの、なかなか魅力的な女の人が毎朝訪ねてきてくれた。彼女は詩が好きで、それで私の世話をするようにつれてこられたのであったが、私の苦しみを見兼ねて側にいてくれることになった。私はこの人を信頼したが、それでも自分のたえ難い苦痛を彼女に打ち明けることは憚られた。みなが心を痛めてくれているのに、自分のことを考えるのは恥べきことだと思えたからである。黙って、感謝の微笑みを浮かべ、あれこれの気晴らしを彼女がやってくれるがままにしていた。大胆に思い入れたっぷりに歌われるスペインの歌、ファンダンゴの真似ごととカスタネットの音、フランスのあらゆる方言での話しかた、いかにも負傷者のように私が伏せている陰気な部屋の真ん中に、便利な電熱器をもちこんで作られるオリーブ、ピーマン、玉蜀黍《とうもろこし》、トマトがいっしょになった風変わりな料理。それぞれの国の魅力につぎつぎにひきつけられ、旅をしてきた女、彼女にとって、玉蜀黍粥はナポリと貧乏もまた楽しといったポジリップ地区を、トマトあるいはピーマンはブルゴット〔スペイン北部の都市〕のキャバレーを、オリーブはアグリジャント〔シチリア島の町〕の安宿を思い出させるものであった。そう信じ込んでいるところが彼女の可愛いところであったが。

手をかえ品をかえなんとか私の気を晴らさせようとしてくれたことには感謝をしたものの、結局はなんの助けにもならなかった。そして、ある日、彼女が私に打ち明けてくれた思い出、彼女の若いころの気塞ぎ病について私が自分と比較したところ、その親切な訪問者はいらいらと私に当たり散らしたのだった。生来陽気な彼女は結局のところ私の苦しみを本当に分かってはいなかったのだった。さらに次のような驚くべき言葉を彼女は吐いた。「今、お嬢様が苦しんでらっしゃるような苦しみは誰だって経験のあることなんですよ。私だって若い時分にはそんな風な不安にとらえられたものです。そうですとも、誰だって自分のことを犬だとか、屑籠みたいなものだとか考えたりしたことがあるんですよ」。私はおそるおそる彼女の顔を見た。優し気なその顔は突如恐ろしげな形相になっていた。それまでは啄木のように魅力的で、目は麗しくも露に濡れ、その色とりどりの外套のような羽毛を私の寝室で楽し気にばたばたとさせていたのに、今はまるで見知らぬ人であった。頭の中に常軌を逸した馬鹿げた幻想が住み着いていて、ときおりめちゃくちゃに訳の分からぬことをいい出す人といった感じであった。

このことがあってから、彼女の悩みは私の悩みと似ているとみなにいいはしたものの、慎重に、よく考えていうようになった。

このように、私は確かに誰にたいしても強い共感の気持ちを持ち、その気持ちが私を生き生きとさせているのだが、それはある意味では傲慢と、安心感と思いもかけぬさまざまな力をあたえてくれる霊感のなせる技ではないだろうか。「保護欲は権力欲ともいえる」とパスカルはいう。確かにそうだろう。私が落ち込んでいた時期、ある機知に富んだ友情に厚い友人は、私を励ますために、あまり私に同情を示したりはしまい、それよりも私の持っている能力のあれこれをほめようと心に決めた。そして、それは良い方法であったのだ。ある日、死ぬほどの疲れにうんざりしながらも、私が力をふりしぼって話し、起き上がり、そこら中を動き回ったのを見て、すぐに疲れ果てて倒れこんでしまったのに、彼女はうれしそうに笑いながら、「まるでスポーツマンみたい！　歌い手顔負けに上手よ！　将軍のように元気がいいのね！」と大声で叫んでくれた。

＊

六歳だった、学年の始めに、母が優しくソルフェージのルロイ先生から手紙をいただいたことを話した。「先生はあなた（母は英語の習慣から子供たちにたいして、へだたりを感じさせないよび方で話すことはしなかった。父とはそうではなかったが）にとても満足しておいでです。今度のレッスンからあなただけ上の別の新しいコースに進みますよ」。

別のこと、新しいこと、今まで知らないこと、では、もう同じことをくりかえすのではない。世界がぱっと変わり、めまいがするようだった。いったい今度はどこにいくのだろう。一年前から兄と妹といっしょにコーマルタン通りの薄暗い建物の三階にあるルロイ先生のお宅へつれていかれていた。そこで、太ってせかせかと歩くその先生が、きびきびとして親切なセシル先生、おしゃれだけれども厳しいジュリエット先生を助手に、音楽にたいする造詣の深さとへ音記号やハ音記号をまったく苦にしない習熟の高さによって私たちを怖がらせたり、びっくりさせたりしていた。お供の家庭教師はオッシュ通りからコーマルタン通りへの通い道にいつもてこずっていた。路線が複雑なテーブ通りの電車は危険で、乗り換えがしにくく、満員なことがよくあり、心配の種であった。母の言葉は、せかされながら乗り降りする時の嫌な瞬間の記憶をぱっと明るくしてくれたので、それ以上は何も尋ねなかった。喜びの余韻に浸っていたのだ。ただ、時間が三時から五時になったことだけを記憶にとめた。私は良くでき、運にも恵まれ、向上し、新しい授業へ進み、未知の分野に入っていくのだ、しかもたったの六歳で！　オスマン通り経由テブー通り停まりの電車の中で、私はうっとりと夢見心地であった。ゴー・ガタン・ゴー・ガタンというリズム、色とりどりのポスターの貼られた船室のような天井、私は電車が好きだった。それに、人が私のことを微笑みながら見たり、何か囁いたりするのが分かった。必ず「何て大きな目なんでしょう！」といっていた。

授業が終わったらル・アーヴル横町のお菓子屋にいってクロワッサンを買おう、ちょうどその時間は、コンドルセ高等学校の男子たちが三々五々、元気よく押し合いながらドアをさっと開けて出入りをするころである。彼らは私を意味ありげにちらちら見たりすることだろう。そういう風に見られるのはぞくぞくするほどうれしかった。

それで私は新しい授業に入るのを待ちかねていた。だのに、つれていかれたのは数ヶ月前から通っていた、いつもの建物のいつもの部屋、いつもの席であった。信じられなかった。それに気づいた時の驚きと苦しみはなかった。胸が塞がる思いであった。いったいどういうことだろう。新しい授業とはいろいろなことを新しくするということではないのか。母もそうだが、ちゃんとした大人が「去年とは違うんですよ」といったのに、だのに私は同じ場所につれていかれ、なんの変化もないことにがっかりしているのだった。そんなことがあるだろうか。あんなに約束したのに、前の年の授業の間、ほとほとうんざりしたた赤いクロスのかかった何の趣味もないテーブルの前にある、狭苦しくただ長いだけの革張りの椅子、持ち上げたり下したりしなければ腰を滑り込ませることができない椅子に座らせられているではないか。では、期待に胸を弾ませていた驚異、冒険はどうなってしまったのか。何も変わりはしないのだ。この陰鬱な空間以外のものを私にあてがうほどのひろがりはこの世にないのだろうか。この時に感じた驚きと失望から、私は、突然、大気や驚くべき宇宙のことを考え始めたのである。その日まで私は、オッシュ通りの春、アンフィオンの喜びの夏によって、大地とその豊かさに、天の草原ともいうべき空、保護するかのように人間たちを優しくおおっている丸天井、通常はダイヤのようにきらきら光るジャスミンの花が咲いている青芝としか思えないが、夜にはときおり、その荘厳さが不安をあたえたりもする謎めいたドーム、友情に満ちた空に結びついていた。けれど、その日からは、そのささやかな分け前が約束されたのにあたえられなかった空間、大気、無限のことばかりに心をかたむけるようになった。コーマルタン通りの埃っぽい狭苦しい建物の中で、自尊心を傷つけられた女の子は、突然の不安に駆られて、無限について考え始め、無限の空の彼方へとつれていかれたのである。そこでは、羽をもち自由に満ちあふれた人は、もはやこの地上にとどまることになんの価値もみとめないであろう。人間は勘違いをしている。もし愛と逆境が、創造の喜びや人にものごとを考えさせる苦しみから生じるさまざまな力をあたえなければ、もともとは泥土でしかない人間が、この地上にとどまることにはなんの価値もありはしないのに。

第七章　父の死

レマン湖畔の十月―父の死―葬儀―デシュ氏と慰め―別れ―カロ氏とカロリンヌ―食卓の外交官たち―レセプションの栄光と悲惨―生と死

ある日不幸がわが家を襲った。十月、アンフィオン、私たちは幼い幸福な子供であった。水晶のようなこの月はレマン湖畔のもっとも美しいころである。晩夏は、名残の花の咲く満ち足りた草原に優しく光を注ぐ。朝方の強い光線が湖水深くを暖め、すばしっこい虹鱒《にじます》もじっとしている。めまいに襲われた鳥たちは、訳もわからずにくるくると舞い、空と水の青さの区別もつかずに波間に突っ込み、それから、まるで泳ぐ燕《つばめ》か羽のある魚のように、水中からさっと飛び出してくる。こうした十月の朝、泳ぐ人はさすがにもういず、夏の間働いていたエヴィアン＝レ＝バンのあちこちの水源地や賑わった港から戻ってきた船頭たちが、ふたたび巧みに船を操っている。砂利を積んだ帆船、プロペラが始動している大きなボートが、青い稜線でくっきり二つに分たれる水面に、波のまにまをいく天使のような姿を見せていた。別荘の空に突き出たバルコニーとテラスは、人間が少しでも多く空の青さをわがものとし、幸福へ近づけるように助けてくれているようであった。十月は干し草の取り入れの時である。

刈り取られた田畑一面の干し草の匂いがあまりに強烈なので、感覚が混乱し、当たりにひろがるその匂いは青い色合を帯びているような気がした。山頂はすでに雪をいただき、羊の群れは岸辺の牧草地に戻ってきていた。首につけられた鐘の牧歌的な音が空気をみたし、夕暮れになると、姿を見せない空気の精が、落日の織りなす、波の奥の奥までも黄金に染める敷物を、東洋の商人に劣らず熱心にひろげて見せるのだった。

強風で落ちた庭の松かさが広い集められ、炊かれ、それが花火のように弾け、なんとか湿気をとりのぞこうとしたが、家の内部は、玄関広間、階段や居間の床、花模様の麻の壁掛け、艶光りしている母のピアノ、どれも湿気をふくんでいた。ものさわがしい秋に備えようという時、住まいがその外見はまるで牢獄のようなのに、なぜ自然を思いおこさせ、自然の匂いを放つのか私には分かった。住まいは木から生まれ、森林の木々の髄、エキス、繊維や樹脂を、建材の隅々にまで保っているからである。住まいにほのかな匂いがするのはそのためである。色彩が目に光を放つように、匂いも鼻に光を放つのである。サヴォワのこうした日々は澄み切って、清らかで、やましい欲望とはまったく関係のない幸福にみちていたので、世界のあるべき姿の決定的な手本として私に選ばれることになったのだった。

秋の盛りの庭と家族に別れる辛さをから元気で隠して、九歳になった兄を中学校《コレージュ》にいれるため父はパリに戻っていった。母はなじみの客たちに囲まれながら、湖周辺の城の人々を訪問することに心をくだき、あとは音楽三昧のいつもの生活をつづけていた。サヴォワの公爵たちあるいはフランソワ・

ド・サル〔フランスの説教家、ジュネーブの司教。反宗教改革期に活動。一五六七―一六二二〕を匿ったことになっている大きいばかりの屋敷を持っている人もいれば、地方貴族のもっともらしい紋章なのか、炎の舌をつきだした怪獣シメールを軒蛇腹から天井の梁にまで装飾としてくり抜いているささやかな館を自慢している人もいた。どれも、木蔦《きづた》、大きな黄楊《つげ》の木、葡萄《ぶどう》の木、カルセオラリアとベゴニアの植え込み、特有の湿り気のある胡桃《くるみ》や栗の木の茂みなどがあり、心地好い屋敷であった。

突然、父の急病の報が家中にひろまった。それは、ひそひそささやかれる噂、ごちゃごちゃしてなんのことか分からない心配事のように私と妹にも知らせられた。当時は時間のかかった電報がエヴィアンからつぎつぎに届けられた。家にきていた夏の招待客たちは盛んに母を安心させようとしていた。違う違うという興奮した仕種で交わされる会話からそのことが分かった。彼らは母に事情もよく分からないまま矛盾したいろいろなことを口々にいい、そのためますます正確なことが分からなくなっていた。母と回りの人々を不安に陥れたパリからの知らせは、人生が始まったばかりの幼い姉妹の上に、最初は厳として手の届かない高いところにあり、それから断片的に舞い落ちてくるようであった。そうこうする間にも刻一刻と父の病状は悪化していったのだった。口にこそださなかったが、胸を痛めながら何が起きたのか気づかい、あれこれと臆測していた私たち姉妹はうっちゃられたままであった。子どもの毎日は、特別なことでもおきないかぎり、時にとても陰気なので、家ながらの心配事がひきおこす騒動は、子供心にひとつの問いかけ、謎、もっといえば、はっきりとは分からないが、何か心を騒がせる変化を切ないまでに求める気持ちをひきおこすのである。一陣の風のごとく遠くから届いた憂慮すべき知らせが、間違いだったことが分かったり、電報が結局はなんでもない結果に終わったり、家の中があまりにも速やかに元どおりに静かになり、勉強、食事、就寝のいつも通りの約束の時間割が取り戻されたりしたら、胸躍らせることを求める気持ちに肩透しされ、がっかりしたことだろう。そんな気持ちが漠然と私の心をよぎった。一方、家庭教師たちは何か忙しそうにひそひそと話し、ブランコに乗ったままでもいつものように叱ることもせず、そのことが私たちに逆に何かおかしいという気持ちにさせていた。突然、母が今夜パリへ発つと知らされた。父の容体が重くなったのだった。客たちはいなくなって家は空っぽになった。女中たちは私たちをごった返している廊下から追っ払い、どたばたと着替えや下着類、あっちこっちのたんすの中身をそっくり全部、トランクに収めるのにてんてこまいであった。母はひきつった顔をし、準備ができるといってきますもいわずに発った。夕食の時間、妹と私は、面倒なのかいつものようには十分に明かりの点されていない寒々とした食堂で、遠慮のなくなった召し使いたちに囲まれていた。彼らは監督する者のいないことを幸い、少し距離を置いていたとはいえ、雇いの船頭や庭師たちをぞろぞろとひき入れた。一瞬にして、妹と私は広すぎるテーブルのあっちとこっち、いつもは両親の座る席に二人きりで座らされた。がらんとした空間の中で、幼い子にとって、それはいわば、自分たちを支配命令し保護してもくれた人に、突如とってかわる出し抜けの悲痛な出世であった。こうしたことをおぼろげに思い出しながら、私はミシュレがルター〔ドイツの宗教改革者。一四八三－一五四六〕について述べた胸しめつける文章のことを思い浮かべている。父の葬式に参列しに戻った気性の激しい宗教改革者は、黙り込み、打ちのめされ、その場にひっくりかえってしまった。友人たちが心配して駆け寄り、彼の激しい苦しみをなんとかしようとするが、ルターは彼らを押し退け、己の肉体の始まりであったものを飲み込んだ目に見えぬ深淵を長い間目で追い求めた。年をとっていたとはいえそれなりの力で、彼はあの苦い言葉を吐き、もうなんの後ろ楯もなくなった孤児の嘆きを鳴り響かせたのだった。「これからは自分が老ルターなのだ」と。私はここに悪意はないしかし残酷な言葉を書き記さなければならないだろうか。食堂で、召し使いや庭や船で働くものたちが深い憐憫の情から私たちに浴びせた言葉なのだが、野蛮人の放つ矢にも似て、それは私の心を刺し貫いたのだった。辛い思い出ではあるが、料理長がごく丁寧に、けれどいつもの仕事をしているだけだという気配の混じった様子で、部屋つきの女中に「殿様のお召し物、白い胴着とネクタイをすぐに荷作りして送らなくてはならない」というのを耳にして、茫然自失したあの瞬間を呼びおこしておこう。今まで聞いたことのないその言葉が父の死を意味しているなどといったいどうして私に理解できただろう。その言葉から私は、両親がおみやげに砂糖細工のお菓子などをもってかえってくれたロスチャイルド男爵家の夕食会、エヴィアンの湖畔のレガッタの開会式、私がエジプト娘に、そして母が胸の方に蛇をむけるクレオパトラに扮した仮装パーティーのことなどを思いおこしていたというのに。息絶えた肉体がこの世の限りに、黒とまばゆい白の対比も鮮やかなきちんとした衣服を身につけるなどということをどうして思いついたりできただろうか。しかもその衣装は、特別に見せてもらったことのあるパリの屋敷の大きな衣装だんすにあった夜会服を身につけ、優雅にしなやかにどこか子供っぽいようすで父に寄りかかっていた母をいっそう際立たせていた衣装であったのに。そうした時、父は近視の片眼鏡のため光沢を放つ目で、美しい自分の妻の装いをしげしげと点検してから、人々の喝采や称賛へむけて出かけるのだった。ある夜、赤いチュールのターバンを巻き、すっきりとした両肩に一つがい燕のブローチを留めた母はまるで妖精のようであった。

不幸な事件がおきた時、子供は邪魔な存在である。子供には関係ないことだと思い込んだり、次々にのしかかってくる辛い仕事にいらいらとした大人たちは、通りすがりに小さい体を乱暴におしのけたりおしやったりする、当座子供たちをどこに置き、どんな風に処置すればいいのか分からないでいるのだ。

かわいそうだからと乗せてもらった、息が詰まるほど混み合った馬車で一晩過ごし、私と妹がパリに着くと、まず、ヴァレンヌ通りにある母の従姉妹のゴルチャコフ妃の屋敷に連れて行かれた。彼女の姿はその豪華な住まいにはなかった。もし彼女がいればペテルスブルグでの結婚生活（後に彼女は音楽と考古学への夢のためその生活を捨てた）で身につけた一種乱暴なロシア風の磊落《らいらく》さで私たちを脅えさせていたので、いつ姿を現すかと、そのことで頭がいっぱいになったことだろう。けれど屋敷は空っぽで静まりかえっていた。

おそるおそる家庭教師たちにあれこれ尋ねてはみてもなんの返事もなかった。彼女たちはどうしようという当てもなく、荷を運び、ほどきまた詰め直し、つまらないことに夢中になっていた。昼ごろ、外国人の雇い人たちが居間の寄木細工のテーブルに巧みにクロスをかけ、つぎつぎに料理を運んできた。惨めにも突き落とされた悪夢の続きを見ているようであった。右も左も分からないまま、妹と私は青や白の絹織物でしつらえた豪華な部屋をあちこちさ迷った。驚いたことに、ベッドにはその優雅な風情がヴァレンヌ通りの有名な美景のひとつとなっている池から発生する蚊を防ぐためのモスリンの蚊帳があった。十月の肌寒い夜、明け方のこの移動、はっきりとはしないが回りの人の同情のこもったぎこちない言い方から何か大きな悲しみが襲い掛かってきているという予感、母のもとへつれていくため仮住まいの私たちのところへよこされたオッシュ通りの館のボーイ、そうしたことから私たちは状況の深刻さがのみこめ、心配でたまらず悪寒がした。それでも何がおきているのか確認したり、不平をいうことは許されなかった。あげく、その残酷な日の夕方、私たちは乗り合い馬車に再び乗せられた。数ヶ月前、その馬車に乗り、庭遊びの道具、蝶を捕る網や植物採取の箱などを抱えてリヨン駅へむかった時にはあんなに楽しかったのに。私は夏の旅行、大好きなアンベリュー、キュローズ、トノン=レ=バンの駅、そして現れる祝福された湖を思い浮かべていた。ヴァレンヌ通りからオッシュ通りへむかう間、家庭教師、女中、ボーイたちは素朴で漠然とした臆測で頭がいっぱいだったのか、押し黙ったままであった。黒い不透明な衣装の母が茫然自失といった体でじっと座っている部屋に入った時、父が亡くなったのだということが分かった。けれど私は分かりたくはなかった。もう知ってしまったとはいえ、そのことをさらにはっきりときかされないために何時間も耳を手で塞いだ。言葉の力、言葉のもつ決定的なもの、光景そのものを実際に見る（私たちは父の死そのものを見ることはなかったが）ことだけが匹敵し、越えることができる喚起力が、私をこうした事件にたいして非常に神経質にした。心の中に言葉が暴力的に入り込んでくることにたいして私はいつも用心していたが、苦しみを隠したり押し殺したりするつもりはなかった。心の内をいう、あるいはいわずにいる、人間の性格や、さまざまなできごとが何に依拠して動いているかということは、この口に出していうかいわないかということに関係しているのだ。私は人を傷つけるのでない限り、少しいう、あるいはたくさんいう、あるいは別ないい方でいうのが好きだった。口に出していうことで目には見えない精神の血潮から解放されるためである。

「大いなる苦悩は口に出しては語られないものだ」というスタール夫人の文章は真実ではないと私は確信している。不幸というものは告白し、もがき、語り、わめく。苦しんでいる人が張りさけるような思いを表現しようとして声にだして発した「私は新しい叫びを考え出した」という言葉はまったくその通りであり、実に感動的であると私は思う。

喪に服したオッシュ通りの館でも、私たちはやはりうっちゃって置かれた。うちひしがれ押し黙ったまままただそこにいるだけで、絶望している母に何の役にも立たず慰めにもならない私たちは、どうでもよい存在であり、誰も注意を払ったりはしなかったのである。母の友人たちは母のことだけを案じ、私たちがまさに大きな不幸に見舞われた哀れな子供のようなようすをしていることまでも母のためにならないと私たちを責めているような感じだった。昼は台所で、夜は御者夫婦の部屋で過ごした。庶民的心情は暖かく、実務的で気前がよいものだ。心身を暖めるにはこれしかないと信じていることをしてくれる。彼らは食べ物をどっさりと用意し、羽布団をベッドに積み重ね、暖炉に火をつけ、つつましい部屋を幸福そうな赤々とした火で照らしてくれた。けれど、そんな風に肉体を慰められても、心は孤独なままであり、かえって傷つくような気がした。

それまでは愛されてはいてもみなから恐れられていた父は、たちまち敬愛の対象となった。女中が父の死により私たちは財産の一切合財を失ってしまったといっているのを耳にした。いつもはおっとりと、あけっぴろげで家庭的、陽気で子供っぽい母が、うって変わったようになり女中たちは嫌がっていた。みなは今まで怖がっていた人を今度は懐かしんだ。私はといえば、生きる気がしなかったし、食べ物をうけつけないようになった。瀕死の鳥さながらに、しだいしだいに全身から力がぬけて行って、とうとう気を失ってしまった。気つけにオーデコロンをかがされたが、その強烈な匂いはこの時の不幸にしっかりと混じり合い、その後何年もの間オーデコロンをかぐとたえ難い吐き気に襲われた。数日後、目を見張るような葬式、慌ただしく、もの悲しく、てきぱきとした葬式が家をあげてとり行われた。デシュ氏と、当時何か難しい発見によりサン=ルイ病院の院長となった有名なヴィダル博士の二人が一切をとりしきった。冷静で威厳のある二人は、哀れな私たちの頭上にまさに崩れかかろうとしている建物を支える二本の大黒柱のようであった。デシュ氏は妹を、ヴィダル博士は私をひいきにした。母親に魅力を感じると、その娘たちは男に父親としての愛情をひきおこす。しかも、そうした気持ちを無邪気に外に出すことで、強い、秘められた、複雑な執着心を満足させるのである。おそらくは本人も気づかない激しい肉欲を隠しているのであろう。それは、最初に欲した女を堪能するのに、その女の一族、若い枝にたとえられる娘たちによって象徴されるのであるが、その女の一族の中に欲望を漠然とひき延ばし、満足感を持続させることによってのみ成り立つ欲望であろう。けれど、母のこの二人の友の献身は葬式の時にはただ母にのみむけられていたので、私たちには自分たちが余計ものなのだという気がしていた。初めての喪についてまだ覚えていることがある。ヴェールについての言い争いである。その厚さ、あるいは、喪中にあっては、色は艶消しの黒がいいか、漆黒のほうがいいか、ブーローニュの森を人目を避けて散歩する時、顔に落ちかかってうっとおしく息苦しいのでそれを思い切って上げていいかどうかなど。やっと、六ヶ月が過ぎ、出入りの商人たちが遠慮せずに家に来るようになった。彼らは控え目ではあったが、せっかちで、ぺらぺらとお世辞をいい、早速母にはどんな黒い衣装類が似合うかを話し始めた。不幸は少しずつ変化して、風情をおびたどこか気どった感じをあたえるようになったりすることがある。信仰に基づく真面目な頑迷さで、デシュ氏は私たちをひたすら墓と不死のことだけを考えるようにさせた。私たちの不幸につけこむといってもよいやり方であった。彼はしばしば母にカセット通りの本屋で選んだ小冊子を持ってきた、そのたびに涙もろいは母はさめざめと泣いた。それは憂愁を育み、魂と強靭な肉体のうちに命の再生をもたらすことに努めている叢書であった。

ある夕、断食をしている人に食べ物を、疑心暗鬼になっている人に確信をもたらすかのように、彼が自信たっぷりに母に小冊子を持ってきた。それにはこうあった。「ひとは天にて巡り合う」。私にではなく母にあてられたこうした約束は私の心を騒がせることはなかった。ああ、かくも輝かしい確信が実現することを私はいかに望んだことか。高飛車で、無神経で安っぽいこうした冊子を読むにつけ、私が心楽しまなかったのは、それは私が全身全霊でもっと手っとり早く苦しみを和らげてくれることを求めていたからであろう。迷いもなく断定的に救いや慰めについて書く人にはあたえられっこないものである。希望と絶望が代わる代わるに二年以上つづいた。なんども法要があり、そのたびに癒《いや》されかかった苦しみがよみがえった。東洋において考えられているような、母がそうしたいと思っていたような重々しく長きにわたる服喪の間、ヴィダル博士は苦しみを鎮め、なぐさめてくれたが、一方丈夫で官能的なコレーズ県人であるデシュ氏は悲しみを煽っていた。彼は人の魂を苦しみによって神へ導こうと断固決めていたのである。そのくせ、自分の魂を救うにはそんなものは必要ないと思っていた。もっとも頑固で広い信仰を持ち、その目的を達した彼は、今度はあらゆる悲しみからわが身を避けようとした。自身は人生を十分に享受しながら、ためらう人々を神の方へ絶えず導くことで徳を積んでいるつもりであった。彼は大いなる心をもって私たちに苦難の道を辿らせたのである。私たちの努力が彼に福音をもたらすのだと確信していたので、自分自身が苦難をたえ魂を向上させることはもはやどうでもよかったのである。

＊

ここで、その死とともに私たちの命をも奪い去るような大切な友人たちの死にともなうひっそりとした喪のことを思わずにいられるだろうか。友のたえ難い不在のことで胸がいっぱいで、外のことは何も考えることもできなくなる。優しく親しげに交わされる会話の最中、彼らに見守られながら仕事に向かう時、仲間内の食事の時間、肩や肘や手首に彼らが口づけてくれたなつかしい深紅のウールの編み物、その思い出の品をいっそ手放してしまおうと考えたからといって、友を失った悲しみを慰めることにはならないのだ。友を失い、ふらふらとさ迷い、やがて再び、友を奪った不吉極まる地の上をもう一度歩き出そうという気になった時、たんすに掛かっているその服を無造作に着たり、どんな格好をするかということにもはや心を砕くことなく平気で、駒鳥の羽飾り、あるいは紅椿の飾りのついた帽子をかぶったりできるようになるのである。不幸は癒《いや》されぬままなのだが、通りすがりの人や表面的なおつきあいしかない人の目には映らなくなるのである。管理人部屋にも玄関広間にも不幸なできごとの跡はない。ただ心の奥深くに達する致命的な傷は人知れず残り、消えることのない記憶となるのである。

＊

父が死んでから、わが家では盛大になごやかに行われていた日曜日の昼食会は、私たちの社交界デビューの舞踏会の日までとりやめになった。父は昼食会を並々ならぬ注意をはらって準備し、おろそかにすることは許されなかった。今日ではお目にかかれないような贅をこらしたもので、私はその会で作家やフランスの著名人、国家から名誉をあたえられたりあるいは恐れられたりしている政治家たちを知ったのだった。

また、いつもみなにとり囲まれていた精神主義哲学者カロ氏を見ることで、偶像崇拝とはどういうものかを知った。冷笑を浮かべたような薄いくちびるをしていたが、実際の人となりはそうではなく物腰のやわらかな温厚な方であった。人々から愛され人を愛し、思想家というい う公式の肩書きがみなに尊敬の念をひきおこしていた。彼の講義には美人が大勢出席しうっとりと聞いていた。彼女らはカロ親衛隊《カロリヌ》とよばれた。母も彼に夢中になり、『神について』という彼の有名な著作を入門書としてその手頃な哲学を勉強し始め、カロ氏に友情を示した。彼の死の床にかけつけ、涙にくれながら彼が狭心症の苦しみを表現した「私は心臓の回りに鳴咽の鎧をつけている」という文章を、後生大事に私たちに報告してきかせるほどの厚い友情であった。しかしながら、みなと一緒になって何かをすることも策を巡らすということもなかったので母はカロリヌの仲間というわけではなかった。

オッシュ通りの館の食堂は南海にかかるオーロラのごとき薔薇色と青色の、おそるべきペルシアの王アシュエレウスを表した大きな上等のゴブラン織りに支配されているようであった。彼の足元には青い朝顔にも似た痛ましげな妻のエステルがくずおれんばかりにしていた。この広い部屋の装飾は好きではなかった。けばけばしい色調の青いビロード地のカーテンと、正午の太陽があたると色艶のます、折り返しのあるけしの花のように真っ赤なカーテンとが隣りあっていた。テーブルの回りでポーランドのグロブスキー伯爵が、上手に調理された固い肉に嬉々としてむしゃぶりついているのを見た。白髪まじりで、大柄で、でっ腹の彼は食事の前に、父親のような仕種で私を自分のチョッキに押し当てるのだった。アイルランド製のレース飾りのついた赤いビロードの私のドレスは、根つけのついた彼の時計の鎖の上でぱっと輝き、彼はといえば、ジャングルの歯医者が治療したのではないかと思えるような金歯を見せて野獣のように笑うのだった。この巨人の影に隠れるように、顔の小さなひとりのハンガリー人がひっそりと姿を見せていた。その顔には色恋沙汰か政治がらみの争いか、決闘でつけられた傷の跡があった。本当かどうか、自分でも折り紙つきだとふれこんでいたが、駆け引きが巧みだという有名なイタリア人もいた。その巧妙なやり口をあまりに自慢するのでみなのうちではなんでもぺらぺらしゃべるせっかちなお人好しということになっていたが、そのことを知らぬのは本人ばかりであった。私はパリ駐在のオランダの大臣に興味をもった。食通で、無口な方で「騎士」の称号をもっていた。ロシア大使館は日曜日には当然のように私たちに開放された。オッシュ通りからはそこを通ればダリュ通りにあったロシア教会へは近道になった。

ロシア正教会の宗教儀式にはほとんどいつも出席し、コッツェブ、フリードリッヒ、ナリキーネ、ジエール氏といった参事官や領事官といっしょに帰ってきた。その時から、私は大使とその一行は旅行中のひとつの国家であることに気づいた。政府の命にしたがい、あの町この町へ立ち寄り、そこで私たちとは微妙に、けれども根本的に異なる風体、発音、風俗習慣によって、彼らの民族全体のイメージをみなに印象づけているのである。スラブ人の魅力的に着飾った女たちをみかけることもあったが、彼女たちはちょうどモランハイム男爵みたいに頬髭が長く片眼鏡をした年とった雄山羊を思わせた。または、シルエットから、ほっそりとしたバルト海沿岸のある伯爵のような感じもした。

外交官は、引退している者も現役の者も、みな母についていれば最大の成功をおさめることができると確信していた。ロンドンで育ち、どういう順序で誰がどこに座るか、上席を占めるのは誰かなどということについてよく精通し、こまごまと気配りのできた母にとって、気位が高く自尊心を傷つけられやすい官僚たちに、各自それにふさわしい納得できる席を割りふりするのは造作もないことであった。誰にどういう風に礼儀を尽くし、どういう丁寧なあしらいをするかということをおろそかにはしなかった。それは母が官僚たちや虚栄心をみたすそうした事共に積極的な価値をあたていたからではない——そういうことならば、音楽、詩、美、軽やかで福音にかなった晴朗な宗教を大切にしていた母は、たとえその人が浮浪者であろうと、バッハやモーツァルトのような人であればその人を崇拝したであろう——そうではなくて、自分の行動が的確で完璧であることを求めたからである。イギリスやロンドン大使館で法のような力を持っていた「貴族院名簿録」を母が懸命になってひき合いにだしているのを聞いたことがあった。血筋からなのか、母はソクラテス流の対話を生まれつき維持してきたがそのやり方と同じであった。

父は食卓の回りの豪華な集まり、アンフィオンの客たちのもてなしに心をかたむけていた。それは室内装飾、みなの前でふるう雄弁にたいする並々ならぬ愛情に一脈通じるものであり、自分の回りで、自分の力に依って幸福が増えるのを見たいという欲求が混じっていた。努力の甲斐あって集まりが心地好い成功をおさめた時、祖先の代からの統治権、東洋の宮殿や庭園の記憶、ナポレオン三世のレセプションや幌つき四輪馬車の思い出、そういったものが、父の中で花開いていたのではなかっただろうか。父が華やかな成功を楽しむのを目にすれば、私も束の間、熱い誇りを感じたりもしたけれど、そのために母が、平日は気が張ってずいぶん疲れる訪問を立てつづけにこなさなければならないのを見ると、うれしさも消え、胸がこの上もなく痛むのだった。昼食が終わるや、母は体のあちこちをしめつける、馬鹿気た、妙に凝った、人を威圧するような衣装を身につけた。ボタンのついたハイヒールに足を押し込み、手は手で、手のひらがふっくらとなるように真珠のボタンでしっかりととめたきつい手袋をし、顔には、モール糸の織り込み模様、あるいは鋼でできたごく小さなビーズのついたヴェールが水玉の影を落としという具合で、とにかく何から何まで凝りに凝り、洒落て一風変わっていた。

そんな風に着飾って、母は交際のあった人々の「招待日」に出かけたものだった。「招待日」、想像もできないほど大切にされ、しかも当時は作法や形式がこの上もなくうるさかったのである。みな、ナポレオンの血を引くマチルド妃の招待日にはうやうやしく出かけていったが、かつてのショパンの愛弟子、すべての音楽家に親しかった、旧姓カミーユ・オメアラといったデュボア夫人の招待日にはそれにも増していそいそと出かけるのだった。慎ましいものであったが、上品で、薄紙のくっついた美味しいマカロンと、ほどいたばかりの極東からの荷からとり出され、まだかんなくずのついている粗末な中国製のカップに注がれた青いお茶がいっしょに供された。

母は私をこうした集まりによくつれていってくれた。いろいろな出会いがあったが、後には私は政治的なあるい植民地に関する思い出の絡み合う儀礼的なつきあいには決して首を突っ込むまいと心に決めた。そんな決心をさせるほど、ギヤヴィニ・ド・カンピーレ夫人、あるいはオルガ・ド・ラ・グルネー嬢の招待日はこらえ切れない思いに苦しんだのである。ひとりは第二帝政時代の元知事夫人であり、かたや黄熱病で客死した冒険家の、見栄っ張りの妹であった。私は自分が無駄な時間潰しなどは許されない、大きな辛い務めのためにこの世に生まれてきたのであり、そんな時間潰しの社交は私には何の魅力もないものだということをすぐに悟った。他人のためにわが身を無にすることも厭わないほどの深い人類愛と同時に、自分の内に芽生えたものを維持し育もうとする、強く頑迷な、わが身の内のうごめき、それはごく若いころには、理由のよくわからない葛藤を生み出した。陰鬱な時には、運命からあたえられたと私が感じていた使命が、持ちこたえよ、決してくじけるな、頑張れと命令した。が、同時に、人生にたいする深い嘆き、心に忍び込む断固とした敵意、考えた末の非難めいた気持ちが生じることもあった。それはよく私に家庭教師たちが使っていたドイツ語で「死んでしまいたい」とため息をつかせた。幸福な気分で誇りにみちていた二十歳の時、ある夕、劇場で初めてトリスタンを聴いた。その時、ワーグナーの天才を遺憾なく発揮した、巨大な天使たる有名なテノール歌手ヴァン・ディックの、不意に神がかったようになった喉から、その言葉がほとばしり出るのを聞いた。生きることと死ぬこと、よみがえりさらに生きること、高みに死ぬこと、それが子供のころからの誓いであった。バレスのノートのひとつに「ギリシア人は死を利用する」とある。なるほど、私にとってはこの断言はいかにも的を得ている。私は自分の持っている無意識の力を、誠実に、ときには巧みに使い、自分を発揮し、何かはっきりとは分からないけれど天なるものにしたがい、たとえ世に知られずとも崇高な死をもたらしてくれるような人生を生きたいと懸命に力をふりしぼって生きてきた。

ごく小さいころ、湖畔の牧場で遊んでいる時、兄と妹に運命がどんなものになるか話したことがあった。侘しい予言であった。目もくらむような光景を目にした時には最上の運命を、荒らぶれた光景の時には最悪の運命を思った。恐ろしいイメージが浮かんだ時には、その一切を受け入れた。自分はとるに足らない子供であるということに苦しんではいたが、首尾一貫したもの、大胆さ、心身を尽くして懸命に何かをやり遂げる力、そういったものを身の内に確信していたので、あの邪険な家庭教師が私を叱りつけなどした時には、唖然としてその人を見つめるのだった。「将来の私、きっとそうなるにちがいない私の姿、それをこの人は侮辱している、そんなことがありえるのかしら」と悲しみに沈みながら心のなかで考えていた。おとなしい、ただ叱られるばかりになっている女の子と、ひたむきさと勤勉さにより、すべてを所有し、すべてをあたえようとしている未来の娘の間にいったいどんなちがいがあったというのだろうか。いかなるちがいもありはしなかったのだ。ある日、家庭教師たちはいなくなり、運命がかわりにやって来た。運命は、強くもありか弱くもある人を、以前その人をみたしていたのと同じくらいに苛酷に扱った。運命は、彼女を波間に砕けた難破船の上に押し上げた。彼女はまるで花を拾おうとしてもがくオフェリアのようであった。その声はいつまでも高く鳴り響いている。運命が彼女に許したのは、ただ「ギリシア人は死を利用する」というあの最終的な約束がせめてそのとおりであってくれと願うことであった。

第八章　母との日常

大衆への愛―日曜日の昼食―子供の欲望―コルセットとアルコール―シルエット―女性の肥満―ロシア教会―明晰な憂鬱―ボスフォラス海峡

両親やそのとり巻きの人たちの、友好にみちた、浪費ともいえる贅沢な暮らしぶりはよく目にしていた。観察していると、急に悲しくなることがあった。それは逆に静かにものを考えたり、家族だけで集まったり、水入らずで食事をとったりすることへの嗜好を急激に育てていった。だからといって群衆の伝える喜びや活力が私を見放すことにはならなかった。私は広場が好きだった。今でもそうだ。人々の群れはただひとつの顔、ひとつの心をもっているのと同じであり、私にとってはその心を獲得し、わがものとし、征服することが問題なのである。同席者の多さに恐縮して、私が煩わしがるのではないかと心配している友人たちに、「空っぽの座席を前に演じるのは嫌ですわ」と率直にいって彼らをよく安心させていた。

子供のころは、先に話したあの儀式張った日曜日が嫌だった。お客たちははしゃぎまわり、ロシア教会からわが家の居間と食堂にがやがやと押しかけてくるのだった。まるで難行苦行がやっと終わり、これから楽しい時間が始まることを期待している年とった小学生、あるいは、久しぶりに会ったことを喜びあって、げんこつで叩きあったり、ちょっとした悪ふざけをしたりして大笑いをしている中学生といった感じであった。私にはなんのことだか分からず、面白くもなんともないことを何かしゃべってはどっと笑い声をあげていた。私は立ちすくむばかりであった。そうした大人の中にはうっかりとしびれるほどに私に手をぶつけ、そのまま握ったりする人もいた。当惑し、姿を消してしまいたかった。大きなテーブルにじっとしていれば私の小さな体はきっと目立たないだろうと思って、二時間近くかかってつぎつぎに出てくる、きれいで香りも味もいい料理の上に身を屈め、後先も考えずにひたすら食べたこともあった。

子供は食べることが好きだし、水分の多いたっぷりとしたものは子供心にいろんなことを想像させるものだ。そればかりか感覚的に魅惑するすべてのものを、子供は口にもっていき吸おうとするのである。雨水を飲んだり、雪を舐めたり、やがて見事に咲き誇るとはいえ、つんとした香りを放ち、花びらを固く結んでいる薔薇のつぼみをかじったり、とても食べられそうもない栗の実をかみ砕こうとしたり、しっかりと閉じている樹皮をなんとかしようとしたり、そんなことをしなかった子供がいるだろうか。欲しいものを口に含み、思う存分味わい楽しみたいという欲望、身の内に隠しこみ、永遠に自分のものするという陰に秘めた満足感、それは確かにあらゆる欲望の様式であろう。

とはいえ、御馳走を並べた、ざっくばらんな日曜日の会はあまり楽しい思い出を残さなかった。食事が終わるころ、ボルドーワインとブルゴーニュワインで敏感症の母の顔は酒気を帯びて紅がさし、まるでもやがかかったようになり、うぶで品のあるバッカスの巫女といった感じであった。今にして思えば興味深くもあるけれど、私にはこうした集まりの必要性が理解できなかった。頬の赤い、髪のごわごわした、でっぷりしているががっちりもしている、あるいはやせて縮れ毛、いろんな男がいて、彼らは一生懸命でもあり軽佻浮薄でもあったひとつの時代の肉体的エネルギー全体を表していたのである。

男は己の務めに、女は家政に心を砕いていた。家政の中には、上品ではあるが気をそそる色気のあるふるまいをすることも含まれていたので、女は落ち込んだりはしていられず、自分を管理し、美しさを保つことに腐心していた。せかせかして、お洒落で、がつがつと食いしん坊のそうした人々の中に、むしろ非肉体的なもろもろの徳が輝いているような時代であった。

男も女も自分たちの輝かしい勇気の証しとして、アルコール類の無上の味わいとコルセットの責め苦をあげるだろう。どちらも自然に敵対するものである。当時、女の胸と尻はいずれもコルセットでしめつけられていた(そうすればへこんでいるところを埋めることができると無邪気な女たちは信じていたのである。実際は変な形に出っ張らせるだけであったのに)が、それでも闊達に跳びはねたり、素早く行動したりする妨げにはならなかったし、恋愛における子供じみた安全装置にもならなかった。

パッドで胸をふっくらさせた女の体が、朝っぱらから四輪馬車のステップにひらりと登り、手に日傘をもって狭い腰掛けに座るのをなんども見たことがある。みな、御者と装具をほどこされた馬がたてる鈴の音をききながら、漆喰の匂いと身を委ねきることの心地好さをあたえてくれる修道院が、ひそかに建っている険しい丘を登っていく計画に、うっとりとしていた。そこでは聖フランソワ・ド・サルの帽子と聖女シャンタルの祈禱台が聖遺物として崇められていた。いたずらっぽくて丸々太った女たちががっちりしたろばに跨り、蹴り上げた後ろ脚が砂埃をたてるのに笑い興じているのを見たし、明け方、天使のように澄み切った湖で、白い糸で錨を刺繡したマリンブルーの大胆な水着でのびのびと水浴びをするのも目にしたこともある。女たちの動きにつれて水面はまるで青い讃美歌のようにさざめき、もやがたった。夕方には、そのぽっちゃりした女神たちは繻子の衣装にぴったりと身をやつし、髪は木蔦《きづた》あるいはジャスミンのヘヤバンドでまとめ、たっぷりと食事をするやすぐに、ヴェルディ、グノー、サン・サーンスの活発で官能的な曲を歌うのだった。耳にした音楽に魅了された女中たちが、不意に私を珍しい蘭の花が巻きついている棕櫚《しゅろ》の木がやわらかな苔の上にまっすぐに立っている広間の窓ガラスのところにつれていってくれた。巨大な空気の精といった感じの女たちがシュトラウスのワルツに合わせて踊っているのが見えた。豊満な肢体を、活発でたくましい踊り子の着る黒い衣装につつみ、「美しき青きドナウ」のリズムにのって、音もなく降る雪のように繊細にくるくると舞っていた。パートナーから勝ち誇ったように見下ろされた女たちは、私の目には、陽気にも感傷的にも映った。精悍で軍人気質の男たちは気まぐれな馬を乗りこなすように、いわば人生を乗りこなしていたのである。人生は、訓練をつんだ男なら、その喜びも苦しみも勇気をもってさばくことのできる馬である。そのことがしっかりと落ち着いた精神、騎馬精神とでもいうものを男たちにあたえていたのである。

私の子供のころの世に知れた美人たち、彼女たちのためにモーパッサンが狂い、コサックのある貴族がピストル自殺をした美人たちは、まるで肉の島であった。その繊細な顔立ち、ふっくらとした白鳩のような手は、今日のものの目には色欲から彼女たちを守る呪文の生けにえの宝石のように映った。

しかしまた当時、健康によく、まともで男らしいと考えられていた食べ物、ワイン、葉巻、アルコール類は男たちにあっては大胆さと上品な放埒さとともに恋愛における名誉の感情を保っていた。それが、武士が剣に忠実であるように、男たちに自分が征服した女にたいして、親切で頼りになり献身的であるようにしたのである。

面白いことに、そのころシルエットという言葉ほとんど使われなかった。ほっそりとした手足、華奢な顔はひとを面食らわせたり、とまどわせたりした。私が五歳の時、スカンジナビア出身の歌い手、いつも体格のいい母親といっしょの美しいヴァン・ザンツ嬢を、湖のほとりで見かけたことがあったが、彼女のいかにもか弱げな魅力はひとびとの話題のまとであった。ある夕、いつものようにシャンペンをしこたま飲んで、ラクメの芝居にふらふらになって姿を現した彼女が、なんとか頑張ろうとそのほっそりとした黄金の体を支えようとしたがその時は駄目で、とうとうオペラ座の舞台を中断せざるをえなかったことがあった。そんな時も人々は彼女を詩的な気持ちで愛していたし、文句はいったもののそれには一種特別の情熱がこもっていた。

女の肥満はその愛人たちからはもてはやされたし、名誉なことであった。ただし盛りの肉体も精神の特異性によって人々の注意をひきつけた時だけは皮肉のこもった話題をひきおこした。たとえば、二人の女性の極端な肥満にたいする軽い当てこすりをきいたことがあった。彼女たちの欠点はその姿形にあるのでは決してなく、派手な意見を恐れげもなく披露することにあったのである。ひとりは暴力についての、もうひとりは教会の権威のこれ見よがしのひけらかしの意見。実際、愛すべきロシアの革命家マリアンヌ・スイストニフ嬢はニヒリズムを断固主張していたし、貴族出身であることが何より自慢のファドア盛式修道女の老嬢ときたら、ローマ風のおおがかりなやり方により、いついかなる時も衣の上にダイヤモンドでできた大きな十字架をしてもよいという宗教上の資格を獲得し、その奇妙な格好でいつも満座の批難を巻きおこしていた。

前にのべたように、日曜日の昼食会はロシア教会にいったあとで催された。教会では濃厚な煙がまるで香辛料がはいっているかのように香炉から立ちのぼっていたが、ほかの日に、オッシュ通りにある、スペイン風ともイギリス風ともつかない、いかめしく狭苦しいチャペルでかいだ匂いほどではなかった。そのチャペルには、カトリック教徒であるわが家の女中や家庭教師たちがつれていってくれるのであるが、彼女たちは仲間に会って、小声ながら、私たちの頭越しにさかんにおしゃべりをするのだった。まるで聖都アヴィラとトレドから、さらには愁いにみちたアイルランドから分封された蜂の巣とでもいったチャペルはそれが規則でもあるかのように、みすぼらしかった。情熱的な闘牛士の目をした、精悍で、青白い顔に苦行の跡が見える、藍染めの衣を着た陰気な剃髪の僧たちがくるくると舞っているのが見られた。

十二月と一月に飾られるクリスマスの人形飾りを知ったのは、この禁欲的なチャペルの壁の間であった。おもちゃ仕掛けの三人の博士の行列、挨拶をする牛やろば、星の瞬きなどが巧みにしつらえられた小さな舞台に、寂しげな鐘の音が流れ、胸を打つ、もの悲しい雰囲気をかもしだしていた。これとは対照的に、ツァーを長とするロシア正教会の金箔のドームの下では、宮廷の儀式が支配的であった。ツァーの前ではロシア大使、時には派遣された大公だけが金箔をほどこされた小さな椅子を許可されていたが、ただ手をそっともたせるだけで決して座ったりはしなかった。それほどに宗教的勤めや啓示にみちた痛ましいイコンを大事に思っていたからであり、ずっと立ったままでいる婦女子を慮んばかったからである。教会長からじっと見据えられながら青年たちが響かせる天使の歌声のおかげで、あまり疲れずにじっとしていることができたし、夢想にふけったり、希望したり、欲したりする時間をもてたのであった。樹脂とベルガモットの香りのするこの神の部屋で、幼かった私は熱心にひたすらある祈りをささげたのである。どうかいつの日か神様が、ただ私だけから生まれた子供を授けて下さいますように！　情深く、宇宙のあらゆるものに魅了され、愛を予感していた人間にいったいなぜそんな無邪気で偏執的な望みが生じたのであろうか。私は人形が好きだった。人形に私自身の生命を貸しあたえていた。いつもいっしょに暖かい羽毛の毛布につつまれてでなくては寝なかった。いっしょにじっとしていると完璧な幸福の瞬間を味わうのだった。倍になった純粋な孤独を本当に味わっているような気がしていた。前に話したが、どうも母がふざけて結婚の申し込みをさせた男の人たちが私の心に不安と動揺をひきおこしていたようである。したがって、他からの介入がないただ私だけの子供をぜひ欲しいと思うことで自分の幸福を確信するように思っていた。

ずっとあとになって、釣り合わない夫婦を何組か目にしたり、その子供たちの中に親の才能や欠点が無秩序に伝えられているのを見たりして、ほとんどの子供は夫婦の矛盾対立の生きた見本のようだと思った。無垢のままでいたい、二倍に自分自身でいたいという願いを私は幼いころをとおしてずっと強く持ち続けた。ああ、夢に見ていた私の優しい思いが、意地悪な女中たちのからかいの的になって、悲しみで胸がいっぱいになった時、かたわらにもうひとりの小さなアンナがいて、両の腕を私の首に回し、元気づけてくれ、私の気持ちを察してくれ、幼いながらにいくどとなく傷つけられた心、貶められた自尊心を支えてくれればどんなにかよかっただろう。いつもいっしょにいたいとそんなにも願っていた、私にそっくりの同情心にあふれた子が、ある日、本当に姿を現したのだった。生涯をとおして私は心の中でその子に出会い、しっかりと抱きしめた。私はそうして欲しかったのだけれど、その子は私を慰めるというよりはむしろ励ますことで私を救ってくれた。運命が、惜し気のないしかも不公平きわまる秤の一方の皿の上に乗せてくれたただひとつの幸福であった。

＊

父の死により、一種の幸福の哲学がオッフェンバックの交響曲や耳を聾さんばかりの舞踏曲と上品に結びついていた招待日や、宴会の毎日から切り離され、私は元気のないままであった。生きていくことが辛くてたまらなかった。母は深く優しいまなざしで見守ってくれたし、その母のために、わが家の傷を癒《いや》そうと心を配ってくれている友人たちは私を大事にしてはくれたものの、暗く沈んだ毎日であった。父の死により、愛情も自尊心も傷つけられたのだった。気を晴らすためつれていかれたシャンゼリゼでも、人形劇、山羊のひく車、しっかりもののおばさんが番をしている緑や赤の細長い麦菓子が並ぶごちゃごちゃした店でも、そういった惨めなみせかけの幸福を楽しむ気にはとうていなれなかった。他の子たちといっしょになるのが嫌だった。

「どうして黒いお洋服を着ているの」。ある日、明るく楽しげな服をしっかりと身につけた少女が尋ねた。子供が他の子に何か尋ねる時は疑問にかられた探求者、いかめしいお巡りさんのようである。その子がしつこくきくので、父を亡くしたことをいってしまった。「私には父さんも母さんもいるのよ」。その子は誇らしげに安心したようすで答えた。社会的秩序からしてその子には何も心に欠けているものがなかったのである。彼女の目には私はまるで住まいがもっているもっともしっかりとした人、すなわち父親がいず、世間からなおざりにされた何の備えもない家庭の子、黒い服を着た貧しげな生きもののように見えたにちがいない。父親、それは家庭の秩序であり、きちんとした営み、外から侵入してくるものへの防備、侮辱にたいする対処、仮にそんなことがおきたらと想像するのも恐ろしいさまざまなこと、例えば火事や暴走してくる馬といった、当時は実際におきていた危険にたいするこの上ない保障なのである。生まれた時から数々の心配事にはこと欠かない運命に素直にしたがってきた母は火事を気に病むことはなかったが、暴走馬はいつも心配していた。母につれられて散歩をする時、いつもずっと道の端の植え込みの中を歩かされていた。それほど母は遠くに馬車を見かけると、それがどんな馬でも自分たちをひどい目にあわせるのではと思うのだった。幼かった私たちはバルダザールとかプルトーンとかいったすばらしい馬につながれた四輪馬車に乗るにしても、神様に危険から御守り下さいと必ずお祈りをした。

月日は過ぎていった。私は病気がちであったが、それは父を恋しく思うあまりの胸苦しさを、肉体的な苦痛の中に無意識のうちにまぎらしていたからである。肉体的な苦痛ならけなげにこらえることもできるし、そんなことには苦しんではいないように思うこともできるから。父こそが私にあのいくつもの話しを書かせた最初の人であった。アンフィオンの居間で、私の運命を目覚めさせつつ父がそれらの話しを読んでくれたことを忘れはしない。母もこうした幼い物語りを読むことに魅力を感じてはいたが、むしろ私が疲れるのではないかと心配していた。むろん、両親がそんなことをいうはずもないが、女中たちが深い考えもなくいっていた「このお子さんは賢すぎて長生きできないのでは……」

という決まり文句が、私を怖がらせていた。まったくそのとおりだと思い込んでいたことを告白しておかなくてはならない。そんな時は、幸福な気持ちにさせてくれるアンフィオンの空と庭の見える寝室の窓辺の方へ視線を向け、決してこれらのものに別れを告げたりはしたくないという思いでいっぱいになるのだった。

　悲しみにもかかわらず、流れる時はそれなりの気晴らしや計画をもたらした。才覚のある、独断的な配偶者を失った母は、数々の思い出と夢から、自分の父親に会いたい気持ちになった。母の父はボスフォラス海峡を望むコンスタンチノープル近郊の、アルナヴド・キョイの、青い大理石の宮殿に住んでいた。ボスフォラス海峡、燐《フォスフォール》、燐光《フォスフォランス》……。輝きを放つこの音の響きが、突然、私を眩惑し、侵入し、息を詰まらせた。それからはもうボスフォラス海峡への出発のことしか頭になかった。人見知りで、皮肉屋の妹から軽蔑されるのもかまわず、東洋滞在のためにあつらえてもらった衣装のことに夢中であった。あれこれと母の居室のソファに並べ広げてあるのを目にした。母は友だちや伯母たちに意見を求めたり同意を求めたりしていた。子供っぽく、黒いけれども光沢のある装い、それらはコラ絹というすてきな名前でよばれていた紬絹、縮緬に当たるシュラ絹、ポプリ、シシリア絹、オットマン絹、それに、目にしてもその名をきいても艶のある軽やかな糸が放つ光沢が私の胸をはずませたアルパガ織布などでできていた。今でもアルパガは夏の盛りの心地好くもあり、たえがたくもある暑さを思いおこさせる。生きものがまるで植物のようにもはや冬の大気のきびしさを恐れることもなく、大気になじみ、馴れ合い、大気と心からの交歓をするあの真夏の日々を。イタリア藁あるいは米藁の帽子、薄い日除けとして目の上にかたむけたり、革命時の英雄たちの髪を飾った帽子についていたような羽飾りで額の上を大胆にもちあげた帽子、こうしたたくさんの帽子を目にしても同じ心地になった。

＊

どのような予期せぬ変転にもしたがうのが人の運命である。自然から惨い目に会わされると人は喜びや安寧から苦しみの中に突き落とされ、道の上をひきずりまわされ、根こそぎにされ、奈落の底までつれていかれ、そして突然、束の間の安らぎの天国へもどされもするのである。私たちは自分が自分でないような気がするほどに惨めに苦しんだ。と、突如、ボスフォラス海峡へいくという約束が私の中に春と詩の予感、愛されたいという甘美な気持ちをよみがえらせたのであった。

が、いったい誰に愛されたいと願っていたのだろうか。ボスフォラス海峡にである。情熱的な女の子にあっては、恋の夢はふたとおりある。人に対する恋心、アンフィオン湖岸の若い水夫、アレクシスとなにげなくさっとくちづけを交わした時に苦しいほどに感じたことがあったし、コリゼ通りの、すてきなスペイン人、ロペ先生の体操の授業をいっしょに受けた十三歳のレセップス君にも同じ気持ちを抱いた。どこか謎めいていてみなに一目おかれていた、酔っ払いのジュネーブ駐在領事にも、ロジェ・デプレという甘い響きの名前しか知らないのだけれど、ヤンソン高校の兄の同級生にも、初めての乗馬のレッスンの時に会ったオーストリアの薔薇とでもいった若いオイオ伯爵にも恋心を感じた。お年玉にいただいたきれいな本にのっていたロンシュボーのロランの絵に心を奪われ、夜、枕の下においてて寝たりさえした。私のもうひとつの恋心は風景、見知らぬ町、宇宙空間、希望、冒険にむけられていた。たとえば、夏の朝、エヴィアンからジュネーブにむかう蒸気船ローヌ号、タール、油、太陽と風の刺激的な匂いをかぎながら船上の人となった私はその船に恋をしていたのであった。

両側に波をかきたてながら進むローヌ号のたくましい動きがあたえる抗し難い喜び、私はそれをボスフォラス海峡にたいする情熱の中に漠然と、けれども強く見出した。ああ、もしこの世にただひとりの男の子もいず、これからは女の子しかいなくなるというニュースが告げられたとしたら、私はきっと翌日の太陽が登るのなどは見たくもないと思うだろう。どんなドレスを着るかなどどうでもよくなり、ローヌ号の甲板に立っても幸福な気持ちにはならなかっただろうし、ボスフォラス海峡を見たいとも望まなかっただろう。けれど、その時、子供っぽいいく人かの恋人の姿は心のなかで薄れていき、ただただ宇宙空間を魅了したい、ボスフォラス海峡そのものに愛されたいと心の底から願ったのだった。

第九章　コンスタンチノープル

ウィンナーワルツ―郷土料理―コンスタンチノープル―スルタンのショール―モスク―カンカン踊り―ポール叔父と文学―ヴィクトル・ユゴーの戸口で

七月のある夕、私たちはコンスタンチノープルにむけて出発した。休息のためウィーンとブカレストに滞在することになっていた。お伴は、父の姉、当時は執事といっていたがデュジャンという名の、どら声で、体毛は灰色で濃く、いかにもがっちりしたリモージュ出の公証人といったタイプで、ずんぐりした体を着古した衣装にほどよくつつんでいた秘書、ドイツ人家庭教師、部屋つきの女中、そしておびただしい数のトランクであった。「重量超過」という言葉を旧ビザンティンに着くまでなんどとなく耳にした。私にはその意味がよく分からなかったのだが、そのたびに伯母はぶつぶつと文句をいい、駅の人はあれこれと苦情をいっていた。東洋の方では待っているし、遅くなってはと心配しながらも、私たちはウィーンに一週間近く滞在した。

小暗い葉群がかえって花びらの色をひき立てるように、黒づくめの装いがその蜜蜂色の目、栗色の髪の晴れやかな美貌をひときわ輝かせていた母は、優雅なことで名高いこの町を歩き回ることに非常な喜びを感じていたのである。有名なレストランになんどかつれていってもらった。ほかでは真似できないという、名高いシュニツェルという料理が、たんに子牛の肉の薄切りのことだったのでがっかりした。母は細々した色んなものを売っている店にすっかり心を奪われ、たびたび出かけていき、高価な買物をするのだった。そして、以前からそうであったが、私たちにそうしたものの中から、悪趣味な一風変わった古いウィーンの品々をもって帰ってくれた。非常に高く売りつけられたものであった。たとえば、丁寧に色を塗られた陶器の薔薇、その花芯には香水の瓶が入っていた。ザッシェルホテルのベッドには驚いてしまった。ピケの縁飾りのついた絹の掛け布団、縁取りされたシーツが真珠のボタンでとめられていたのに、つるつるとすぐに滑り落ちるのだった。その頃は、ウィーンの人は薄いマットの上に横たわり、幅の狭い刺子の掛け布団をかけるだけであった。けれど、それはとても滑りやすく、私は毎夜それを寄せたりかき上げたりしていた。

フランスでは、ベッドはきちんと整えられている時には、柔らかな清潔さを、乱れている時には怠惰、無秩序、なやましさを思いおこさせる。けれども、ここウィーンでは、憩うためのつつましい床であり、ただ深い眠りを暗示するだけであった。

いくつもの小さな林のある広がり、パリでいえばブーローニュの公園にあたるプラーター公園を見るのを楽しみにしていた。ごく小さいころから、母がヨハン・シュトラウスのプラーターワルツを弾くのを、耳にしていたので、その場所に心ひかれていた。威風堂々の音楽、たとえばベートーベンの慟哭と空にかかるいくつもの虹、モーツァルトの才気あふれる精密、バッハのがっしりとした構造、それにショパンのもつ夢想的で、英雄的で官能的なものすべて、そうした音楽を鍵盤から叩きだした母が、こんどは安らかな心地になるために、シュトラウスのワルツの譜面を広げることがあったことが私には理解できた。私はその軽い譜面帳が好きだった。灰色の濃淡をつけた楽し気な図柄で、絡み合った輪郭からインクがたっぷりとはみ出し、次のようなタイトルが書かれていた。「ウィーン便り」「酒、女、歌」「人生は一度だけ」……いつまでも記憶に残る魅力的な題名である。強さのちがう三拍、速い二拍の躍動、けだるげな間合いにより、ウィンナーワルツはロマンティックな情熱を優雅に誘い出していた。期待とあきらめのそのリズムは、呼吸を速めたり、止めたりさせ、子供時代の無邪気な夢に恋の喜びの持つ胸苦しさを経験させたのだった。いざプラーター公園にと私たちははりきっていた。しかし、幌をはずした四輪馬車にぎゅうぎゅう詰めにされ、季節も夏とあって、首都とその周辺の森には人影もまばらで、有名な公園も森もただ悲し気な印象しかあたえなかった。七月の熱風は、日に炙られ、赤茶けた葉をすでに舞い落とし、田舎キャバレー専属のうらぶれた楽団は、その落ち葉の舞いを、何かの曲に表現しようとしていた。それはジプシーたちが焦げつき荒れ果てた空気のなかに無頓着にふりまいていた曲である。

旅はつづき、ブカレストに着いた。車窓から見た褐色の肌の真っ裸の子供たちに、私たちは赤くなり目をふせた。その子たちはゆっくりと動いている列車に、さくらんぼの枝をさしだしてくれた。萎れた葉がついているのや、つやつやした実がついているのがあった。恥ずかしさというもののない国にいるのかと怖い思いをした。

ブカレストについてはよく知らない。病気になったからである。それにむごいことに兄と妹のいったチシミジウムス公園にいくことは禁止された。湖で有名な公園だったのに。湖、なんという言葉、それは私にとってなんという光景であったことか。自然界の、じっさいに触れて、浸ることのできる夢のようなくったくのない要素である水、空の鏡でありのんびりとした旅程でもある水、それはいつも私を夢見心地にさせていた。とりわけアンフィオンの庭と湖はさまざまな夢のなかに私を誘ったものである。モーリス・バレスが若いころに書いた本に「人生にはまるで島のような日々がある」という文がある。これは、あらゆる脅威から遠ざけられ、あたたかさ、孤高と静けさにまもられ、おだやかで心地好い生活を喚起させる。しかし、こうした平和な島のような日々の回りに、私は海を望みはしなかったであろう。海はその無限の広がりゆえに人に不安をあたえるからである。夏、英仏海峡の岸辺で胸一杯に吸い込んだその豊かな香りにもかかわらず、私は海が好きではなかった。けれど、島、島は私にとって花盛りの庭の岸辺であった。その前に、静かで、微妙な水平線によってくぎられた水が幸福の約束を広げているのである。目に見えぬ海の精が、自分たちの世界にとじこもる恋人たちの安全を見守っているのである。

ブカレストに着いた時、馬と車をつなぐやり方にびっくりしてしまった。それはロシアのやり方によく似ているということであった。髪のごわごわ生えた、髭もじゃのあらくれ男の御者たちが、埃の舞い上がる中、もっと速くと盛んに馬をけしかけていた。まるで、冬、吹雪きの舞い上がるなかのようであった。

ある朝、まだ体が本当ではなかったけれど、法事用のもっとも本式の黒い服を着せられて、父の霊にささげられた仰々しい式のおこなわれるドムナ＝バラシャの金ぴかの教会につれていかれた。今まで無縁であった土地である、そこに眠ったままの父を永久に残していこうとしているのだ、この苦悩にみちた儀式は私たちを地獄の底に投げ込むことになった。紫と銀色の幕の張り巡らされたなか、僧侶たちの祈りや嘆きの声をききながら、私たちは傷口が開き、まるで断ち切られた血管から流れ出すように、枯れることのない涙がふたたび流れだすのを感じた。教会を出ると、ようやく気持ちが静まってきた。彩り豊かではあるが、他の町と似通っている町、胸一杯に吸いこまなくってもその町の風土と匂いは感じとることができた。建物や店には何か私の知らない文字が書かれていた。

ブカレストでの短い滞在の間、当初は豪奢な料理店カプサにつながっているホテルにいたが、その後、いまは兄の所有になっているラ・ショッセにあるエリザ伯母の山荘に移った。ざわざわと音をたてる枝葉を、太陽に糧としてさしだしている数多くの軽やかな木々の間に、堂々とした豊かな一本のもみの木が見えた。そのもみの木は世界の片隅で夢想にふけっているようであった。かって私が過ごしてきた大地のあらゆる場所でももみの木はいつもそのようなようすをしていたが。もみの木、ヒマラヤ杉、南洋杉はそのもの思うような姿、その穏やかで気高い力強さにより私の注意をひきつけてやまなかった。私はそれえらの木々のうちに、植物界のことをよく弁えている魔術師の姿を思い浮かべ、敬愛の念をいだいていた。

ある朝のことである、エリザ伯母がお昼の食事に、郷土料理のママリガを食べさせましょうといった。郷土料理という言葉をきいただけで、想像力を猛烈に刺激され、いったいどんな料理なのかと期待に胸をふくらませた。でも、どんなものだと思っていたのだろうか。おそらく、今なら分かるのだが、見知らぬ地域や国の美しさをそっくりそのままひとつにまとめたもの、ある民族とその土地の魅力そのものが表れているもの、フロベールのあの有名な文章「胸にしっかりと抱きしめたいほど美しい風景がある」に表現されるよりもずっと親しみのある友情、そういったものであったろう。郷土料理は、たとえばローマとチベル川、ヴェロナとアディジュ川、マドリッドとマンサナレ川、ロンドンとテムズ川といった、町と結びついている川の名と同じくいつも私を感動させた。そうした生き生きとした結びつきすべての中に、私は民衆的な食べ物の味わいをひそかに見出だしていたのである。イギリス、オランダがインドに接し、ブレーメンがヴェニスに相寄り、ノール県が焼けるような光線をうけ、けばけばしい色のおうむが発する喉のひりつくような鳴き声を聞いたり、象牙や錦まがいを細工したり、マングローブの香りをかいだりするのは、海にそそぐ川によってであり、豊かにあたえられる遠方からの食べ物によってである。けれど、エリザ伯母が盛んに吹聴した昼食に、私はがっかりし、悲しくなってしまった。郷土料理ママリガとはたんに玉蜀黍《とうもろこし》の粉を固めたものだった。何か珍しい香辛料を入れて、食べやすくしようと工夫をこらしてはいたが食べにくいばかりであった。おそらく、子供が真剣に思い浮かべることとは外れることはないだろう。たっぷり食べられるので百姓には満足のいくその田舎料理は、朝早くから夜遅くまで力を尽くして大地と格闘し、黙々と懸命に働いたあとで、大地があたえてくれる簡素な食事に感謝し、素朴で、瞑想的で熱烈な歌をささげる、働き者で忍耐強い多くの人間たちの、辛い労働を私に示すはずであったのに。

私たちのコンスタンチノープル到着は、その丁重な歓迎や熱狂ぶりから、逆の意味でまるで聖地へ着いたキリスト教徒のようであった。暁方、ガラタの大桟橋が見えたと合図があるや、母は私たちを甲板によんだ。スルタンの手厚い歓迎をうけた新婚旅行が残してくれたの数々の思い出により、クレタの出であることを誇りに思うあまり、どんなささいな議論に際しても、理性が勝利するようにとミノス王の娘たちに訴えかけずにはいない母は、スルタンのアブダル・アミド*の統治していた、そのおとぎ話にでてくる都市に強く結びつけられていた。魅力的で、もの思わしげで酷薄な感じのするその君主は母をうれしがらせた。母はスルタンにたいして自分の優雅さを遺憾なく発揮した。彼は、厳格に守られていた規則を曲げて、伝説のヴェールをぬいだ後宮の夫人たちに母をひき合わせてもくれたのであった。

＊ オスマントルコ帝国第四三代のスルタン。トルコ革命（一九〇八）の翌年、反革命を計画して失敗、サロニカに追放、幽閉、のちスミルナ付近のマグネシアで没。一八四二―一九一八。

カヤンとサーディーが、チューリップにも、夏の月にも、銀の鏡にもたとえた、幼い、少ししゃくれた丸顔のアジアの女たちにはさまれ、まるで夢のような世界で過ごした日々を母は感動をこめて語ってくれた。礼儀上ヨーロッパ風に装い、リヨンとパリからとりよせたのでもあろう、錦織の絹をぎこちなく身にまとった、うっとりするほどに美しい王妃たちと女奴隷たちを前に、母は演奏会を行い、スルタンはきき入っていたということである。感謝の意をあらわすため、スルタンは母にきらきらと光る王冠を下さった。かぶりにくい王冠で、子供の頃、母が誇りをもちながらもため息をつきつつそれを身につけるのを見たことがあった。スルタンにお会いしたその日は、めったなことでは拝受できない勲章を賜わった日でもある。パリのいろいろな祭日に、真珠といっしょに頸に巻きつけるのであれ、胴着にクロスさせてつけるのであれ、それをみなに見せるように父はいいつけたものである。真紅で縁どった、白いモアレ地の大きな略綬はとても重く、母はとまどっていた。母は特異のものや人をぎょっとさせるようなものは好きではなかったのだ。以前に話したことのある、大事なショールをいただいたのもこの日である。白いカシミアの大きな布で、縁は、このうえもなく凝った刺繍がほどこされ、いろとりどりの海草の模様が広がっていた。ずっとあとになって、アブダル・アミドが廃位を余儀なくされ、暗殺や毒殺の恐怖におびえながら、不正と脅迫のうずまく宮廷の奥で最期をとげた時、恩義を忘れぬ母は、美貌と音楽の才で自分の虜にした人の親切とさまざまな徳をくりかえしほめたたえた。冬のある日、論争を挑まれ、ずっと敬愛していた人を軽蔑しなくてはならないのかどうか分からなくなった母が、低いけれども激しい声で、「お可哀相なスルタンのショールを持ってきてちょうだい」というのをきいた。

トルコの空と祖父の宮殿の建っているアルナヴド・キョイの白い村の輝きが姿を見せた時、私は病気がぶり返し、兄と妹とドイツ人の家庭教師もいっしょに使っている広いがらんとした居間に置かれたベッドの蚊帳の下に寝かされたままであった。

焦茶色の石灰乳の塗り壁にかけられた、金箔の額におさまったラファエロの「椅子にかけるマリア像」のきれいな複製画が、贅沢といえば黄色と柘榴《ざくろ》色の東洋絹のソファだけの広いばかりの部屋に、その完璧さで甘ったるい優雅さをあたえていた。南と東に窓があり、南の窓からはボスフォラス海峡とアジア側の岸辺にかすむ村々が見えた。暗く、控え目なまなざしに似た東の窓は、切り立った崖の上に曲線をえがく小庭園をかざる、西洋楓、無花果、糸杉の黒々とした緑で彩られていた。

その広々とした部屋で、私は病に苦しんでいた。トルコ滞在は私の健康に深刻な影響をあたえた。食べ物はおいしそうではあったが、体にはよくなかった。無為におしゃべりをして過ごす毎日は極端に退屈で、おいしそうな食事は何よりの楽しみであり、みな非常な食欲を見せた。ただ料理法、消化、消化不良、赤痢、腸チフスが問題だった。運もおなかも強い人たちは、数日食べなければ回復したけれど、そうでない人たちは、エジプト豆入りのピラフ、ジャンボムール貝、羊の肉に詰められ葡萄《ぶどう》の葉にのせられて出されるドルマという米団子、油をたっぷり吸った茄子、冷たい西瓜などの質と量にやられてしまったのである。

犠牲者のなかでもとくに私はひどかった。死ぬかも知れないというので、大騒ぎであった。飾り紐のある部屋着姿のまま、あるいは奇妙な仕立てなのでペラ地方ではイスタンブール風と呼ばれるのも無理はない正装の外套のままで、あるいはいつものようにフェルト帽をかぶったままで、祖父や叔父たちが寝室になだれこんできた。彼らは興奮した口調で、口々に私を打ちのめした運命を呪い、ホメロスの英雄たちのように多弁であった。気が遠くなりながらも、私は彼らが医療事典を読んだり、あれこれ講釈したりするのを聞いていた。情の入り込む余地のないその事典によれば、私の病状は危篤ということであった。

　心からのものではあるが、一族の、衝動的で何事も隠しておけない性格にありがちのこうした大騒ぎは、羞恥心を覚え始めたばかりの私を苦しめたし、観察眼と自分自身のことには無頓着でいる性質に強い衝撃をあたえた。

　ただただ苦しさがすこしでもおさまるように願い、疑いながらも、いわれるままに山ぐみの砂糖煮を飲んだ。アルナヴド・キョイではどんな熱にでもよく効くとされている酸っぱくて収れん性のある真っ赤な果物だった。

　パリのあちこちの病院で修行をつんだ、有名な医者ザンバコに往診してもらうのは至難の技だった。ボスフォラス海峡周辺の港町はどこでも、トルコ人やギリシア人、どのホテルもどの大使館も彼を奪いあっていた。ベベックの隣村に住む医師アポスタリデスならそうでもなかったが、彼はその幼稚な気質からくるさまざまな奇行のせいで、いまひとつ信頼に欠け、気難しいところがあった。派手で風変わりな軍服が自慢のその医師は、ある夕、私の枕元によばれたが、腰に剣をさすの忘れていることに気づいた。剣こそは身なりを完璧に仕上げるものであったのに。母にくどくどと言い訳をした挙句、何の治療もせずに、唐突にベベクの闇の中に戻っていった。きちんとした軍人らしい身なりでもう一度きますからと申し出たが、母たちは辞退した。

　もの静かな学者である祖父は、大理石の宮殿の涼しい図書室で、『神曲』を難解で純粋な聖グレゴワール・ド・ナジアンズのギリシア語に翻訳するという画期的な仕事の完成にむけて休むことなく励んでいた。一方、彼の二番目の息子、私には叔父にあたる、詩人で画家のポール・ミシュルス、彼はロンドンのいくつもの所属クラブやパリの芸術サークルから残酷にもひき離され、知的なぴりぴりとしたものを持ちながら、これといってすることもなく、居心地悪そうにしていたが、私のところにきて、「アルナヴド・キョイのカンカン踊り」のことを話してくれた。

彼がくるのはすぐに分かった。台所で、粗野で限られた単語のフランス語で口論したり、傷ついた猫のような叫び声をあげたりしているギリシア人やトルコ人の召し使いたちに、叔父が最上の裁きをつけにやってくるのが遠くからでもきこえるからである。海峡を臨んだ、日の光で金色に光り、藤の花が青い光を落とすテラスから、叔父の冗談好きがちょっとした民衆劇のようすをあたえるそうした場面や口論のさまが見えた。それから、叔父は心配気に、が、相変わらずおしゃべりしながらさそりを追い回して、部屋から部屋を歩き回るのである。何でも怖いと断言していたように、さそりが怖いのだ。怖いものの中には、太陽が気紛れに雲に隠れたり、西に沈んだりすることもふくまれていた。自分でいうには、彼には臆病さからくる勇気があった。それからとうとうベッドの側にきてくれるのである。私が小さいからといって無視したりせずに、隣の屋敷のできごとなどを喜んで話してくれた。隣家は、黴の生えたばかでかい木造の建物で、長椅子があちこちにあった。そこに、きれいな娘が十数人も隠れ住んでいるのである。エリフィル、カッサンドル、スマラジヤ、アスパジ、ユーフロジーヌ、カチーナ、テミス、エスレランス、マリカ、さらに数人はいた。みな素晴らしい娘なのだが、なんとかわいそうなことに、持参金がないのである。鮮やかな虹にも、薔薇にもたとえられる彼女たちは、女ばかりの王国の中で、家族だけの生活に心身を荒廃させながら、枯れていこうとしていた。

　彼女たちのほとんどは独身で、魅力的で夫になってくれそうな男に気にいられることだけが目的であった。もっともな欲望であったが事情がなかなか許さなかった。何から何までボヴァリー夫人にそっくりであった。彼女たちはもやもやとした欲望の中で、夢想し、いら立ち、けだるく疲れていた。思いもかけない町々の光景、ロマンチックな旅、けだるいあるいは身のふるえるような快楽、それらの要素をあれこれパターンを変えて、くり返し、くり返し、鮮やかに思い浮かべているのである。

　アルナヴド・キョイに、しばらくひとりでも男が滞在すると、たとえその男が、どこかの後宮の女の秘密の恋人（しかも彼女たちはそのことを知っているのである）で、太っちょで、おとなしくて、ちょっとやそっとではなびきそうにない男だとしても、あるいはペラのどこかの美術館の、知性が光るとはいえ年寄りの館員だとしても、またあるいは従兄弟のひとりで、西洋の女優に夢中になっている旅行家だとしても、自分たちに夢を運んできてくれたそうした男たちが去ってしまうや、彼女たちの美しい女らしい顔が、涙で赤く膨れ、失望でがっくりきているのが見うけられるのだった。元気を失い、床に伏せて、食欲もなくなり、それでも自尊心から失望の色を出すまいと気をくだき、彼女たちのひとりひとりに心から仕えてきたばあやにさえ、おなかの病気のせいでながながと伏せっているのだと思わせていた。

　ポール叔父は、百回もあったけれど、そのたびに延期になったり、駄目になったりした結婚話のことを詳しく教えてくれた。生き生きとした語り口、愉快で皮肉な観察は、不当な牢獄の格子に身も心もひき裂かれる若い乙女の悲劇的な生活を嘲笑的に描写していた。デュジャン氏の話もきいた。白髪まじりの、体格の良い平民である彼は、ボスフォラス海峡を驚いたようすも見せずに一瞥するほどにリムーザン地方に肩入れし、ユゼルシュ、チュール、ブリーヴ・ラ・ガイヤルドに匹敵する都市はないと思い込んでいるような人であるが、その彼が、わが隣家の美しい娘たちのつくる花壇のなかからプラトニックな恋の対象を選んだ。お気に入りの娘の名から思いついた言葉の遊びに喜んで、たえず「私は手も足も拘束されたままテミスに身を任せたんだ」と大満足のていでくり返していた。家族のものが口をそろえてほめる非の打ちどころのない胸と脚が自慢の、牛のような目をしたしゃきっとした褐色の肌の娘、晴れやかな田園詩の主人公にも選ばれそうな壮健な乙女である魅力的なテミスは、この取るに足らない勝利を鼻先で笑っていたが、それでも彼をまったく無視してしまう訳ではなかった。

もしポール叔父が彼の愛唱していた詩を私に暗記するように一生懸命にしてくれなかったら、アルナヴド・キョイの宮殿でどんなにか不幸だったろう。いわゆる高踏派《パルナシアン》の弟子で、その「技法」とよばれるものに酔い、ルコント・ド・リールが主幹の雑誌の会員でもあった彼は、私が諳《そら》んじるまで、ゆっくりと、テオフィル・ゴーティエの有名なソネットを読み、説明してくれた。それは叔父が詩にたいして要求する霊感と勇壮をひとつにした作品であった。的確で、巧みな展開によってくっきりとしたり、おぼろになったり、映像によって表現される哲学的な思想に突如高められる描写。完璧な「技法」による最後の躍動、それが叔父を驚嘆させたものであった。

病にかかり悲しみに沈み、あらゆる気晴らしから遠ざけられ、蚊帳のかかったベッドに寝かされたまま、西日の射し込む窓をさえぎる暗い大楓からもれるもの悲しい光だけを受けながら、私は拒否できない手本として示された詩を覚えるのに懸命であった。母のピアノが、私たちの両側に広がる、まるで道路ほども広い居間の空間を、快いざわめきで満たし、たくさんの大きなシャンデリアがまるできらきら光る境界線のように天井を区分していた。叔父は真剣に、辛抱強く、心を集中して、崇め奉っているソネットの細部のニュアンスを出してみせ、私は同じくらい敬虔な気持ちで叔父が真顔で見守るなか、祈るようになぞっていった。

セヴィリアを出て、ガダルキヴィル川にかかる、
未練をこめて振り返り、
森となすドームや鐘楼を見やる。
轍の回るそのたびに、尖塔が目にとびこんでくる。

蒼穹の薔薇さながら
黄金の天使がきらきら光るジラルダ寺院の塔がまず目につき、
巨大なカテドラルが姿を見せる。
足もとに並ぶ家々の彼方に。

近くではただ丸天井の所々が見えるだけ。
不格好な鳩が一羽、陰気な壁の片隅で、
飾り矢と豪華な表門を隠している。

愚かな者たちから道を塞がれ目隠しをされた偉大な人々、
家並みの上の高い塔のように、
遠くからあなたたちの広い額が静けさの中に姿を現す！

叔父が、この上なく的確に表現するために金銀細工のように詩句をいじりまわすのをふみとどまっているのだと指摘した時、最後の三行句にたいして感じた尊敬のこもった感動をどんな風にいえばいいだろうか。なるほどその時私は、夢に見ていたボスフォラス海峡を望む宮殿に暮らしていた。回りには、天国にあるのだろうと想像していた木々や花々が絡み合うように生い茂り、海に見える美しい景色がうっとりとする響きをもつ言葉でその名をよばれるのをなんども耳にし、アンドレ・シェニエ〔フランスの叙情詩人。母はギリシア人。一七六二―九四〕の母親が娘の頃に遊んだベレルベーの果樹園はあそこだと、アジア側の岸辺を指さして教えてもらったりした。そのくせ夢中になって詩の勉強をしている最中にも、ふっと気がそれることがあったのである。スペインのことを思い浮かべたり、心の中でガダルキヴィル川の岸辺に逃げ去ったり、ジラルダ寺院のことを夢みたりした、なるほどダヌンチオ〔イタリアの詩人。一八六三—一九三八〕のいうように、喜びはいつも岸の彼方にあるのである。

子供の頃、私は叔父が大切に思っていたこのソネットが好きだった。「この詩には音楽、絵画、心に映った風景が同時に存在している。心情の吐露、その上はっと気づくような悲痛な真実をのべる知性の闊達な動きもある。詩とは、疑いもなく、他のすべての芸術が混然一体となる、広々とした他を凌駕する芸術なのだ」。それは飽くことを知らぬ魂の喜びであった。

この手ほどきを受けてから、私はひとつの言葉を語りだしたが、その言葉に叔父の教えから汲みとった確信と信念がそのまま全部残っている訳ではなかった、もっとも、詩を試みるようになってからずっとそうであったが。私は、手本もなく、導きもなく、ただ自然とともに、自然をみつめてきた。そのよびかけと打ち明け話に耳をかたむけ、身を任せ、わが身にひき寄せてきたのである。この熱い一体化が私に大胆で新鮮なハーモニーを吹き込んだのである。それは伝統と「無意識の借用」に支えられてはいるが、いかなる流派の教えを受けるものでもなく、ただ生き生きとした戦慄的なものを再創造しようと願っていたのである。

ボスフォラス海峡のせっかくの夏をぶちこわし、辛いものにした不幸のことをくどくどとのべてしまった。ずっとあとになって、病気で悲しみに沈んだ子供として知った、ヨーロッパの東洋側の岸辺とアジアの岸を愛情をこめて歌うことができたのは、じっとたえた苦しみはすべて忘れ、楽しかったことや驚いたことだけを記憶にとどめたからである。その中でも、波間から放たれた軽やかな矢のような小舟に乗って、オ・ドゥースの豪奢な庭園につれていってもらった旅行は楽しかった。誰もいない、幸福の訪れを迎えようとしているような陶器と金の東屋に入ったりした。病気が回復へむかうと、夕方には、しだいに暗く沈んでいく夕日をうけたベベックの村を軽く散歩した。恋の秘密やひそひそ話に夢中になって、ぶらぶら歩きをする付近の住民たちがあちこちにいた。それから従姉妹イレーヌの友情は今でも大切な思い出として胸に残っている。すでに娘づいた、ロマンチックな少女で、結婚の話ばかりしていた。それでも、ベッドの側に掛けて、かわいそうな子とばかりに私の手をとってくれた。きわめつけは、コンスタンチノープルの大市場へいったことである。辺境にきているのだという思いは吹き飛んでしまった。絹、真珠、宝石の類い、さまざまな煙草と武器の都市、コンスタンチノープルの迷路のように入り組んだ道で、小さいけれど尊敬に値する貴婦人として私をあつかってくれていた、ロマンチックで騎士としてふるまうことの好きなギリシアの人、おかたいテオドール・バルタジはブルース産の絽でできたショールを何枚も贈ってくれたりした　みなはいわばギリシアの名誉を担うこの威圧的なドン・キホーテを敬愛していた。もの静かな人で、ユゴーが次のような目も彩な詩句で蘇らせたギリシアの革命運動と独立戦争、カナリス〔ギリシアの軍人、政治家。一七九〇―一八七七〕の英雄的な姿に夢中であった。

しかし、ギリシアよ！　お前には、青空、青海原が残っている、
一度羽を広げれば、一里もいく大きな鷲も、

季節を問わずにかげることのない太陽、
熱い水平線の晴朗な美しさ、
響きよく、耳に柔らかく残る言葉がある、
バイアの海とサモスの波のように。
時がイタリアの言葉と交じらせた、
ダンテがいくつかの語を投げあたえたホメロスの言葉が！
お前には残っている、無邪気な偉人の宝が、
彫刻を彫りこまれた銃、名刀ヤタガン、
たっぷりとしたズボン、カルソン、
赤と金、まばゆい両肘のついたヴィロードの上着、カフタンが！……

けれどなんといっても、気をひかれたのは、力なく床に伏せっている私にいろんなことを教えて、気をまぎらしてくださったポール叔父である。彼が、神とも、導きとも永遠の喜びともしているヴィクトル・ユゴーを目の当りにしながらよく見ることができなかった話はきき飽きることがなかった。大御所であるユゴーの八十歳記念にさいして、ソネットが献呈されることになった。送付されてきた多数の作品の中から、開票をとりしきったオウギュスト・ヴァキュリ〔フランスの作家、ジャーナリスト。ユゴーの秘書を務めた。一八一九―一八九五〕とポール・ムーリス〔フランスの作家。一八二〇―一九〇五〕に最優秀作

品だとみなされた叔父は、崇拝の人ユゴーの足元で謝意を表そうというただその気持ちだけで、パリにやってきた。もっとも偉大な詩人の門を鳴らす時、彼は心配にかられ神経質になり、ためらい、こわくなって、とり次ぎの女中に、きちんと「ヴィクトル・ユゴー氏はご在宅ですか」といおうか、それとも、特別な人にたいする親しみの気持ちのこもった敬愛の念を表して、「ヴィクトル・ユゴーはいますか」といおうか、突然迷い出したのであった。どうしたものか、社会的儀礼にかなった言い方がいいのか、それとも憧れの気持ちを表した方がいいのか決めかねて、わが叔父は、エイロ通りの長細い館の階段に足音がし、天才の力により、最高の頂きと底知れぬ深淵が住むつつましい寺院の戸が開くのを目にしそうになるやいなや、いわば愛におののき、逃げ出したのであった。

第十章　憂鬱な毎日

オーロラ号の甲板で―ドイツ人家庭教師―東洋便り―フランス語の先生―
シャトーブリアンからエミール・ゾラへ―音楽と詩

アルナヴド・キョイ出立は十月の始めに決められた。母は、父親と別れの挨拶をいくどもいくども交わした。再びは会うこともないと互いに分かっているのだった。その悲しみは、あからさまに口に出される訳でもなく、半開きのままのおびただしい数のトランクの始末にとりまぎれ、私にはただ漠然とした思い出しか残していない。ありありと思い出されることといえば、祖父をのぞく家族全部が、ガラタの港へとむかっていったことである。私たちが乗船することになっていたオーロラ号がただ一艘、蒸気と煙りと炎を吐き、エンジンを唸らせながら、錨につながれていた。まるでボスフォラス海峡が、夕べの紅と金の波で嵌め込み模様をつけたように、黒く、赤錆びた、みすぼらしい船であった。桟橋はごったがえし、なんとか落ち着いて出発の手配をしようと、旅行者たちが集まっていた。彼らは、ポーターたちがたえず粗雑に荷物をあつかうので、自分の鞄を心配していた。母は、荷物の番がちゃんとできるように、ドイツ人の家庭教師に助けられながら、居心地のよい場所にまず私たちを乗り込ませた。私たち兄妹は、塩気をふくんだ柳でできた長椅子の隅に膝をスコットランド製のショールで包まれて座らされた。そんな風にしていると、しっかりと安全にくるまれているような感じを子守たちにあたえたのであった。そうしておいてから、荷物のほうにとりかかり、世話好きで、喧嘩っぱやい下層のトルコ女との口論を始めた。母は、ファナル地区〔コンスタンチノープルにある、ギリシア人の有力な官吏を多く輩出した地区〕に住む大勢の親族に囲まれて、ひっきりなしにいったりきたりしながら、桟橋やタラップに、世にも美しいその顔のさまざまな表情を見せていた。筋のとおった繊細な横顔、彫りの深い目、血色のいい、いかにも癇の強そうな顔色。ギリシア的な完璧さのもつ柔らかさはまるでこの世の最後のようであった。そして、目を見張って見ている私たちの注意をひいたのは、母のロマンチックな仕草、男をいつも仰ぎ見て、男の保護者的な権力ずくを尊敬し、男と競おうなどとはしない子供っぽい女たちがしてみせる永遠に流行遅れの優雅さであった。船底にとらわれたまま、私たちはドイツ人の家庭教師を、漠然とした敵意をこめて、じっと見ていた。

三ヶ月の間、イスラムの空の下、アルナヴド・キョイの宮殿で、彼女は毎夜黙って、きちんきちんと思い出やら反省やらを書き記した。そのノートはドイツ語で「コンスタンチノーペル」と題され、彼女手ずから、花文字で飾っていた。その几帳面さが私たちをいらいらさせた。ドイツ語で正確に書かれたこの語は、フランス語からは間違っていると思われるつづり方で私たちに混乱をひきおこすにせよ、自分はドイツ人であると挑戦的に断言しているように思われるにせよ、私たちにたいしてよりは、フランス民族にたいしてむけられているようだと、私たちは見なした。子供というものは、親しみや優しさを強く望むあまり、不思議な間違いを犯すことがある。デッキに取り残され、悲しく、手持ちぶさたで、退屈だった私たちはずいぶんと手きびしい観察をしたものである。家族が危険にさらされ、安全を求めている出発の大騒ぎのなかで、わが家庭教師は、突然、私たちにとって大切な人になったことを見逃しはしなかった。心配そうな母の側にいて、彼女はけなげに、巧みに、私たちのために立ち働いていた。いつもの一風変わったようすは見せなかった。ほかの旅行者とおなじように、「貴重品入れ」と呼んでいたものにだけ懸命に気を配っていた。すっきりとした骨格に支えられた、彼女のがちがちに痩せた肉体は、だんだんに私たちを信頼と愛情でみたしていった。桟橋は、黄昏時の濃く薄い色合いの燃え立つような輝きにつつまれて、雑踏はいよいよ激しくなっていった。叫び声、口論、声高の言い争い、そうした中で、なにも当てにされていない子供たちだけが、夢想し、別れを惜しみ、苦しむことができたのであった。

私は家族がうっとりと話していた水平線に悲しみをおびたまなざしをむけた。けれど、コンスタンチノープル、スタンブール、ペラ、ガラタ、プリンス島、レゾドゥースダジ、マルマラ海、そうした魅惑的な名前のどれも、当地の人々の自慢する光景のどれも、私を幸福にしはしなかった。私は、明るく、純粋なサヴォワを恋しく思い出していたのである。暖かい風の吹く、青空の下、のびのびと息づいているようなサヴォワの丘や谷が恋しかった。芽吹いたばかりの初々しい花に彩られた、ぱちぱちはぜる草も、群をなして咲いている、とろけるような白い昼顔が蔓をからませた野薔薇と桑の木のとげとげした突起も恋しかった。さらさらどうどうと不規則な音をたてながら、丘の上で交差し、互いにさまたげあいながらも、頑固に流れを変えまいとしている泉水があたえてくれる唐突な喜び、また、夕方、釣り人の小舟がいく艘も湖上をすべるように戻ってくる岸辺の青白い砂もなつかしく思い出していた。詩的なサヴォワにこそふさわしく思える月明かりが、踏み切り番のひなびた家がにらみをきかしている、小暗い街道と鉄道を照らし出していた。彼の、がっちりとした、向日葵のように気の強いお嫁さんのことを妬ましく感じたこともあった。

しかし、九歳の子供は、トルコのある村の美しさのなかに、ゆえなく不意に涙が流れだすような、激しい命を垣間見させる、夢の吐息を教えてくれた年若い叔母たちや従兄姉たちとロマンチックな友情の絆を結んだのだった。だのに、今、彼らと別れようとしている、それは胸をひき裂くような別れであった。チェックインのごたごたが終わると、母は、家庭教師をしたがえて、オーロラ号の甲板で私たちと合流した。二人とも顔を紅潮させ、疲れはて、息をきらしていた。愛情と感謝の気持ちで私たちはふたりを混同するほどであった。その時である。それまで彼女たちをとり囲んでいた、みなそろって美しい顔をしている母の実家の人々が最高の愛情のしるしを示したのは。みな、港の狭い通路をおりていき、ボートに乗り込んだ。ボートは私たちの乗っているがっちりした船の回りを漂いはじめた。座らせられていた大きな長椅子から立ち上がり、手摺やロープに寄り、押しつぶされながらも、乗客のちょっとした動きにもゆらゆらとするそのたよりない小舟を私たちはじっと見ていた。そして、いよいよの別れが始まった、最後の言葉、あれこれの注意やら命令、約束、悲痛な声でくり返しよばれる名前、それはまるで海底から投げられる花輪のように、ギリシア語の美しいシラブルが人をつなぎ止める力をもったかのようであった。船が錨をあげた時、こんなにも愛している人たちとどうしたらお別れせずにすむか、どうしたらこの気持ちを彼らに伝えることができるか分からないまま、大好きな人々のいる桟橋に、涙で重くなったハンカチを落としたのだった。この情熱にかられた行為は、品位を重んじるわたしにはずいぶんと勇気のいることだった。甲板には大勢の乗客がいたのだから。でも、自尊心を犠牲にしないような愛情なんて、愛情とよべるだろうか。このまま動かないでいてという祈りにもかかわらず、オーロラ号は唸りをたてながらゆっくりと、ガラタの岸を離れていった。それからは、船は進んでいくばかりである。闇がだんだんに下りてくる。私たちは寝床に仰向けに寝かされた。夜になり、しだいに寒さが増してくる。別れの苦しみに眠気が襲いかかる。それでも半ばうつらうつらしながらも、運命が自分の力ではどうしようもない時に人が感じる胸しめつける思い、恐怖、極度の苦しみを、かみしめていた。絶望とあきらめの境地であった。

気晴らしといえば、荒波をおしての上陸と食堂車だけの長い旅のあとで、やっとパリの自宅に着いた。日常をとりもどしても、私たちの心から、ときおり短剣のようにきらりと光る、もの憂いまなざしの、切れ長の目をした魅力的な東洋の人々の面影が離れることがなかった。まるで無為に創造された民族のように、やがては夜の黙のなかに虚しく消えていく香りをたちのぼらせる、群れなすフロリッドの蘭の花の運命にも似た東洋の人々の生き生きとして、またはかなくもある生のことをいつまでも夢に見ていた。

従姉のイレーヌと尊敬すべき叔母テオドール・バルタジーのくれた、トルコの市場で求めた御守りを後生大事にもって帰った。透かし細工のしてある石、青いカメオのメダル、それにはまるで銀の爪で軽やかな飛燕をえがいたように、スルタンの名が彫られていた。約束を守って週に二度、従姉妹や、年かさの従兄たちに手紙を書いた。こんなにも遠くから、どんな便りを出せばいいのか分からず、変わらぬ友情を誓うお決まりの言葉ばかりをくり返した。私たちの手紙に目を通しながら、英語の教師からきちんと習って、簡潔な表現をよしとしていた母は、ページをめくるたびに、いちいち「親愛なるイレーヌ、親愛なるアスパジ、親愛なるスタブゥラ」とあるのを見て、いら立つのだった。叱られて、気弱になり、母を少しばかり情のない人だと思った。けれど、子供は親が間違ったことをいうはずがないことを承知しているものだから、相変わらずその過剰な愛情表現をつづけたものの、あまりよいことではないと思ってはいた。

映像と感覚の王国のなかで、火を消し、ほかの火を灯し、想像力を禁欲的にし、ランプと暖炉の輝きにより、燃え立つ光線を夢想的な魂のほうへおしやる大気を、窓ガラスにはりつける冬は、夏の私たちの愛情から少しずつ私たちを離していった。生活は再びデシュ氏とヴィダル博士の指図のもとに監督された。真面目さというものもそれなりの楽しみと熱気をもつものだということを認めざるをえなかった。

文学的素養で有名なフランス語の先生が雇われた。コラン夫人である。ごく幼いころから、私が詩にたいして示した愛情、お話の巧みさは友人たちの注意をひいていた。しかし、いっておかなくてはならないが、子供が勉強という良い意志をもち、そしていかに勤勉であろうと努力しようとも、厳密に組まれた時間割にしたがうために、遊びや読書、ぼんやりとして過ごす時間を捨てて、決められた時間割にしたがわされるように強制されると、部屋の中にはたちまち退屈が教師とともにそっと入ってくるものである。才智あふれるさまざまな作品の中から、コラン夫人によって選ばれたものは当時の趣味にしたがっていた。カジミール・ドゥラヴィーニュ〔フランスの古典主義の詩人。一七九三―一八四三〕が節度あるリリスムの手本であった。その名は失念したがある作家の、「カタコンベに迷った画家ロベール」という心に残る題名をもち、大胆にもコラン夫人が断固その価値を断言した詩句、「彼は夜の闇のみを見、沈黙だけをきく」を含む詩作品が独創性の手本であった。

このイメージは、理性を大事にする人たちからは、異議を申し立てられたが、私は、あえてその大胆な詩句を評価した。感覚のある種の混同を見てとっていたのである。この詩句はささやかではあるが、明らかに豊かさを求めていた。そしてそれは一度に多くのことを喚起しようという、私にとって切実な願いでもあったからである。

シシリアに遊んでいた、一九〇八年の酷暑のある日、アグリジャントの宿屋のみすぼらしい居間で、客たちが散々見散らかした雑誌にダンテの次のような文章が目にとまったことを思い出す。「私は、これら、光の沈黙する場所に入っていく」。いかめしい名を冠せられたこの至福の考えは、子供のころに読んだ、先程の名もない詩人の詩句に似通ってはいないだろうか。感動して、私は両者をくらべ、今は忘れ去られたとるに足らない夢想家の額を、ダンテの揺れる肩の上にそっとかたむけてやった。

確かに博識で、自分の息子、アンブロワーズの文人としてのスピード出世をたえずひき合いに出して、私たちの目を輝かせたコラン夫人ではあるが、いかめしく、断固ゆるぎない熱狂的な言動で私をがっかりさせた。当然のようにシャトーブリアンの作品を崇拝していた。しかし、苦い誇りのこめられた頌歌を永遠にふるわせている『回想録』の、作中人物が大勢出てくる豪華な面にふれさせるかわりに、彼女はアタラの章を読みきかせるのだった。かのルネ自身が、まるで蔦の絡まるように複雑な場面になると決まって発する「よきかな野性の人！」という間投詞に私は目をこらし、子供心に、馬鹿らしいといえなくもない光景を思い描くのだった。また女史は「悪所におけるシモドセ」と題された有名な場面を朗読させたりした。さまざまな言葉で壮麗に飾り立てた、主題を適度に曖昧にする神秘性には気を引かれたものの、正直なところ、いらいらさせられたし、現実的なもの、現代的なもの、目に見えるものにたいする強い気持、窓辺に、ぽっちゃりと甘ったるいヒヤシンスの初花が開くのを目にして感じる、めまいを起こすほどの愛情、そういったものが、黄金の墓に眠る、ファラオのように、模範的で、凍りついてじっと動かない作品から私を遠ざけた。私が春の讃歌を喚起するのは、鳥かごの屋根にどっさりと置かれた、新鮮な緑のはこべの下を、ちょこちょこと快活に動き回る、フィリベール夫婦の飼っている黄色いカナリアのさえずりにであったのだから。用意された巣のなかに、黒の斑点のある、青白い月のような小さな卵を私は待ちかねていた。

コラン夫人が、文学的な美しさを絶えずそこなっていることを理解するのに時間はかからなかった。それからは、夫人が選んだ詞歌集の解説や、ほめ言葉を疑ってかかるようになった。そんな時は、母の側に逃げ込んだ。母は隣りの家族室で、手にハンカチをにぎりしめて、涙もろくあどけない真っすぐな気持を感動させる本を、自分のために声を出してあれこれ読みながらそっと涙を流していた。まったく思いがけない発見だった。ひっ込み思案で恥ずかしがり屋、いつまでも無邪気な母が、なんと、重い足どりで、けれども清らかなこころを魅了することもできる無秩序な芸術的純真さで、詩情をかもしだすことをめざしているエミール・ゾラ〔フランスの自然主義文学の中心的作家。一八四〇―一九〇二〕を愛読していたのである。『ムレ神父の過ち』について母が声高に話しているのをきいたことがあった。汚れのないさまざまな像を結ばせる牧草、緑蔭、野菜や花々が、たえがたく胸をしめつけるほどに豊富な、パラドゥの荘について話してきかせてもらった。最新作『夢』の清らかな筋立ては評判であった。感動した優しい震え声で母は私にいうのだった。

「ねえ、きいてごらん、この優雅な書き出しを……」。それから、読むのである「一八六〇年の厳しい冬のあいだ、オワーズは凍てつき……」。

きいている私の心に、明るい長調のようになめらかにつながり、自然をねじまげることのない素朴で誠実な調べが、こだまのように広がっていった。

私が十八歳の時に丹念に『ジェルミナール』を読んだのは、ある意味では偏執的で、子供じみた執着を見せる、この母の意外な好みのせいであった。心をとらえるまではいかなかったが、感覚に訴えてくる荒々しい一大絵巻は私の精神をゆさぶった。しかし、数年後のある日、悲惨と悪徳を素材に上々吉の出来映えの、比類なき傑作『居酒屋』の最後のページを前にした時、うちのめされ、熱狂し、茫然と、いつまでも続く感動の生けにえのように身動きができなかったのである。

＊

この時代、情操教育もおざなりにはされていなかった。きちんとしたピアノの先生が週に二回、自宅でレッスンをして下さった。小さいころから家で少しはならったささやかな伎倆を私たちは披露した。家の内部は質素で、いろいろと足りないものも目につき、内装も貧弱、冬でも火の気のないほどの倹約ぶりであったが、そこを支配している芸術にたいする情熱が私にはすぐに分かった。年を召し、病気がちで寡婦生活を強いられたピケ先生は、私たちの指使いをじっと見、教えようとしている表現をか細い歌声で示そうとピアノに近づくや、たとえば子供が夢中になって時計を分解し、あげくは壊してしまうのと同じように、私たちが、いわば根気よくだめにしてしまった曲を作った天才たちの、妻ともマドンナともなるのだった。演奏には謙虚、克己、創造的英雄の観照が要求される。自己表現、心情吐露、慰撫などは期待してはいけないのである。けれども、当時、私はそんなふうには考えなかった。感じやすく激しい魂をもった私は、バッハのプレリュード、ハイドンのソナタ、ヘンデルのラルゴを借りて、こみあげる心情をぶちまけ、悲痛な夢の落葉を舞い散らせることができると思っていた。宗教的奉仕という演奏の本来の目的を、おぞましくも忘れていたのである。激しいところがあるものの、響きやタッチの繊細さに欠けていたわけではない。それはむしろほめられた。激しく攻め立てるいようなタッチが自慢であった。自分の大胆さに酔っていた。音響ペダルに足をかけ、目には見えないすばらしい世界を征服しようとしていたのである。でも、師匠としてお世辞もいわなければ、弟子を仕上げようという希望ももっていないピケ先生もさることながら、母は私の激しさを叱りつけるのだった。ときおり、いら立って、火事を見つけたときのようにつかつかと歩み寄り、私の指を鍵盤からひき離したものである。

自分を思うさま表現することを制限されはしたが、私の内には私を励ますひとつの約束が確かにあった。今はまだ自分自身にも推し量ることはできないが、きっといつか、これこそがと思える、外へと響きわたるような方法で、思いっきり力を出しきるようになるのだと確信していた。言葉の力、雄弁という音の響きの働き、詩の支配力、自分を抑えつけられ、いささかの恨みを感じるおりおりに私は漠然とお前たちを予感していた。いかなる言葉をもってしても、お前たちに感謝の気持ちをのべるのに十分ではない。運命が絶えず私の行く手に積み上げるさまざまな障害は、死をもたらすほどに辛いものであったので、お前たちがいなかったら、ストイックな勝利を前にして、闘いをあきらめ無力のまま崩れ去るはずであったのだから。今日こそ認めてもいいだろう、私は魂とその調和の力に支えられ、自分の声に合わせて生きてきたのだということを。

第十一章　パデルヴスキーの出現

勉学と瞑想―「知ったかぶり」―パデルヴスキーの出現―デシュ氏なつく―宇宙が語る―脅威と期待―アンフィオンの魅力―こうもりと燕《つばめ》―夕べの思い

勉強部屋ではデッサンの練習も行われた。ボナ〔フランスの画家。一八三三―一九二二〕の弟子のドゥプラス嬢の指示で、実物よりは小さい白い厚紙でできた「カラカラ帝の像」と「お手玉をもつ乙女の像」が交互にお手本として使われた。空間を分割したり固定したりするのに糸を垂直に保つのであるが、それを熱心にすることも、糸の役目をきちんと理解することも私にはできそうになかった。完璧を期すその方法は先生が考案されたもので、明快に説明をしながら、先生は得意そうであった。木炭、アングル紙、固くなったパンのかけら、妹は断固としてしかも器用にそうしたものを使っていたが、私にはなじめず文句ばかりいっていた。目がじめじめして、リュウマチにかかり、変な匂いのする老嬢、ドゥプラス嬢は、ピケ先生が音の世界ではそうであったように、美術の世界においては、精神において、幸福な妖精になるのだった。私のあまりの戸惑いに先生は同情を示し、カラカラ帝の波打つ髪、低い額、ローマの皇帝特有の突き出た顎は描かなくてもいいことにして下さった。さらに、加工を施された絹でできた扇に、ひとつがいの鶯が孵化させようとしている、斑模様の卵が入っている巣をかけた枝を描く際、先生は私がますます憂鬱な不安にとりつかれたのに気がつかれ、もうなんでも好きにしていいことになった。妹のほうは独創的で切れ味のある才気でデッサンに励んだ。

さまざまな芸術がまだ弱くはあったけれど恋の夢想という毒を心の中に芽生えさせ撒き散らそうとし始めていたが、思うさま散歩もできず、喜びもないもの憂い毎日に、私はしだいに生気をなくしていった。何の希望も目的もなく、誰にも打ち明けられない悲しみで心は重く沈んでいた。一生懸命に学ぼうとしたがだめだった。唾を飲み込むときのような音を絶えずたてているランプが何とか照らしている、赤いフェルトのおおいのかかった陰気な木製のテーブルにひろげられた書物やノート、そんなものからものごとを識ることはできるはずがなかった。それでも、デシュ氏が、作家や学者、研究者たちを、「知ったかぶり屋」とよぶのをきいた時(友好的で彼らにふさわしい威厳のあるよび方だと思っていたが)私は腕を組み、人間の思想の高貴さを思いおこし、熱っぽく「ああ、私はなんて知ったかぶり屋たちが好きなんだろう」と叫んだものだった。それにしても、わが家には楽しみが欠けていた。喜びもなく生きること、黙って自分の中に閉じこもり、質問したりすることもなく、召し使いたちを指図する回りの大人たちの多忙ぶりを、無邪気な軽蔑でながめること、しかもその家の豪奢な装飾はその子にとって虚しく、非難すべきものに見えていたというのに。かって、夏、アンフィオンの庭は、なれ親しんだいつも生き生きとした魅力で私をつつんでいた、けれど、父の姿はもうそこにはなく、かっての完璧な日々も輝きを失っていた。景色を見ていると詩がつぎつぎに浮かんできて、初めて稚拙な詩句にまとめ、母がそれらを近隣の客たちに披露した。自尊心をくすぐられ、ほんの束の間いい気持ちになったものの、私はそんなつまらない詩に満足してはいなかった。揺りかごと墓の対句をユゴーからこの上もなく幼稚に借用した作品であった。

勇気があるとはいえ、大きな牢獄のような日々のむこうに何も期待できないまま、肩の上に首をがくっと折ってそのまま死にたいと願っている子供のか弱い努力ではどうにもならないほどに重苦しい毎日、人生はこんなふうにずっとつづいていくのだろうか。死は子供の目にいかめしく、忌まわしく、一切を無にするものだと映るとは限らない。経験がないまま、どんなものかはっきりと思い描くこともなく、ただ感覚的な不満、子供ながらの漠然としたよびかけに応じる万物の矛盾の悲劇的な停止のように思っているのである。なぜなら死について子供に何かを証したり、補ったり、そっと同意したりするものは何もないからである。

そんな時、苦悩のどん底にいた人間に、慈悲深く寛大な運命はやっと目をむけてくれた。春めいた運命が突然わが家の戸を押し開け、入り込み、陰鬱な空気を一変させたのである。この復活、種蒔きと青い麦の精神的な祭りに先立つ夜々がいかに苛酷であったとしても、陰鬱な空気を完璧に一掃するべくわが家に誘われたその新来の人が、私たちを救う神秘の気を発散できないなどということはありえなかった。

数日前から、母は、友人で、ウィーンの高名な音楽家、レティチスキーと結婚した、ロシアの有名なピアニスト、アンネット・エシポフ夫人の訪問を受けていた。夫人は、その清新な才能、知性と優雅さをさかんにほめ回っていたある若いピアニストを母に紹介したいと申し出た。こうして、四月のある日、イグナス・パデルヴスキー〔ポーランドのピアニスト、作曲家、政治家。ポーランド共和国初代首相。一八六〇―一九四一〕がわが家へやってきたのである。四時頃、いっぱいの陽を浴びて、青いフラシ天のサロンに続く白いステンドグラスの輝く階段を彼は威厳をもってあがってきた。この胸ときめく訪問を知らされていた私と妹は、家庭教師といっしょに、館の一部と二階の踊り場とを分ける分厚いカーテンの後ろに隠れてじっと待ちかまえていた。彼はさっときて、すぐに帰り、私たちはあっけにとられてなんのことか分からず、次回の訪問に期待をつないだ。パデルヴスキーはしばしばやってき、やがて毎日くるようになった。間もなくデシュ氏がやっと私と妹の手をそれぞれとって、そのすばらしいお客様のところにつれていってくれた。

赤い髪の毛、青く、清らかで、人の心をうかがうような挑むような、魂へむかってくる眼差し、その人は大天使のようだった。太く褐色の首は糊のついた縁の折れた襟でたっぷりとおおわれ、そこから果樹に咲く雪のような花に似た、さびしげな白い薄絹のネクタイの結び目がでていた。

その生き生きとした色合いが、意志の強そうな顎に斑模様となっている艶々した短い口髭をたたえた顔の傲慢なまでの表情と好対象をなしている、地味な布地で作った黒い外套は、のびやかでほっそりとした肢体をひきたてていた。もし、そうした魅力的な特徴が、中学生のようなくすくす笑い、笑いすぎて息苦しくなるほどの陽気さをともなう、博学に裏打ちされたあるいは辛辣きわまる華やかなエピソードにつつまれたさまざまな話の最中に、突如、しかも頻繁に、さっと解きほぐされたように顔をだしたり、ぱっと姿を見せたりしなかったならば、その若き芸術家につきまとってはなれぬ憂愁を信じもしたであろうに。イグナス・パデルヴスキーの握手は非常に固く熱っぽく、誠実で情熱的な力で豊かな魂を伝えたので、痣《あざ》になるほどであり、彼と友愛に満ちた長い握手を交わせば誰でもきっと痛さのあまり叫び声をあげずにはいられなかった。音楽のすべての源泉がそこから流れだし、リストの狂想曲の耳を聾さんばかりの音程に鍛えられた彼の手指の骨に手をぎゅっと砕かれながら、子供であった私は恨みがましい気持ちをいだくどころかすぐにうっとりとした視線をその悪い人のほうへむけた。高貴で誇り高い人種でありながら放浪者のようなふるまい、そうしたふるまいはすぐに無性に私の気にいった。日を追うごとにじょじょに表に現れてきたのであるが、それは、彼が、衆に優れていることを示す印しを刻まれたすべての人が、最高の自尊心を他意も悪意もなく当然のことのように身につけているあの王たちの国、ポーランドの出身であるということからきているように思えた。私たちの彼にたいする好意を感じとって、その一風変わった若者は、灼熱の砂埃のなか、あるいは鳥を死なせたり衰弱させたりする冬の寒さのなか、ゴム底の深靴を磨りへらしながら、ポドリとリトアニアの街道を通って私たちのもとへやってきてくれたような気がしていた。まるで美術学校がお手本として示すような流行らない靴の形はギリシア人の羊飼いの足をかたどっているようであった。ロンサールが語ったように、「光の冠をかぶり」、星のように目を瞬かせ、ひとりの魔術師が私たちに姿を現したのであった。私たちは彼を愛した。

それからはオッシュ通りの館の暮らしは単調さから回避した。一気に到達でき、しかもたとえ高地であっても、平らで広くつづいていればそこに幸福な都市がしっかりと築けるような、居心地の良い夢の頂きで味わう心地好さを、幸福に結びつく永遠の印象とともに私たちは感じていた。

感受性豊かで、熱烈なこの青年の奇跡のような出現に感謝をしないものはわが家にはいなかった。彼に息づく惜し気もなく周囲にふりまかれる快活さはすべてのものを豊かな気持ちにさせたのである。敷居をまたぎながら、彼は幸福をわけあたえるような笑いをふくんだまなざしとしなやかな身のこなしで、感謝しているフィリベール夫婦に挨拶をする。それから、トルコビロードの広い居間に入ってくるのである、そこには彼が母にもってきた花かごに白いアザレアが咲き匂っていた。

一日の勉強が終わり、部屋のむこうからなんの曲かははっきりとわからないけれど、ピアノの響き、モーツァルトのドン・ジョバンニの歌のあとに、激しく人を圧倒するような舞踏曲が責め立てられるような勢いでつづき、最後にはリストのすばらしい作品が渦巻きのように舞い上がるのがきこえると私たちはピアノの側にかけつけるのだった。フランス語の先生も、兄とその家庭教師も、やれサモワールの具合を見るとか、鎧戸を閉めなくてはとか、またランプの位置がちゃんとなっているか、トカイ酒を給仕しなくてはとか何かと口実を作っては音楽室にはいってくる年とった料理長も、私たちはみな受胎告知の絵に描かれた回廊と、秘儀を授けられた百合の花が神秘的に照らされるあの黄金の光なかにわが身を置くような気がしていたのである。

イグナス・パデルヴスキーの側にいると、私たちはみな日陰から急に日向へ出て、肩に空気の熱の軽やかで焦がすような重みを感じて夢心地になっている散歩者のようであった。心身を貫く光の気持ちよさ、突然の目くらめく感じをうけたのである。日暮れどき、雷に撃たれた壁の抒情的な白さを前に、すべての重荷からさっと解き放たれたように、たちすくんだ思い出を人はもたないであろうか。その時、怠惰に寝そべっていたとかげが急に波打つ泉のような動きをとりもどし、草むら、敷石、とげとげの灌木が、きらきらと光る祝福をうけ、薔薇の木につく緑のはなむぐりが蕚《がく》の中心で輝くのを目にしはしないだろうか。

さまざまな魅力があいまって、パデルヴスキーには、ある地方にたとえるならば、夏の激しい日照りも、冬のきびしさもなく、すべてのもの、葡萄《ぶどう》や小麦はいうまでもなく、装飾用の椿やひ弱いミモザさえも安心して繁茂できる特別の風土とでもいった、いわば命あるものを生き生きとさせる力がひとつになっていた。活発でありながら考え深く、陽気であると同時に重々しくもあるその若きポーランド人は人々が彼の祖国ポーランドをさもあろうと思い描いているとおりの豪奢な格好を好んでしていた。ぶあつく上等なフェルト帽、肩にかけたドルマン式のけばけばしい軍服、その姿でポーランドの民族舞踊、クランコヴィエンヌのはっきりとしたリズムに合わせて、御しにくい馬に乗るかと思えば、王冠にこの上ない神聖さの徳をあらわすヴェツェル家や王族へドヴィッヒのように、物腰やわらかく卑屈なほどに友好的にふるまったりするのである。

宗教的な魂をもった人、パデルヴスキーは牧師が祭壇に近づくように、ピアノに近づく。まず静かに居住まいを正す。その実は力強い手を弱々しく膝におき、つつましくじっと彼は待つ。上むけられた顔と目は密かな命令、救いを求める声、あるいは導きを求めているかのようであった。この感動的な前置きののち、突然の決意にかられ、狂暴な天使の命令にしたがって悪夢を打ち砕かねばならぬかのように、抑えがたい激しさで、全身全霊をあげて鍵盤の攻撃にとりかかるのであった。悍馬をいさめたりせかせたりするように、狂喜のような激しさと、静寂と晴朗な甘美さが交互にたち現れるのである。彼の手になる曲はもの思わしげなニオベの涙、姿なき英雄たちのおびただしい血を流しながら、完璧なまでに神々しいなにかを表現していた。それは、郷愁、流謫、至高の望み、なにかを求めて宇宙をさ迷うすべてのものに、しっかりとした慈悲深い身の置き所をあたえてくれた。啓示をうけた彼の額をじっと見ていると、天空と彼を結びつける光り輝く絆が見えてくるような気がした。

この二年というもの、母はすこしずつ慣れてきたとはいえ、重苦しい影を落としてきた喪の悲しみのうちに過ごしてきた。が、母の高貴な魂は、耳にするかって慣れ親しんできたさまざまな調べを神から送られたものともきき、心の憂さをふきはらい、本来の姿にたちもどったのである。私たちは母の身辺に再び若やいだ楽しげな軽やかさが蘇るのを目にした。たくさんの明るく派手な衣装、スプレー式のさまざまな香水（ペルシア百合の香水は嗅ぐと偏頭痛の初期のようにくらくらとし、むせかえるような庭園がたちあらわれてくるのだった）、それから政治家が政府のことばかり話すように、いつもいつも髪型のことばかり話している有名な髪結いのロンデル氏、母の居室にそうしたものが再び出入りするようになった。着飾り、いい匂いをさせた母は目に見えない花綱に囲まれているかのように、笑い、楽しそうであった、朗らかな顔には若い娘のまなざしがもつ生気がみなぎっていた。

パデルヴスキーの音楽に魅せられたデシュ氏は、その若き天才にたいして、情愛からポーランド分割が常に彼のうちにかきたてる憤慨にいたるまで多様なニュアンスが入り混じった父親のような関心をよせた。私たち自身も肉体的苦痛をひきおこすほどにその不正行為を恨んでいた。昔、母に恋をしていたデシュ氏は、父亡きあと、ボーマルシェ〔フランスの劇作家。一七三二―九九〕の描く心配症の保護者よろしくわが家を管理し、美しいものが決して近づくことのないように見張っていた。たくさんのものがわが家から追放された。好ましくその上社会的に力もある男の人を、にやけた軟派男だとしてことごとく手きびしくあつかった、受け入れたとしても別になんの差し障りもない方たちだったのに。高名なある方をわが家に出入りさせないよう門番のフィリベールさんにそっといいつけているのを耳にしたこともあった。訪問が頻繁過ぎると判断されたのである。しかし、さすがの彼も、パデルヴスキーには心を奪われ、音楽家同士魂の純粋な結びつきに同意したのであった。

音楽のおかげで、デシュ氏は毎夜ソファに夢見心地で深々と肩と腕をあずけ、イスラエルの民、ルターとカルビン派の改革、フリーメーソン団の悪行、テーヌとルナンの作品にたいして、彼を激昂させる野次馬的な怒りが静まるのを感じるのであった。しばしば、いわば美しい調べを奏でる香《こう》を連想させるピアノの音に合わせて、彼はシューベルトの森を散歩し、お気に入りのモーツアルトに微笑みかけ、ショパンの狂気と高邁な悟りの境地に遊ぶのであった。残響が消えると、すっかり若返り人生の盛りに戻ったデシュ氏はパデルヴスキーと、詩人アダム・ミッケヴィッチ〔ポーランドの国民的詩人。独立運動の闘士としても活動。一七九八―一八五五〕について熱っぽく語るのである。彼の青年時代、英雄として闘士としてならした人物であり、その家族をデシュ氏は崇拝していた。そうした気持ちが強いあまり、ポーランドの受難をまるまるわが身にひき受け、結局は失敗裡に終わるのであるがいくどもひそかに企てられる熱烈な陰謀に加わりもするのであった。ミッケヴィッチの近親者たちと結んで、彼はパリに、侮辱された国家ポーランドの散り散りになった人々の一集団をつくった、そこで家族的な儀式により、ばらばらにされた祖国の栄光、犠牲と敗北を記念してさまざまな行事を行うのであった。オッシュ通りでは夕食は遅かった。それでも私たち兄妹は列席を許されていた。キャビア、牡蠣《かき》、香辛料のきいた前菜が長い食事に先立ち、何本も栓を抜かれたロゼシャンペンが、食卓にベンガルの火の輝きをあたえ夕食会の豪華さを示していた。少しでも祖国のためになるなら、時機に応じて禁欲的にも殉教者にもなり、断食さえ辞さないパデルヴスキーであるが、食事のときは豹変して、北国の若き君主のようになった。たとえばはるか昔、王国を再び手にいれ、彼の食欲を満足させるため、小暗い森からラッパの音に追い立てられたおびただしい数の獣の肉を前にした、頑丈で多弁、豪放磊落《らいらく》、その手にずっしりと重い盃をもった若き君主のように。

心は枯れ、窮屈な生活に死にそうな子供であったのに、今や家の中に天空の歌がみちあふれ、私は幸せいっぱいであった。イグナス・パデルヴスキーに負っているのは、父の死により傷ついた人生と夢想にむしばまれた倦怠を癒《いや》してもらったことだけではない、希望を回復したことである。なるほど希望を回復したとはいいえ、たったひとりの人間によって作り出された、したがってごく限られた狭い世界のなかでの希望であるかもしれない、とはいえ、その世界は得心させ敬服させる力ということでいえば無限の世界であった。私の心を奪った強く真摯なその人は、なにごともおざなりにしないという高貴な能力をもっていた。どんなことにも興味をしめし、無心にとりくみ、親切で邪気なく懸命に行動するのである、彼は地上に属していた。この世を母なるものと感じていたのである。聖女たちの口からもれでた「私はこの世のものではない」という神への冒瀆の言葉を、彼はこの世にむけたりはしなかった。たとえ神が人間に敵意をもっていようが無関心であろうが、人間の束の間の生にも信者は存在すべきだということを知るべきなのだ。

パデルヴスキーが私を救ってくれたのは、現世にたいして彼が抱いている尊敬の念によってである。そうした感情はそれまで私には無縁であった。子供の時でさえ、さまざまな目に会い、悲しい知恵を身につけると、人は運命の冷たさをはっきりと感じ、ふらふらと死の方へよろめいていこうとするものである。生よりも死のほうが自分を分かってくれ、寛大に受けいれてくれるように思うからである。人間の運命に驚愕し、夜毎の闇にまなざしはくもる。理性、それは神からの賜物であったのに、挑みかかる永遠の沈黙という謎にたいしてなす術もないではないか。人は理性にたいし奇妙な疎遠感を強く感じ始める。そうなれば、人は自分を、法律、風俗、慣習が鳥の歌や草原に跳ねる兎ほどには親しみを感じられないある偶発的な文明のなかに、たまたま生をうけた無防備でもろい子供であると感じるだろう。そうしたとき、神秘的で宇宙の彼方からきこえてくるような声が、夢見がちな子供にささやくのである。——努力なさい、お前の若い血のむやみやたらな生命力と、無意識のうちにお前が求めている快楽というただ一つの目標がそう望んでいるのだから。けれど、心の高貴さ、やましさのないさまざまな企て、予見の試みといえども、むきになって極端に陥ってはならない。生きている以上は、うまく生きていきたいと思うだろう。天空から発する友好的な力がお前の無謀な躍動をはげましてくれると期待もするだろう。この悲惨で不当な世界に自分の存在は不可欠だとお前は信じる。突如苦しみが生じると、生きながらえるため、お前は全身全霊で戦う。格別の務めをはたすため、特別な者として選ばれているという華麗な感情をもってこの世に生まれたのだから、死ぬなんて間違いを犯したくないのである。あわれな子、あわれな人よ、自分がひそかに何物かによって守られているという確信がそこから生まれるのだろうか。実際には、お前のまわりにはなんの安心も、なんの保証もないというのに。お前の目を眩ませ、勝利を誇ったものもすべては移ろっていくではないか。闘士といえども熱にうなされ、もがき、抗い、ついにはあきらめ、はかなくなる。精力にあふれるものも病人となり、病人は瀕死の人となるが、死者は死者のままである。とすれば、お前は自分の姿形や名声を保つため、さまざまに心を砕いているが、いったい永遠というものをどんなものだと思い描いていたのか。荒れ狂う自然に無意識のままにしたがって、それでもなんとか生きていた祖先の森を数世紀も前に出て、それ以後は自然の脅威から護られ、先人たちのもっていた知恵や理性を武器として天敵に対峙してきたお前は、どんどん繊細になり神性への憧れがふくらむ一方、本能や直観が衰えるのを感じてきた。この動物的なものの弱まりこそが人間の尊厳なのだと信じてもいる。それでもお前は愛し、のぞみ、自分を確かめようとする。それだからお前は恋愛においても仕事の野心においても、人をおそれさせ挑みかからんばかりなのだろう。ひとりひとりにたいしても、何千人を束にしてでもお前は戦うのである。お前は自分を表現しているものを味わい、お前を否定しているものを憎む、人々の関心と好意の中心にないところでは退屈する。しかし、お前の夢がいかに強く、お前の成功がいかに完璧でも、お前は自分の価値を移ろいやすい人々の間でしか示すことができない。お前は生きてはいるが心安らぐことのない塵芥、末は無気力な灰となるしかないのだ。お前を誘うもの、解きあかされたこの世の数々の謎、星々とともにあることを、お前はあきらめなくてはならない。勇気と諦感により自分をなぐさめるために、できることといえば、せいぜい生きとし生けるもののために呻吟するヤコブの嘆きに耳をかたむけ、あるいは非常に尊敬されたため、さまざまな辛辣な言葉でギリシア人が「天の犬」とほめたディオゲネスの厭世感を分かち持つことぐらいである。けれど、喜びだけは邪気のない健全なものである。神とも思える二つのものが、お前に喜びを描き、あたえてくれる、すなわち、情熱と音楽とである。情熱、あるいは音楽がお前を護ってくれる瞬間には幸福を感じることができる。感覚によっても精神によっても、限り無く存在するものを越えることができるし、パスカルの「ピィルリュスは世界を征服する前も、してからも幸福にはなれなかった」という絶望の言葉をまぬがれることができるのである。

子供心にははっきりとは分からないまま、ゲーテのバラードにでてくる、夜、父の腕に抱かれた馬上の少年をみぶるいさせ死にいたらしめる魔王の声のように、私にずっとつきまとってきたこうしたささやき、私はそれに耳を貸すことをやめた。心を安らかにしてくれる音楽のもつ魔法のような力と芸術家の光輝のおかげで、私は大地との友情をとりもどしたのである。アンフィオンは、再び、あらためて私にその数々の魅力を教えた。私たちは、羊飼いの娘のかぶる麦藁帽子のように、花でおおわれたかたむいた屋根のすてきな別荘にもう住んではいなかった。母は、結婚生活の幸福な年々の思い出を敬虔にもそのままにしておこうと、庭にある「城」と呼んでいた別棟の住まいのほうに私たちを住まわせていた。ロマンティックな池のほとりにあり、以前は大勢の客を泊めたり、いろいろの行事にその広いホールを使ったりしていた。白と薔薇色のその気持ちのよい建物は、土台は白い汁をだす花をいっぱいにつけた、小暗い茂みとなっている千日草といぼたにおおわれ、格子組の上はバルコニーまでのうぜんはれんが伸びていた。正午ともなれば、いっぱいに口を開けてふりそそぐ光を飲み込むとでもいうように、黄金の喉にたとえられる明るい葉群らがまるで平らな盃のように、舞い散ってくる花をうけとめるのだった。「城」とちょっと気取った言い方をしたのは、小さいながらに、銃眼のあいた小塔があり、ロマネスクなファンファーレと同じく、私の想像を刺激したからである。そのすぐ付近には湖があった。カタルパという角張った美しい樹の上に、なめらかな青い新鮮な水の広がりがかすかに息づきふるえているのが見えた。濡れて、ひとつになった優しさにあふれるその匂いを、私は静かに、はっきりと味わったものだ。

パデルヴスキーは小塔にある離れ部屋にひきこもり、何時間も、三度、六度、八度と激しいタッチで音階の練習にはげんだ、その間も招待客たちは「ホール」と呼ばれる広いガラス張りの部屋に集まっていた。父がまるでテントを張るようにいとも無造作に建てさせたこのホールが私は好きだった。とても広く、木箱にはいった棕櫚《しゅろ》、玉突き台、二台のピアノ、薔薇色の朱鷺《とき》を支えにしたランプ、数多くのひなびた家具が置かれていたが、狭い感じはしなかった。大きなガラス窓は、繁く開かれ、私たちは自然と身近に接していた。日中、光がさすころ、蜜蜂や雀蜂が、朝方園丁たちの摘んだ花々を追ってホールにはいってき、しおれ、もう花びらを落としそうになっている花束の回りを、驚いたようにぶんぶんと羽音をたててとびまわり、残酷にも私たちが半分面白がってきゃあきゃあと大騒ぎするなか、姿を消すのだった。

上品で面白い納屋とでも言ったこのホールはめったに閉められることはなかった。蜻蛉が天井高く飛んだり、壁にぶつかるさまを見たことを思い出す。乾いて固い体はこわれやすそうな関節に、まるで緑と青の藁の宝石のような感じをあたえていた、半透明の羽は空気の束でできているようだった。日が沈むと、サヴォワの厳かな雰囲気のする空が、祈りをささげようと組み合わされた手でいっぱいになったと見えたのは、こうもりが何匹も姿を見せたからであった。怖くはなかった。怖がりもせずに、私は、その黄昏の使者たち、用心深く静かに、銀灰色の水平線を飛ぶ、切れ切れの夜の断片を見ていた。押し殺したような舞いはその静けさにより、夕べの静けさに名誉をあたえているのであった。ホールに一匹迷い込んできたことがあるが、自分を場違いに感じてか、隠れるようにじっと動かず、集まりを乱すこともなかった。ただ燕《つばめ》がうっかりと入ってきたときには、がっかりだった。ばたばたと騒いであちこち飛び回り、私たちは同情するやらどうしていいやら、やっとの思いでなんとか牢獄からだして、清らかな広々とした外にもどしてやった。ごく小さいころから、黒と白の羽の一撃で空間を楽しげにさっと切り取ったり、金色のもやのようになっている羽虫の群をぱくりと食べたり、丸天井の広がりに嘆きにも似た節回しの叫び声をあげたりする、生命をもった矢、数ある鳥のなかでも格別の鳥、燕を敬愛していた。日が落ちて、もはやアンフィオンの庭が、余分なものをとり去り、しぶい銀色と艶のある銀色の二つの色調だけしかもたない日本の庭のようになり、香りたつ静けさのなか、湖から詩を朗読しているような軽やかな水音がきこえるころ、大人たちのあいだに、そして黙ってはいるがあれこれ疑問をいだいている子供たちの心の中にさえ、生と死の問題がしのびよってくるのであった。

一日中、酷使して音を鳴り響かせた指が翌日再び素早く動くよう、やっとピアノを閉じたパデルヴスキーは、ソナタを次々に想起させる月の光をじっと見やりながら、夢心地になるのだった。そして、最初はもったいぶった、それから澄み切った声で、自らの心から湧いてくる力と、読破した数々の哲学書をよりどころにして神を肯定するのだった。神の摂理によるこの世の調和を求めてやまぬ彼が、たとえコンサートの始めに身体麻痺の人と耳の不自由な人の入場を拒んだことがあったとしても、この世がむなしい、つまらないという考えは拒否していたのである。排他的なクリスチャンであり、午後のあいだ、毒をふくんだ書物に真面目にとりくみ、仕事をまだ頭の中で続けているデシュ氏が、プラタナス、竹、薔薇の木の絡み合った下絵をもつ明るい室内装飾を前にして思い描く神はと言えば、彼同様にいらいらとし、攻撃的で、われらが友たる無思慮な彼が憎しみにみちた年代記を担当している新聞をいわば定期購読しているのだった。

明証性と論理性の趣味が支配する、プラトンと同じ種族出身の母ではあるが、やすやすと心をゆさぶられ泣きだしてしまうほど、夕べの詩的なよびかけを魂の中に受け入れるのであった。母は良心のとがめを感じながらも自分を確信に導いてくれる道を模索していた。自らの言葉に聞きほれたり、感情に押し流されたりしながら、母は輪廻という結論にいたった。その考えに拠っていれば、信仰のたしなみのある喜びを捨てることなく、しかも疑いをあきらめることもなく、巧みに折り合いをつけて、永遠の命という概念を心安らかに思い抱くことができたのであった。この懐の深い考え方には永遠の命を是非にも信じようというけなげさがあった。それぞれの本性に固く結びつけられたまま、三人は各々、生の苦い重さ、倦怠をまぬがれ、喜びをもって死の彼方にある安らぎと対峙するのである。私はといえば真面目なばかりの子供であり、植物の香りにつつまれ、明晰な熱情と、そこに押しかけたいという欲望でじっとみていた星々の瞬きのもと、自分が詩の洗礼を受けているように感じていた。しかし、現状に不満足な私は、今は抑圧されているがもともとは広い心が一気に開くような不思議なことがきっとおきると信じ、いつかはひとりぼっちの存在ではなくなるのだと予感していた。私は大勢の友をもち、彼らを悲しみと不可知の極みにつれていくことになるだろう、不安気に映し出された宇宙のおかげで、私は彼らの数知れぬ謎になるかもしれない。

第十二章　友人たち

ポール・マリエトンとロマーヌ派―シェイクスピアのいたずら―ミストラル果樹園の蜜蜂―万国博覧会―世界地図―エッフェル塔とフランソワ・コペ―ピエール・ロチとの出会い―思春期―妹―運命との戦い

母には個性的な友人たちが大勢いた。そのなかから、私の想像力が恩恵をうけた何人かの人の名をあげておこう。彼らは魅力的で陽気で、つい見惚れずにはおられず、私たち子供の回りに魅惑的な雰囲気を醸しだしていた。十歳のころから、パリの家で、またとくに宿題が大目に見てもらえ、おおいに自由を満喫できたアンフィオンでは、現実的な能力もひょうきんさも確実にかね備えていることでみなをおどろかしていた人物、ポール・マリエトン*に会っている。顔は薔薇色で、こめかみに巻き髭のようになった金髪をたらしたそのリヨンの人が、地中海人、リグニア、フォカイアの人、アルルとアヴィニオンの市民、エックスの彫刻を施された木の大門とカシスの風景の熱心な巡礼者となったのは、ミストラルの作品にたいする情熱のせいであった。

＊　リヨン生まれの詩人、学者。一八八〇年夏、ミストラルの詩集『黄金の島々』（一八七五）を読んで感動しミストラルを訪問。以後親交を深める。フェリブリージュ運動の幹部会員。『フェリーブル』誌創刊。一八六二―一九一一。

ごく若いころからはげていたということであるが、太った青年に時には見かけられる肉体の敏捷性とそのはげ頭によって私たちが彼を特徴づけていたころには、彼はぱんぱんに膨れて地面にとどまっていられない気球のようであった。しかし一種挑戦的で自慢気な気持ちで堂々とふるまっていたのではげ頭はあたかも羽飾りのついたフェルト帽のようであり、出っ張ったお腹は薄衣をまとった踊り子のぺったんこのお腹のようであった。青緑の明るいまなざしは、いいよどんだり、突如いいつのったりするたびに眼球がとびだし、治ることのない吃り癖を誘発しているようであった。愛すべき欠点であった。マリエトンは気まぐれに押し黙ったり、自分が口を開くのを相手にじっと待たせたりして、雄弁の効果をあげ、言葉遊びのさまざまなアイデアをつぎつぎに思いついたりするのだった。いずれも大いに成功をおさめた。

妹も私も結婚したばかりで、屈託なく、運命を確信し、幸福な伴侶とともに笑いあっていたころ、実家での夕食会で、バナナがデザートに出されことがあった。輪切りにようとした時、レオン・ドーデが口をはさみ、美しくエキゾチックなその果物に果肉をたっぷり残して置く特別の切り方を採用しようとしたことがあった。その時、マリエトンが、シラブルをはっきりと切りながら叫んだ。「なるほどレオン、これは、か・い・ぼ・う」なんだな。

ヴァンサンがミレイユ〔ミストラルの代表作『プロヴァンスの少女』の主人公〕に恋をしているように、ミストラルの才能に惚れ込んでいた彼は、マイヤーヌのすばらしい隠居所の回りに、気高く、手のこんだひとつの宗教を作り出そうと懸命であった、その宗教の儀式と名誉はオーバネル、フェリックス・グラス、ルーマニーユ、即ちフェリブリージュ派[*]の詩人たちの名をくり返し反復することであった。

＊　プロヴァンス語と、その文学の維持を標榜して、結成された文学団体、その運動をさす。

フェリブリージュがどんなものかを正確に知ることはできなかったが、マリエトンの吟遊詩人のような外見と光あふれるいくつかの物語はプロヴァンス地方独特の農家、榎、オリーヴの収穫、ファランドール、タンブラン奏手などを私たちの心に植えつけ、ついでその高くはぎれのよい詩句は何世紀も前の天空にさかのぼらせ、アイスキュロスとソフォクレスを思いおこさせるほどであった。しぼるようなそれでも弾みのある声で、次のような数々の神秘的なおよび掛けの言葉を読み上げるのである。

おお、シテロンよ！　なぜに……

あるいは

太陽よ、黄金の日の眼よ！

まるでのうのうと道をいくでっぷり太って艶のいい家畜、竪琴の形をした角をもつ白い牛がローマの野を横切る時のように、民衆的な言葉と歌がくり返し口から出てくるすばらしくおしゃべりなその人は、ミストラルの『黄金の島々』をピアノにあわせて歌ってくれ、私を夢想でいっぱいにした。ミストラルのすべらかで強い詩句をききながら、私はうっとりとさまざまな夢想にふけった。アンフィオンのホールにマリエトンの元気のいい声が響く。「建物はマジョルクより、マジョルクより建物は」という調子のいいシラブルのもつイメージは、私になんと多くの約束、香り、水平線をあたえたことか。

輝かしいパデルヴスキーの会話、民族独特のきらめく雄弁となめらかなアクセントが、想像力をかきたてる、豪奢で誇り高いポーランドにつれていったように、ポール・マリエトンは天、海、香り、星の天才、フレデリック・ミストラルによって、私を古代ギリシアに導いたのである。しかし、ロマンス語の詩やオック語にささげられたマリエトンの信仰をどこに位置づけるべきかも知らず、私は彼の祭祀長としての役目がひきおこす滑稽なさまざまな事件のほうにばかり興味をもった。彼の方もその話しをするのが気に入っていた。滅多に発刊されない『フェリーブル』誌の編集長である彼は、名刺にまで「フェリブリージュ首領《シャンスリエ》」と記していたが、絶えず送られてくる郵便物のなかには、綴りを間違っているのに重々しく「フェリブリージュのろうそく立て《シャンドウリエ》、ポール・マリエトン氏」とか、間違うにことかいて「フェリブリージュのらくだ引き《シャヌリエ》」とか書いてあるのを私たちに見せて面白がらせた。

衝動ということでいえば、ポール・マリエトンにはどこか非現実的なところがあった。衝動にかられると、まるで天才が気晴らしに滑稽劇をやってみようと思いついたかのように、才能のおもむくまま、登場人物になりきり、縦横無尽にふるまうのである。おごそかでもあり滑稽でもあり、詩人でもあり音楽家でもある太ったその人のなかには、シェイクスピアのいたずらっぽさがあった。自分を愚弄することも、この上なく自分をたたえることもできたが、ただそれがめまぐるしく変わるのである。

恋愛においては、うぬぼれてしまうか弱気になるかのどちらかで、感動をよぶほどこっけいなまでに情にもろく、うぶな乙女からも百戦練磨の女からもころっと騙される真面目男の彼ならば、空気の精のように、夏の月の光にまたがることも、あるいはいわば紫と金の色をした王侯のするような、時代がかった滑稽な所作に高貴さをあたえることもできると豪語するかもしれない。

その素朴で騒々しい友の回りには、たくまずして次々に事件が起き、いろいろな風評がたつのだった。多様で雑多で過多な学識にもかかわらず、広い、からっとした気質をもち、お涙ちょうだいの歌詞でも、紋切り型の弱々しげなヒロインでも、雀蜂のように彼の作品を剽窃したりしたものでも、たんなる馬鹿げた受かれ騒ぎでも、なんでもかでもどんな人でも情深く受け入れていたからである。

二十歳の時、初めてモーリス・バレスに会ったのもパリのマリエトンの自宅、リシュパンス通りの薄暗い一階の部屋であった。そこにあふれかえっていた書籍や手紙を、何組かの有名な恋人があるいはアルフレッド・ヴィニーとバルベー・ドールヴィイ〔フランスの作家。一八〇八―八九〕の苦い孤独が産み出した作品だと彼はひそかにいっていたものである。バレスと顔を合わせたのはほんのつかの間であった。というのは私たちはお互いにおじけをふるったから。後にマイヤーヌにつれていき一週間ミストラルの祭りに参加させてくれたのもマリエトンである。黒いモアレ仕上げのリボンを金の重いピンでとめて、アルル娘のように髪を結ってもらったこともあった。マリエトンは彼が神とも崇めるミストラルと同様に穏やかで烈しく、友好的で予言者のような農民、詩人のシャルルアンの腕のなかに私を投げ込んだりもした。マイヤーヌで天才ミストラルの天使の住まいのような優雅な家に泊めてもらえたのも彼のおかげである。いい匂いのする甕に囲まれたその白い家で、私は自分をホメロスあるいはヘシオドスの客であるかのように思った。それほどに若きギリシアの子、明るい入江の水のように青い目をし、清らかで優しげな微笑をたたえ、愛の季節の気がたった鳥のような頭をしたフレデリック・ミストラルは壮健で男らしいダフニスを思わせるところが十分にあったのである。

「陽気な顔をした騎士」マリエトンが結核にむしばまれ、彼なら悩まないと思えていた死の苦しみを私たちには隠したまま、あんなにも早く、雄々しく、最期の最期まで太陽の焼けつくプロヴァンス地方に強く心を残し、ローヌ河畔ヴィルヌーヴの風の吹きつける家で、残酷にもすっかりやつれきって死んだ時、私には彼がこの世からいなくなったことが実感できなかった。死に臨んでの深刻な悲惨、彼ならそれをまぬがれるはずだと思えていた。陽気で皮肉な言葉を自分に投げつけもするが、またシラー〔ドイツの詩人。一七五九―一八〇五〕の叙情詩《スタンス》、ハイネのローレライを口ずさむといった彼のラブレー的な酩酊、海緑色の夢想にはラテン的な叡知がにじんでいたのだから。

マリエトンは、いわばミストラル果樹園に住むウェルギリウス風の大きな蜂で、ミストラルという偉大な詩人の園の、香りを発する立ち木の間をぶんぶんととびまわるのになれていたのである。彼以上に生きることにむいていたものはいなかった。彼のことを考えること、それは人間の運命を受けいれること、いっさいの抽象的思考をあきらめること、そんなものがあると信じるから人が常識的な思慮に甘んじることができなくなる神の存在を拒否することである。

かのパデルヴスキーが毎日をその高邁な愛情で輝かせてくれ、祈りの時間に教会へいくように人々が出かけていった彼のコンサートの荘厳さに子供ながらに驚嘆していたころ、パリで万国博覧会が催された。

＊

このようにときおりは幸福が増大した。シャン・ド・マルスの会場に、ひそかに芽吹いていた花が突然ぱっと開いたような不思議な景観があらわれ、私はこの世をわが身につかみとったように感じたのだった。それまでレマン湖の風景の美しさにうっとりと心を奪われることによってのみこの世を身近に感じてきた私にとって、それは胸の高鳴る初めての経験であった。子供のころから、私が宇宙との一体感を感じてきたのは、水晶のような青い朝、大気のあたたかい雪のような清澄さ、まるでそこから生まれたばかりの華奢で恥ずかしそうなアフロディテが立ちあらわれるのではと見ていた詩的な湖面によってであった。毎日のように、静かではあるがどこか大仰な日没を、手を組み合わせてじっと見つめ、日々の別れの挨拶とも思えるよびかけに心を奪われ、日没の中に駆け寄っていきたい、その深紅の幕にのみこまれ、勝ち誇った気持ちのままそこで儚《はかな》くなってしまいたいと願ったものだった。

万博は、とてつもなく大きくおとなしい鳩が大きく羽ばたいて、世界中のあちこちすべての光景を私たちのすぐ間近にまでもってきたようであった。人々はみな、なんでも見て触ってやろうという旺盛な好奇心で各国の展示場におもむいた。

まだ当時は情報や人々の往来がなかなかであったので、ニスを塗った、田舎風の、居心地よさそうな、忍冬《すいかずら》とカミツレの灌木の茂った、長い髪を女性用の櫛で頭のてっぺんにまとめ上げたセイロン人が出品した生姜菓子や香り高い紅茶をいっぱいに並べたイギリス館は人々の想像をかきたて、目をくらませた。やにの出る木で建てられた、明るく、単純ではっきりとした旗を飾ったデンマーク館は冷たい海に浮かぶヨットを思わせた。一方、つつましい藁葺《わらぶき》の戸口に、頬骨が高く丸いタタール人の娘が赤い三角の肩掛けを首に結んで頭を包み、人の良さそうに笑っているロシア式校倉作りのイスバは、計り知れないほどの距離を思わせめまいさえ感じさせた。

平らなくせに、国境を示す色や線、海や湖の境界となるぎざぎざ模様は私をうんざりさせたし、さらに目をあざむき心を打つそうした捨象が一種憂鬱な気持ちに陥らせてたりするので、それまで好きではなかったし、そののちも決して好きにはならなかった地理に、その時は喜んで親しんだのだった。

生活の賑わいのない、色を塗られた惨めな一枚の紙でしかなかった世界地図が、ほろりと胸にせまり、狼狽させ、突き刺し、どんとまっすぐに胸をえぐりとるように思える日があった。優雅さと知性の傑作であるアンリ・フランク*、哲学の高邁な夢想とやわらかな笑いを交互に見せ、アンリ・ハイネを馬鹿にしながらもやたら詳しかった二十歳の息子アンリ・フランクを、不治の病に奪い去られたばかりの母親のかたわらに、彼女の限りない苦悩を感じながら寄り添わねばならなかった日のことである。私の絶望は、固くこわばった不幸そのものが大地につなぎとめているけなげな母親の絶望に支えられていた。同じくらいにぼっとしながらも、指の間にぺらぺらの一枚の写真をじっともっている彼女を私はみつめていた。まったき現実に打ちのめされながら、哀れにもその母親は、荒々しく頑迷な激しさで埋葬されたわが子の息と顔かたち、彼女が知っていたその肉体の甘い熱、細部にわたる微妙な寸法、きびきびしてほっそりとした厚み、魂がふるわせていた色艶、命の不意の鼓動を懸命に確認しようとしていた。胸を引き裂かれる思いでじっと遺体をみつめつることは、残酷な欺瞞、真実の呪わしい模倣のように私には思えた。子供のころ、世界地図はこれと同じように人間を侮辱しているようで私に悲痛な思いをさせていたのである。

＊ アルザス出身のユダヤ系フランス人青年。アンナの熱烈な信奉者であったが、肺を患い二四歳の若さで死を迎える。アンナは彼の『橋弧の前の舞』に序文を寄せているが、愛の告白ともとれるフランクにたいする胸をえぐられるような祈りを読むことができる。一八八八ー一九一二。

私たちのような小さい女の子にとって、万博が表現している宇宙の、正統で胸ふるわせるミニチュアは、感動をよぶあるいはおそろしい冒険を望んでいる子供のあらゆる憧れに答えてくれるように思えた。私の頼みがきき入れられ、機械の展示館、紡績工房、ガラス、チョコレート、ビスケットの見本がいっぱいにつまった缶詰などが製造されている建物などの、学習を目的とした見学は免除になった。お国ぶりだけをかいつまんで見るだけにしてくれた。すぐに細かく裂ける、毛羽のたつ、油じみた紙につつまれた木製の細々した細工物を買ってもらい、黄色人種の強くしつこい匂いを私に残した中国と日本をのぞいては、他の大部分の国はただ存在を示すために、酒を接待する女たち、踊り子、楽器を演奏する者を送り込んでいるだけだった。

シャン・ド・マルスの広い敷地には漂う布のように各国の音楽が広がり、せかせかいらいらとした群衆の喧騒がその広がりをまるで切り裂いているようであった。所狭しと空中高く建物がならぶ中に、ボヘミアのヴァイオリンのはぎれのよい音色、ルーマニア館のパン神の笛の、気絶した鳥が発したかと思えるような音、赤いラッカーを塗った壁の間に響きわたる安南演劇の愛と死の叫び声が、きれぎれにいつまでも聞こえていた。週になんども、母、ヴィダル博士、パデルヴスキーは私たちをつれて人々でごったがえす狭い、パリを陶酔させた、世界全体がひとつの家族のようになっているその寄り集まりに出かけるのだった。金属でできた魔法の糸杉のようなエッフェル塔に対抗できるのは、ひんやりとした回廊となっている軒を接した高床の家を復元して、見る人を仰天させたカイロ通り、青い裾長のシャツを着てそこいらをぶらぶら歩いている人を喰ったようでもありどこか悲しげでもある土人たちの言葉、ふわふわした毛並みの小さなろば、当時はエキゾチックだといわれていた東洋的ないかがわしさだけであった。目をぼんやりとさせ、きゅうくつな衣装を着ているせいで、子供っぽくサフラン色をした体に直接宝石を嵌め込んだように見える、昆虫のようにも、手のこんだなにか高尚な品物のようでもあるジャワの踊り子たちにも神秘的な興味をかきたてられた。しかしなんといってもエッフェル塔は格別な関心をひいてやまなかった。エッフェル塔を攻撃する一派もいれば、援護する人々もいた。みな賛成か反対かであった。芸術論争、科学的議論が起き、とうとう国をあげての政治的、党派的な争いにまでなってしまった。フランソワ・コペ〔フランスの詩人、劇作家。一八四二―一九〇八〕

が、その近代的鐘楼を目の敵とする一派の激しく頑固な旗頭であった。コペは、贈り物にもらった、ルッセレ通りとムフタール地区の挿し絵のある雑で哀れっぽい本を一冊読んだきりであったが、そこに描かれた下町の子らの正直さ、けなげさ、無欲さ、いつも喜んでなされる自己犠牲、勇気があり、さっぱりとして、つつましく、真っ正直な親たちの立派な行いに感心したものだった。しかし、趣味の嵩じたオランダ人がチューリップの栽培をするように、ブルジョワの語り手が自分は気ままな生活を快適に送りながら、けんめいに場末の職人の描写をする、そうした文学上の方法を私はすぐに見破った。フランソワ・コペにとって、夏の青空は青い作業服を思いおこさせ、春の奇跡ともいえるえもいえず美しいリラの花は、郊外の赤茶色の草むらで、慎み深い町の人もついその誘惑に負けてしまう、身近かな催淫剤のようなものであった。私はそうした箇所よりも、読みきかせてもらった恋の詩の何行かに感動をおぼえたが、なかでも「ブロンド色の香りにも似て……」という詩句が大胆で美しく感じられた。

当時、人々がさかんに口にしていたトルストイの名は、さまざまな悲劇的な事件を道義心や社会的な同情心によって見ることをすでに私に教えてくれていたのに、フランソワ・コペによってささげられた尊敬に値する、生き生きとした観念的な貧困生活にたいする攻撃的ともいえる執拗な敬意は、親しみやすく大衆的で同情心あふれていた私の心をなぜ打たなかったのだろうか。

フランソワ・コペが「貧しい人々の詩人」の名で有名であることが嫌だった。なぜなら私は、貧しい人々を尊敬し、彼らが心も性格も立派でありうることを知っており、誇りをもつのは理の当然のことだと認めていたからである。そういう考えを教えてくれた数々の作品のなかに、ヴィクトル・ユゴーが乞食をえがいた詩があった。ぼろを着て、道をいく乞食が、慈悲深い人に出会い、施しをうける、と、その乞食は、たちまち美しく、壮麗に、明るく身をかえ、星を散りばめた衣を着たイエス・キリストその人の姿となったのである。

いざ万博になっても、フランソワ・コペは観念せず、エッフェル塔がパリの町にあたえはじめた新たな光景に、個人的にダメージを受け気分を害していた。気をとりなおし、辛辣な愛国心もあらわに、自らの恨みを表現した長い作品を発表したが、「たしかに馬鹿でかいが偉大ではない」という詩句は彼と意見をともにする人々を興奮させた。

土台の堂々としたアーチ、調和をめざして計算され、空と示し合わせたようにてっぺんでかすかに感じられ」る奇妙な揺れ、私たちはエッフェル塔が好きだった。

エッフェル氏に案内してもらい名誉に感じながら、勇気を出して透かし階段をのぼっていった。その時の目まいは今でも忘れられない。母は怖がって、高名な技師の腕にしがみつきながらも、いかにも母らしく、人目をはばからぬ悲鳴と、この上なく丁寧で、微笑みにみちた讃辞の言葉を交互に口にした。母と私は疲れきって、最後の平台で登るのをあきらめなくてはならなかったが、兄と妹はどんどん登って旗にさわりさえした。二人はその手柄を自慢し、いつまでも話題にした。一方、オッシュ通りの館のわが家においては、母と私の心意気がほめられた。まず小さい女の子であり女性でありながら塔に登ったという大胆さ、か弱い肉体にまるでお話のエステルのような気絶をもたらしかねない、心配、疲労困憊、ほとほと憔悴させる極度の不安、そうしたいっさいのことがほめたたえられたのである。

時は過ぎていった。笑いを絶やさず、雄弁で話好きのパデルヴスキーと過ごす輝かしい日々、私たちは幸福だった。コンスタンチノープルでかかった重い病が、もともと丈夫だった私をひ弱にしたものの、さまざまに姿を映してくれる鏡の世界に浸りきっては、発育の漠然とした喜びを心地好く味わっていた。十三歳、私は自然界のいっさいの事柄、およそこの世のすべてのロマンスに自分を結びつけていた。人間というものは生まれてから死ぬまでずっと、夢、焦躁、悲しみの中で、つきまとって離れぬ官能的な妄想に知らず知らず身をまかせるものであるが、一生の中でもとりわけ十三歳というのは、ある思いにとりつかれると、そのままその奴隷とも、勝ち誇った犠牲者ともなる長い一時期なのである。女の子というものは、さまざまな精神的知的能力よりも肉体的な魅力のほうが大事にされているということに早い時期からひそかに気づき、美しさゆえの本能的優越を非常に自慢に思うものであり、女の子にとって誇りとはほとんど肉体的なものなのである。

学習も遊びもいっしょにしていた友人の中には暗い将来を漠然と思わせるような方もい、思いやりや友情から遠慮していたものの、私自身は回りの人たちがほめてくれていた自分の能力を確信し、自分の外見に満足をしていた。その時期私はいわゆる思春期に入っていくのがこわかった。十五歳以前のあんなにも美しいあの頃が。世界の真ん中で自在にふるまっていると素朴に確信していたなんて、ほんとに無邪気で可愛らしい子供だった。「もし具合いさえ悪くなければ、肩に羽が生え、雲の中に駆けてもいくのに」。当時、そういいもし終生くり返してもいた。告白しなければならない。運命に愛された女にとってこれは本当のことなのだが、露ほども疑うことなどなかった私の知的な能力よりも、鏡にいつも映して見ていた自分の姿のほうを私は自慢に思っていた。なぜなら、知的にすぐれていれば物質的な幸福や心地好い安らぎをあたえられはするものの、魂を真から満足させてくれるのは肉体的な喜びだけなのだから。

＊

曖昧な幸福のこの時期、叔母、父の一番下の弟の妻で、癇が強くもの知りの音楽家、アレクサンドル・ビベスコ妃のおかげで生涯にわたって自慢できる出会いをもつことができた。もの憂げなまなざしのダイヤのような素早い瞬き、おせっかいなジプシー女のような艶々した笑いが彼女の顔に魅力をあたえていたものの、濃褐色の顔色、不格好なごつごつした横顔がその魅力をうばってもいた。とり巻きには大勢の著名な芸術家や作家もいれば、有名な医者や、地位を追われたさだめない王侯貴族の人々もいた。彼らはそれぞれ友好関係、芸術的つながり、僧職かなにかの職をもとめてあつまってくるのである。勤勉に仕事にとりくんでいる人々とつながりを持とうとしたり、威厳、心配り、しばしば上品なとまどいを見せるのは、実際に力をもち、任命の任にあたっている人で、逆に、権威も権力もない人は、まことしやかに示される敬意を偉そうに要求することしかできないのに、そのことで空しく虚栄心をみたし、自分が出席していることが集まりにありがたみをあたえていると思い込んでいるのである。

熱しやすく、全身を走る火のような魂によって心豊かな叔母は、私に関心をいだいてくださった。彼女が私にみとめた詩才と、なんとかのりこえようとしている病的な疲れやすさが、活発で激しく情にもろい叔母の気をとめたのである。ある日叔母は一番うれしいことは何かとたずねた。叔母が熱心に骨折ってくださったおかげで、まるで蒸溜器のまんなかにいる陰気なファウスト博士、奇妙な夜行性の鳥にも似たヘイヤン先生からはすでに診てもらっていた。彼の人を虜にするような挑むようなまなざしは、鍵状に曲がった体のまんなかで輝いているようであった。私がひかえめに打ち明けた、十三歳の女の子の詩的な才能を認めることができず、先生は四ページにもわたる詳しい処方箋をしたため、それで抒情的な感興も肉体的な苦しみも完全に治るものとしていた。年をとられても若々しく、人々から医学の誉れと崇められているヘイヤン先生は、今でもその時の無邪気な診断のことを笑いながら思い出してくださる。

私は叔母の親友のひとりであるピエール・ロチ〔フランスの作家、アカデミー・フランセーズ会員。一八五〇–一九二三〕に是非会わせて欲しいとお願いした。『氷島の漁師』を読んだばかりで、変幻自在にえがかれた海の波が精彩をあたえている物語りのどよめきの余韻にひたっていたからである。激した天使と戦うヤコブさながら、嵐と愛と死と戦う主人公、アポロのような貧しい水夫を、私は漠然とした、しかし激しい情熱で愛した。明確にいい切るというよりも、ささやき、夢想し、ほのめかすようなロチの文体にうっとりとなり、私は何かを教えるというよりは心をとらえる長い形容詞の蜜にひたりきっていたし、彼のなかに、あの簡明で感覚的、誠実でとても人間的な哲学を感じとっていたのである。人はそうした哲学によって官能的な感覚につつまれたい、さらにその感じを記憶にとどめたいと激しく求めるものである。

シラブルは長く響き、一見分からないロチの天才の背徳性、それが含む真実が、私を恍惚とさせ、淋しい遥かな地の荒れ狂う風景のいくつもの描写をとおして、この身にしみこんできた。随所に熱帯地方も、群衆どよめくヨーロッパもでてくるロチの別の作品は、東洋への出発点である、ブレスト、シェルブール、トゥーロンといった港の名をちょっと耳にしただけで幸福でしびれるほどに私の心をかき乱した。そのしびれるような幸福感が、詩人が描き出している、これから立ちむかう荒々しい冒険に身をささげた若者たちが、いざ船出という時に示す興奮ぶりや、彼らの粗野で淫蕩な暮らし方を心に思い描くことから生じているのだとは、無邪気にも気づかなかった。さらにおめでたいことに、私はロチが夜毎酒盛りをする曇り空の下、いかがわしい小路にひびかせた卑しい歌のくり返しを誰にきかせるでもなく、くりかえし口にしていたのである。

さあさお前たち、奪いとれ
日毎の乱痴気騒ぎ、夜毎の恋の不品行……

日曜日、四時、叔母の家でピエール・ロチに会えるよう手はずが整えられた。私は自分が、東洋を惜しみなく分けあたえてくれる人として、彼の倦むことのない欲望を、満天の星空の下、豊かに茂る葉群と泥土の川のあいだ、土地独特のギターの音にまどろませているような詩人その人を好きなのだと思っていた。しかし、自分を誘惑した人を知りたいと願うこと、その人から見られたいと思うこと、それはその人に気に入られるよう試みることであり、自分の情をかきたてた人に今度は同じ気持ちを伝えて、抱いている気持ちから解放されようということなのである。それはもはや慎ましく本当に愛しているということではない。気づかないまま、確かに私は、復讐心の強い狡猾な性情のままに行動し始めていたのである。憧れの仏陀との出会いを私は胸をふるわせて思い描いていた。いよいよ日時が知らされてからというものは、どんな装いをするかということで頭はいっぱいであった。母はおしゃれに関してはすでに私たちの自由にさせてくれていた。私は派手な色合い、大胆な色使いが好きだった。衣装はひとつの風景、運命の糸口、冒険の約束のように思えていた。残念といえば、十三歳では、集めたさまざまな布の大胆さや色艶の輝きを完璧に仕上げる腕のいい仕立屋をお願いすることがまだ許してもらえなかったことである。おぼつかない腕に仕立てられたドレスを着る時、つい目につく不手際に胸をいためずにはいられなかった。それで、叔母を訪問する時に着た、巧みに思い描かれ、不器用に作られた衣装に私は不満だった。ひなぎくと青い矢車草で飾られたあみだにかぶる帽子、ふわふわの髪、自分の顔には満足だったので、元気が出たものの、今から会おうとしている人が私に失望するのではと心を痛めた。

クルセル通りの叔母の屋敷にいき、当時珍重されていた黒檀でできた中国製の調度品が、午後のまぶしい光をうけて青味がかかり、いきりたった怪獣の姿を描きだしている居間に入った時、小柄で、自分の風采に自信のなさそうな、肉付きの悪い足をゆがめて爪先立ちしている男の人を目にした。心をとらえるまなざしの美しさも、大きな蛾のようなぶ厚く丸い鼻、先の尖った短く濃い口髭をおぎなってはいなかった。まなざしはそれでも何か執拗な力をもっていた。よく見ようと凝らされた大きな、ちらとも動かない目であった。その目は、どんな光景も吸いとり、倦むことなく永遠に旅をつづけるその旅人の瞳の中に吸いこまれ、積みかさねられてきたあちこちの国々、空、海、星にさらに新しい景観を熱烈にまぜあわせるように思えた。けれども、彼の中に、ともに生き死にたいと望んでいたマホメットの子孫を見出だすことができずがっかりし始めた時、ピエール・ロチが叔母にはっきりとした優しげな声でいうのがきこえた、感動した観察者のその声の調子は今でも心に残っている。「このお嬢さんはオーロラ号のお嬢さんではないですか。何年か前、コンスタンチノープルから黒海の港へむかう船上で泣いているのを見かけましたよ」。

その夜、私はロチから一枚の写真をいただいた。上半身は裸、腕は十字に組み、下半身を布でしっかり巻いた回教の托鉢僧の、恍惚とした姿を写している一枚であった。あらわな姿に非難がましい気持ちになったものの、ボスフォラス海峡での不思議な巡り合いを思い起こさせる献辞を読んで、胸がおどるような誇らしい気持ちをいだいた。なんということだろう、天才にみちた書物で私を天国に住まわせてくれた作家が、何年か前にトルコ船の甲板で、感傷的な苦しみから、いっそ死にたいと思って涙にくれていた少女に気づき、心にとめていたとは。このことがあってから後は、レマン湖の若い城主たちがしめす讃辞を無視することもあったし、うれしくはあったけれど彼らの平凡なお世辞など気にもとめなくなった。なぜなら、春、香りたつさんざしの花の枝にとまった雌鳥は、気にいられようと機嫌をとってくれ、未だ経験のない恋に無邪気に応じることができるようにしてくれた、優しく自惚れやの雄鳥に、首と羽を優雅に動かし感謝の気持ちをあらわすものだから。

＊

人間は運命を自分たちの祈りに気をとめ心を動かしくれる神ともみなしている、ところが運命の方ではそうした人間を侮蔑してやまず、常に変わらぬ法則のひとつとして、幸福の時、それさえ常に倦怠と沈滞がよこぎるものであるが、人が幸福の時を味わっていると、必ず不幸が訪れ、笑いにみちたあるいは平穏無事な生活を断ち切るのである。

八月、アンフィオン、白いテニスウエアーを着、首に薄青の絹のネクタイを結び、長い髪にすてきに波打つフェルト帽をかぶった妹と私は、湖のほとり、光沢を放つ背の高いたくさんの木蓮の木がいっそ趣をましているとも思える庭を散歩していた。果物のような、ほとばしりでてくるような香りのするその大きな花は、かすかな水源から流れでる水に濡れているほっそりとした棕櫚《しゅろ》の木の上に咲き開いていた。と、突然、妹と私の間で争いがおきた。若い娘は狂暴な動物のようなものである、通常は、優しくききわけがよく情にもろい気質であると信じられているが、ライオンの子のもつ激しさが彼女たちのなかに住みついているのである。なぜだか分からないまま本能的な怒りを抑えきれずに、相手に挑みかかり、逆らい、思うさま悪口をいいたいという気持がどっとあふれでてくる。それぞれいつものものやわらかさをかなぐり捨て、古代ローマの剣奴のように、ぜがひでも相手を叩きのめし、完膚なきまでに打ち負かすことを、名誉に値する務めとして選びとったかのようであった。私たちはほんのささいなことを馬鹿みたいに激しくいい争った。妹は丈夫で頑固で男の子みたいだとみなに思われ、一方私のほうは医者がかかりっきりになって面倒をみている思春期の微妙な時期にある娘であった。妹が私の上に体をなげかけた。口喧嘩が本当の喧嘩になり、私たちは黙りこんで互いに相手に暴力をふるった。不当に打ちかかられ、私は身を固くした。それから互いに信じられないほど一瞬意地悪になり、抜きがたい憎しみにかられて対峙する両軍のようになったのである、私は散々に打ち負かされ、守勢になって悔しい思いでいた。と、その時である、妹が突然息を切らし、よろめき、「疲れちゃった……」というのをきいたのは。そのうって変わって弱々しく無防備な声の調子に私は胸を突かれた。

同情がこみあげ、不安にかられ、後悔の念におそわれた。もうろうとして、神に祈るしかないような何ともいえない疲れを感じながら、もともと元気なはずの妹の、突然げっそりとなった顔をみつめた、いっしょに暮らすようになってから、私は妹を愛していたがおそれてもいたし、本心を外に出さず、意志が強く、どこかよそよそしいところのある妹の心をつかもうと思ったことはなかったのだった。もしその瞬間私から命が奪いとられていたなら、雪か砂がさらさらとゆっくり降ってきて、おおいかぶさり、体を埋めていき、次第に気が遠くなっていくような、幸福な眠りを経験したであろうに。でも私にはぱっと分かった。乱暴までに元気いっぱいで、自分から喧嘩をしかけたものの、病気にかかっている、いわば体の中の敵から攻撃され、規則的で力強い呼吸ができなくなっていると感じた妹が、つい降参したのだということが。なんとかしなくてはという思いにかられ、私は家の方へ妹を少しずつつれていった。すぐに医者がよばれ、数日前から肋膜炎にかかっていったことが分かった。気丈で、強情なところがあり、誇り高い妹は、自分自身のことにも、人があれこれごちゃごちゃと気をもみながらやく世話にも無頓着なようすであった。私ときたら、血管がおしひろがり、魂が抜けていくように感じていたというのに。いっしょに暮らしながら何を考えているのか分からないままにきた妹、誰ともうちとけず、いつも私につっかかって意地悪をしていた妹、血肉を分けた、同じ両親から生まれた子供、私自身ではないけれど、私自身でもあるただ一つの肉体、その妹の体が私のかたわらで私自身はなんともないのにまるで雷に撃たれたようになっていた。願うことは唯一つ、妹とまったく同じにできている私の体に病を半分受けもつことだった。身内ならではの深い気持ちから発したこうした願いもきき入れられることはないのだが、本能としてとうてい抑えられるものではない。心情的には認めていなかったが、まさにその時から私は、それまでの自分、そんな人間であることが好きだった自分、自信たっぷりで優柔不断、おしゃれ好きでおせっかい、あるいはキリストの教えのとおりに積極的に謙虚な人間であることをやめた。

名状しがたい母性的な感情が、人を寄せつけない魅力とどうにもよく理解できない頑固さでずっと私を悩ませてきた一歳年下の子供に私を結びつけた。妹をとおして運命が私にしている仕打ちを恨んだり拒んだりすることはやめた。なぜなら自分をコントロールできない母は泣き散らし、私たちを困惑させ、病の子の元気をそぐばかりだし、妹より私の方を可愛がっていたフランス人家庭教師はといえば、相変わらず私ばかりをひいきにして、私を困らせたし、心配で心を傷めたデシュ氏はぎこちなく同情の言葉をのべ、妹をいらいらさせていたからである。口にこそださなかったが妹は不安をつのらせていた。医者は医者で自分たちの知識、しかもはっきりしない診断をおしつけるよりは、母を安心させ、母に気に入られることに熱心だった。そうしたすべてを見ているとついには私の分別も崩れそうになり、妹にたいする友愛の気持に苦しむのだった。

十月、パリに戻ると、はっきりしない診断にもかかわらず、パリの陰気な寒さと降りつづく雨をまえにして、母は南仏へ旅立つ決心をした。別荘がモンテ・カルロに選ばれた。私はいつも地中海にあこがれていた。雪、霧、凍てつく風がパリを荒涼としたまどろみの中に沈めている時に花盛りとなる地中海の庭、一言でいえば近東の官能にあこがれていたのだ。私はつぎつぎに襲いかかる運命のひどい仕打ちを忘れ、むしろ運命にたいして信頼にあふれた抱擁を惜しげくあたえる心構えでいたのに、そのまだ年若い存在の生命の躍動を、運命は陰鬱にあざけり、拒んできたのである。しかし今まさに、その運命の巨大な手に導かれ、私はそれらを知ることになった。

意気揚々と、南仏の心地好さを無邪気に期待しながらの道すがら、私は立ち止まり頭をたれ、肉体を蝕まれた妹を助けるのだと心に誓った。運命にたいして悲観的になったり、あるいはなんとかしようとやっきになったりせず、よびおこされた妹にたいする愛情のおかげで、ストイックで不屈のものになったたくましい魂を、挑みかかってくる運命に対峙させるつもりでいたのである。

第十三章　思春期*

思春期―モンテ・カルロ―妹の予後―虫垂炎―フランス人教師―ボードイツ人家庭教師―ルールドー―パリへ戻る―エドモン・ポリニャック公

十五歳になろうとしていた。妹を襲った肋膜炎に続いて無秩序と放埒が私の生活に入り込んできた。矛盾する診断によって混乱し、困り果てはてた母は陰で泣いてばかりいた。その苦しみぶりは私たちの心をとらえ、悲嘆にくれさせた。良心的なある医者は、慣れ親しんでいるパリの冬が妹に害をおよぼすことはあるまいと断言したが、やはり真面目な別な医者は、南仏の暖かさのみが妹の胸の病を治すことができるといい切った。かくしてわが家はなにも決めることができないままでいた。当然、用心深い専門家の意見が楽観的な意見に勝った。変わり者の家庭教師と、家政婦、この人のフランドル式ののんびりした穏やかなやり方のほうがありがたかったのだが、この二人にともなわれて、妹と私はモンテ・カルロへ出発することになった。母と、母の片腕のデシュ氏はすこし遅れてくることになっていた。癇癪《かんしゃく》もちで、信心深く、思い込みの激しい七十歳の老人は、なるほど同じ世代の人が彼のことをヴォルテール的だと認めていたように、病に苦しんでいる子、心配顔の、弱り切った妹にたいして、突然馬鹿丁寧な優しさを示し、押しつけがましいとさえいえる善良さを押しとおすためにはいかなる犠牲もはらうつもりでいた。もともとは男の子のように大胆だった妹の性格が憂鬱な気性に変わるには、二、三週間もあれば十分だった。病気のせいばかりではなく、もともと世話をやかれるのを嫌う妹にむけられるうるさいほどの看護のせいであった。デシュ氏にとっては、方法を間違っていて、もういかなる見込みもないのに、謎めいた虚しい研究をやりとげようとしていたパリの国立図書館の古文書館を離れることが、深い父親的な愛情を示すことだった。妹の病によって、愛情と家族の健康についての誇りを傷つけられた私はただ妹に尽すことしか頭になかった。男まさりで勇気があり、ものに動じない妹と、おしゃべりが上手で、元気溌剌としていて、夢見がちな私をそれまで同じようにあつかってきた運命を、できるものならばもとどおりにしたいと心の底から願った。おとぎ話の森をさまよう乙女のように、私は初めていく地中海を夢に描いていた。私たちが父の喪に服し、自分たちの運命がどうなるか話合われていたころ、ギリシアの遺産について責任をもっていたルーマニアの弁護士、ドナウ川の岸からやってきた、一風変わった力強いようすをしたパナイオット・パンコヴィッチ氏が、私に地中海について話してきかせてくれたことがあった。父が亡くなった頃、彼ははるか遠いルーマニアの地に、非常に有利な不動産を管理していてくれたのであるが、母ときたらやっとその名と価値を知っているかどうかというありさまであった。

＊　メルキュール・ド・フランス社版に付された注によると、アンナ・ド・ノアイユは『わが世の物語』の続きを準備していたが、第二部については、その第一章にあたるこの第十三章を書いただけであった。この章は、死の数ヶ月前、一九三一年十二月十五日に『パリ評論』から出されたが、それ以後は再版されなかったということである。

母と妹と私に一目あったとたん、彼は私たち三人に、いわば恋する世捨て人がもつようなロマネスクな情熱をもってしまった。「私は美しい眼が好きです、私の望みはもはやあなた方のお側を離れずにいることです……」と彼はいった。毎日、両腕に花と砂糖菓子をかかえてやってきた。さっぱりと髭を剃り、レモン色をした面長の顔立ちであったが、髪は逆立ち、白髪も混じるといった欠点があり、あまり身なりに気をつかっていない感じをうけた。体つきは太って不器用な感じがし、着こなしは乱暴で貧相であったが、不運に見舞われた人のようではなく、むしろ賢者のようであった。不平不満をいわず、人生を享受するエピキュリアン、ディオゲネスのように、人生に挑んだり、人生を拒んだりするかわりに、人生をまるまる受入れていたのである。魔法にかかった子供の優しさで、人生の薔薇を摘み取り、古代から変わることなく偏在しているヴィーナスに絶えることのない名誉をささげていた。

私が理性の利点と美の力を決定的に感じとったのはこの独特の隠者との会話によってである。いかなる苦渋も失望も味わうことがないように、彼は持ち物については慎重で、散歩のあいだなくさないように、茶と金色の斑の杖を長い紐で首に下げていた。「昔、気に入っていた貴重な木製の杖をなくして、捜し回り、困り果てたことがあるのですよ」と告白した。「それからは、有用なもののうちひとつだけをもち、注意をはらって失わないようにしっかりともっておこうと誓いを立てたんです。人生を楽しみましょう、けっして苦しんだりしないようにしましょう」一枚きりの服、一足きりの靴、たった一つの帽子が、その散歩する哲学者の装いであった。しかし、女性の美しさにたいする彼の愛情はけっして偏狭ではなかった。彼はサーディーのようにあらゆる女性をたたえた。『伝道の書』が行っているように、彼もまた宇宙にたいする超然とした気持ちから、女性をほめたたえたのである。パリの繁華街で、彼が車からおりて花屋にはいり、高価な花束を買うのを見かけたことがあった。彼はそれをもの優しげな新聞配達の女性にささげたのである。彼にはその女性の柔らかなまなざしが分かったのであった。ごく幼い私たちにたいしてもうやうやしく接し、父親のようにふるまってくれたパナイオット・パンコヴィッチは、ずんぐりとしたかっこうともの悲しげで無邪気な口調から人間牛にたとえられもしたが、私に恋とはどのようなものか教えてくれた人であった。重々しく、おごそかに、彼は、純潔な人なら二度とはくり返せない恋の情熱の独特の陶酔を私にいい表してくれた。すなわちその情熱の回りで、永遠の恋人たちにとってのこの世の天国がくり広げられるさまを。長く続いた細々した厄介な仕事につづく訴訟からやっと解放され、彼はブカレストを離れた。それから自然に従う逞しい動物のように、太陽の方へむかったのである。地中海の海辺が彼を魅了した。彼は広い青海原、花の咲いたオレンジ、常春の花壇の光景をいろいろと話してくれた、ありありと目に浮かぶようにと絶えず香《こう》を焚いてもくれた。レオナルド・ダ・ヴィンチが描いた、若きバッカスが巫女メナードの遠くからのざわめき声に耳をすますように、私は彼の話にきき入った。聖なる森がいくつもいくつも私の頭の中に立ち現れた。十一月の始め、パリを離れ、遠く絢爛の岸辺へと私たちをつれていく列車の席に腰を下ろした時、私は病弱な妹が気にかかり、彼女の体を包むショールに気をとられはしたものの、幸福にむかって送り出されたのだという感じがしていた。

塩気で湿った大気をふくんだ羊の群れがまるで綿毛の生えた植物のように丘をおおいつくしているように見える、陰気で石だらけの風景のラ・クロを、ミストラルのことを夢見つつ過ぎ、タラスコン近郊では、丈高い糸杉が白い道路に牧歌的な防風林を作りあげているかと思えば、一方かんかん照りの太陽が車両の窓ガラスを煎りつけるのを見などし、日の沈むころモンテ・カルロに着いた。冷たく青い空気の刺すような匂い、まるで病気にかかって覇気なくいうがままになっているような、あまり葉の茂っていない幾本もの棕櫚《しゅろ》の木が見せる無味乾燥な風景、赤茶けた土壌、その上にゆらゆらと影の漂うオリーヴの葉群の鬱とした色調、居並ぶホテルの白っぽい玄関、優雅に軽やかに装った人々が散歩しているカフェテラスを見下ろしている丸く張り出した金色のカジノ、つまり光景全体が私の心を打ち砕いた。裏切られ、がっかりし、やわらかさも鳥の歌声もないこの場所で、嫌気がさしてくるのをいついかなる時も我慢して懸命に生活していかなくてはならないことを了解したのである。

単調ではあるが安らかな日常生活から切り離され、飽くまでも青い空までがそれまで思っても見なかったさまざまな快楽に夢中になっている一群の人々の軽佻浮薄に加担しているような風土の中にぽつんと置かれ、不安でいっぱいになっている二人の子供の苦しみときたらいったいどれほどのものであったか。それでも、私たちを保護し迎えて下さる方が待っていてくれた。第二帝政下ではたくましく陽気な知事夫妻であり、今では引退してモナコの名誉職とサボテンの世話に明け暮れている年老いた夫婦、S男爵夫妻の手にゆだねられて、私たちはすぐにほっとした。宮廷の侍従長であり傅育官であったS男爵は、格別熱心に心配りをして下さり、私たちは別荘に落ち着く前にその広い屋敷に滞在した。
リュウマチでまっすぐに体をこわばらせ、藍色の光沢を放つ黒っぽい髪をしたＳ男爵はモナコ公国の王のことを「わが尊き君主」とよんで私たちを驚かせた。当の君主の方は、男爵が自分をよぶその名誉あるよび方を、とうてい自分には値しない高さに持ち上げられていると思っているようであった。趣味にかなっていて男爵を満足させる、宮廷風のやわらかく癖のある言葉遣いは、かって学んだ時に私を魅了したことのあるラ・ブリュンチエール〔フランスの文芸評論家。一八四九―一九〇六〕が次のように不朽の名句にいい表した威厳のある苦い非難と、微妙で陽気な対立をなしていた。

身分ある者が他の人間にたいしてもっている特権は時に応じて巨大にもなる。気に入りの腰元、豪華な調度品、飼い犬、馬、猿、小人、道化師、取り巻き連中について彼らより私はたしかに劣ってはいる。しかし、私が羨ましく思うのは、彼らが心でも精神でも自分と対等のそして時には自分を凌駕する人物を意のままにできるという幸福をもっていることだ。

男爵の自信は、もっとも熱烈な自己放棄と、モナコ君主を崇め高めることがもたらす喜びから生じていた。男爵は、学問に惜しげもなく打ち込んでいるその謹厳な大公が、謙虚にふるまうのではなく、実際そうであるように高くそびえるようにしていてもらいたいと望んでいたのかもしれない。多分、ゲーテが「私は人にしたがう術を心得ている人物が好きだ」といってほめたたえた、友人ヘルダーのもっている自己放棄の能力は、共感すべきであろう。けれど精神を高め、尊いものとするへりくだりや忠誠の言動もあれば、相手に依存することで身の安泰をはかる気持ち、損得と虚栄を満足させる気持ちがあからさまになる言動もあるのである。

＊

生暖かく、けばけばしく太陽がつねに顔を見せている、世界に誇るモンテ・カルロの冬に私がなじめるはずはなかった。毎日、ローマ人がいみじくも「断ち切られる時間」とよんだ、そして医者たちがくれぐれも気をつけるようにと注意をした、黄昏どきのあの光の突然の消失が妹の体に障るのではないかと気をもんだものである。その上みなが夕方のさえざえとした寒さにはくれぐれも気をつけなくてはと脅すものだから、日没どきの身心ともどもの気苦労はますばかりであった。日没はいわば水平線と風景の眼下の死であり、あまりにそっけなく、陰鬱な時間であり、アルチュール・ランボー〔フランスの象徴派詩人。一八五四－九一〕の「暁よ、鳩の群れのように昂揚して」というあの戦慄的な詩句とはまったく正反対であった。

贅沢ではあるが途方にくれたホテルでの滞在は、母がデシュ氏とともに到着して終わりになった。いつもいろんな国の人々がきらきらとせわしなく出入りし、夕べには情熱的なジプシーの音楽隊が甲高くなり響くホテルであった。そのジプシーのヴァイオリン弾きたちはまるで大弓の射手のようにきくものの心を巧みに射抜くのであった。住むことになった別荘は例の外観、例の匂いがした。借り主が毎年のように変わり、別に愛着を感じるわけでもなくかりそめに身をよせ、あれこれ内部を整えたり、手入れしたりしないままにうっちゃっておかれた住まいのあのわびしい匂いが。庭にはわずかに盛り土があり、緑やピンクの胡椒の木、ぶらぶらと曲芸をしているみたいに金色の球状の実をつけたほっそりとした灌木、マンダリンの木がなんとか植えられてはいたが、薄い壁からは夕べの寒さが入り込み、囚人としてとめ置かれている流謫の人のような感じがどうしてもするのだった。どうせほとんど使用しないためか作りのよくない暖炉は、火がつくにはついて、レマン湖の楽しかった秋に家庭的な詩情をあたえていた樹脂の匂いを放ちながらパチパチと低い音を出してはぜるあの愉しげな薪の炎を燃え上がらせたものの、煙をまき散らし私たちをむせ返らせた。

蚊帳のかかった私のベッドは、滅入った気持ちのままぼんやりと横になると、イタリア風に描かれた天井が目に入った。水彩でさっと描かれた長い青いリボンが伸びているいくえにも花びらの重なった薔薇の花輪模様が四隅にある、黄土色をしたひび焼きの絵であった。ピアノを運ばせて来た母は、音楽に気をまぎらわせ、水浴する水の精のようにはしゃぐばかりで、ひとりデシュ氏だけが、日々の学習、気晴らしや夢とは相容れない環境に突然投げ込まれた二人の娘の困惑を理解してくれたのである。そのことは今でも感謝している。住まいがカジノに隣接していることはまるで地獄に隣あっているも同じで、彼にはどうしようもなく危険なことに思えた。そこで行われているいろいろな悪徳に羽が生え、とびだし、異国の別荘に身を寄せる、柳の狭いかごに閉じ込められた島の鳥と同じようにかわいそうな二人の子供を汚染しにやってくるように思えていたのである。こうした状況を考え、彼は私たちの陰鬱な毎日をきちんとし、つらくないようにと心を尽くしてくれた。妹は勉強で疲れさせてはならないので、トランプゲームと当たり数字の上にガラスの片眼鏡を置く福引き遊びを教えた。それとても単調なものであった。一方私は熱心にいろんな本を読んだ。彼がまるで目に浮かぶように詳しく説明をしてくれるのだった。私たちはカジノに興味をもってさえいなかったのに、彼はそのおそろしいカジノにどんな健全なもので対抗すればいいのか分からないまま、教会に問い合わせ、司祭たちとのおつき合いを願い出たのである。イタリア出身の青年たちで、新しくできた壮麗な教会の臨時主任司祭であったが、修道院長にもなることのできる方たちが選ばれた。彼らは宗教的使命がもたらすさまざまな徳と、陽光を浴びた民族のもつ素朴でしかし激しい熱情をあわせもっていた。きびきびとふるまい、そのたびに黒い長衣がゆれて、裾から登山靴を見せていたその若き司祭たちは、自分たちの教区に突然ふってわいた二人の女の子の存在に決して無関心ではなかったのである。カジノに隣接していることをつきまとってはなれぬ悪夢のように気に病んでいたデシュ氏は、そのくせそうした若い司祭たちをただ神からの使徒だとのみみなしていたし、母は母で、無邪気に、彼らの控えめな情熱を笑いながら許し、モンテカルロの陰鬱な別荘に、ナポリの情熱的な牧童にもどった彼らが突然熱っぽいまなざしを投げかけたり、力強い情のこもった握手をしたりといった、愉しくきわどい場面がくりひろげられた。

そうしたうぶな聖職者たちのひとりが内面の葛藤をふりすてて、私に情熱的に気持を示してきた。

トランプやドミノ遊びをする時、彼が私に有利になるようにゲームを運んでいるのは誰の目にもあきらかだった。お人好しの彼はなんとか私への気持を表そうと、その栄光にみちた名声のことをいつも私が考えていた有名なテノール歌手ジャン・ド・レツケの演奏会の切符を手に入れてくれた。皆が猛烈に欲しがっていた切符である。おかげで私は演奏会にいき、ベルリオーズの傑作、軽やかで勝ち誇っていた年月の若々しい誇りを再び見出すため、魂を悪魔に売り、それ以上年とることを止めてしまおうとした時に発する深い呻吟の声、『ファウストの苦しみ』を親しくきくことができたのである。

*

モンテ・カルロをとうとう去ろうという五月のある夕、大勢の旅行者たちが求めている客車の一室をさりげなく確保してくれた若い神父にお礼をのべようと、感謝しているデシュ氏のいいつけで、神学校の校庭を訪れた。天にいる姿の見えぬものだけを愛する誓いをたてた、黒い長衣の青年たちが手に聖務日課書をもち、すれちがうたびに静かに会釈をしながら香りただよう道を散歩しているのが見られた。隣人である私たちがここを離れ、旅立たなくてはならないことに驚いて、大勢が悲しげに私たちを取りまいた。私に愛情を示してくれた人はまだひ弱い水仙とチューリップを花壇から全部引き抜いてくれた。じっとみつめるまなざしに、分からないままにひきずられた思いをこめて、大地からの贈り物を私に差し出したのである。私はその庭に神秘的な星のように詩情が支配しているのを感じて感動した。そうした詩情とは敵対し、おそるべきライバルともなる人間の情念はそこから追い払われていた。セーヌ川の冷たい霧に長い間おおわれなかなか顔をださない枝先のつぼみの青い芽生えを、辛抱強く愛情深く待つパリの春、ブーローニュの森を懐かしく思ってはいたものの、三月の始めころからは地中海の景観にもう敵意を感じてはいなかったから。

地中海のさわやかで明るい冬の月日は幸福な季節を作り出そうと努力しているように思え、そのわざとらしい雰囲気にがっかりしていたものの、豊かな岸辺の春の開花に突如心を酔わせられうっとりとしたのである。丈の高い木も低い木もすべて薔薇が咲き出し、まるで消しがたい愛情を表現するために咲き開いているようであった。空気は暖かく、いたるところ牧歌にふさわしい花が咲き誇り輝いていた。朝は衝動的な喜びをふんだんにあたえ、だんだんに暮れ泥むころには、訴えかけてくるような甘美なやわらかさが胸苦しいまでに心に染み込んできた。庭や公園の茂みでは野良猫がむかい合いじゃれあって、再び落ちた闇の中に、官能の匂いを発し、吐息をあとに残すのであった。別荘のバルコニーに横になり、当惑し、もの悲しい気持ちになりながらも不思議とみたされた心地でいた娘は、問いかけるようなまなざしを未来に投げかけた。未来はいったい何を約束していたのか、人間の無気力で悲惨な、そのはるか遠い起源のことはすっかり忘れ、子供のころから、あれこれ気難しく考え込み、自分の価値を自覚し、無限の力があると信じ、その力で世に打って出ようと夢みている人間のそうした嘆きに、未来はどんな答えをあたえようとしていたのか。若く美しい娘たちは、自分をこの世に作り出すことで自然界が得た成果を意識して甘やかなめまいを感じながら、やがて次のような熱のこもったささやきをきくことになるのだと予感するのである。

一度きりしか会えないものを愛せ……

*

妹の健康状態によって一変した私たちの生活は、モナコ公国で冬を過ごしたり、夏には移動したりと、いくつもの季節の間、つまらないものになっていた。夏は以前なら、ダイヤのような暑さが心地好いほどにはじけ始めるや、ジュネーヴの湖の岸を離れ、サヴォワやスイスの高地に逃げ出していたのに。葉の密生した栗の木とくるみの木が暑い光線を遮っている木造の広い山荘で、私たちはイタリアやドイツのいく組かの家族と知り合いになり、好感と興味が警戒心に入り交じる視線を交わしあったものである。外国の人がいて、何度も何度もうやうやしく挨拶をするおかげで、樅の木の生育する高地の退屈をなんとか凌げたのである。でなければいくら食堂のテーブルに、草原のクローバーやこおろぎと同じほどふんだんにいろんな種類のおいしいパンや新鮮なバターや蜂蜜が並んでも、とてなぐさめにはならなかっただろう。病気のせいで生まれついての大胆な性格とはうらはらに、我慢強く心配症になった妹は、ぼうっとして、黙り込んだ孤独のなかで一日を過ごしているようであった。実際はその頃私の健康はじょじょにむしばまれていたのであったが、母は何も心配などしていなかったし、はじけるような乙女となっていた私は自分の中にさまざまな力強い夢がふくらんでくるのを感じていたのである。妹を診ている医者たちは熱心さのあまり不器用なほどささいなことにもこだわり、そのことが私たちの精神に微妙な苦痛をあたえていたのだが、母はやつれた妹のことで頭がいっぱいで、私をゆっくりと襲ってきていた苦しみにはきづかなかった。ブロセリアンドの森〔『円卓物語』に出てくる伝説の森〕の驚くべき樫の木のように繊細でもありまた力強くもある神経組織に支えられて、なんとかふんばっていたけれど。

私は相変わらず周囲からちやほやほめられてはいたが、それは、私がいたるところで強く求めていた、広く、信じられないほどの全面的な愛情にくらべればたいしたものではなく、実際には私は放っておかれていたのである。しかし、自然全体、さらに何かは分からないけれど宇宙の彼方で優しく結ばれているように思える定義しがたいものが、私に向かって身を屈め、親しみ深いものになってきていた。夕べには、まるでくちごもっているようなきらめきで私を魅了し、友情のこもった挨拶を地上にいる私にまでよこしているのだと確信しながら、星々と語り合った。朝になるや私は光の黄金の明るさに立ちむかった。昔からの絆が私たちを相寄らせているのだ信じて、私の心から、光へむけてさまざまなメッセージが伸びるように出ていくのであった。ルコント・ド・リール〔フランスの高踏派の詩人。一八一八―九四〕の「神々に交じって、太陽の中に、座を求めに行こう」という詩句を学んだ時、そうした躍動的な道程は子供のころからなんどもやってのけたことがあったという気がした。

花々や絵や物語と同様に自分の体を気に入っていた私は、自分自身に満足しうっとりとできることに感謝していた。なぜなら、子供っぽい大胆さにもつうじる率直さと、控えめな真面目さともいえるしっかりとした批判精神から、自分には豊かで輝かしい知的才能があるとためらわずに判断していたからである。大胆にあれこれ想像しながら、華やかで生き生きとし勝ち誇っているすべてのものに自分を結びつけた。私は宇宙の特権的な住民なのだ。宇宙は私の領域である。束の間のもの、はかないやがては滅ぶものだといって宇宙を責めることなどそのころは夢にも思っていなかった。あとになって、心に入り込み、ほろりとさせることになる私自身の運命と同じくすべての生きものについての虚しく絶望的な考えがちらとでも頭を掠めることもなかった。果実が枝にしっかりと結びついているように、私の考えはその時外見に現れていたものに結びついていたのである。しかとは区別できないあるよびかけへとむかう不思議なあの飛躍を突然感じることがよくあった。それは死にもの狂いになって逃げ出したいという気持ちでもあり、心を揺さぶる女らしい情緒の不安定さともなる、挑発と拒絶の本質そのものであった。夏、小麦が波打つ穏やかな田園にも似た、広々とした真紅の平和のなかに気持ちを安めながら、あれこれふしだらな恋や悲劇的な恋を想像したのは、とりわけ母のピアノがきこえてくる時であった。音楽は自惚れにつつまれてうっとりと思いに浸っている私を邪魔するどころか、むしろかきたてるのであった。肉体的な苦痛はなく、ただ自分の運命をほめてさえいればよかった。リズムとメロディに心を貫かれて、それらを恐れることもなく、イゾラ・ベラ［イタリアのマジャール湖に浮かぶ島。宮殿と庭園でしめられている］の鳩のとまった楠の下で作られた詩のメランコリックな次の一行の中に、のちになって私がよびかけることになるものを予感していたのである。

心酔わせる数々の不幸、わが身はそのために生まれ来しか

＊

三年間治療にあけくれたのち、完全に回復した妹を見ることはうれしかった。しかしこの治療は妹にとってよいことでもあると同時に有害なことでもあった、なぜなら自分で養生することは、細部にわたる動物的な几帳面さと用心深さをともなうものであるが、他人から介抱されることは限り無い間違いを含むことでもあるからである。家族みんなを大騒ぎさせた病ではあったが、あとはただ妹の気持ちが変化してくれることであった。そのほうがためになると思ってあれこれと病気のことを教えたため、しっかりしていた賢い妹もさすがに動揺し、苦しみ、憶病になっていたからである。

十一月に、パリのオッシュ通りの館に戻った。私は十七歳になろうとしていた。生活は以前と同じように整えられようとしているようであった。ピアノと室内楽の勉強をまた始めようと思っていた。授業では夢中になって弾くあまりすぐに拍子をくずしてしまいながらも、まるで騎馬パレードの早い動きが無茶苦茶にスピードを増していく時のように、ベートーベンの三重奏を激しく演奏したものである。また週一回の文学の講義にも出席するつもりでいた。出席するのを名誉に感じて、高名な先生方のすぐ前に陣どったものの、講読したり注釈をしたりの講義の間じゅう、どなたもただの一回もぴっ

たりの引用をなさらなかったのには驚いたものである。

もし天からふってくる力、母の招待日に私がきっと手にする成功がなければ、地獄が人をひきつけるように休息が私をひきつけたにちがいないほど、すでに私は体の具合が悪かったものの、毎日を力強く楽しんでいた。いくつもの椅子や金色のソファをしつらえた青いビロードの居間に、有名な方々が入ってくるのを私は子供のころから見ていた。その方たちは私に会話に加わるように勧めてくださったものだ。会話をしながら、自分のことを、ぶつかりもせず、大きくはっきりとした足跡を残して突進する駻馬《かんば》につないだいくつもの車をあざやかに御している敏捷な御者のようだと感じて、心中得意な気分であった。

またああした瞬間が戻ってこようとしていたのだ。夕方、食事の前に子供たちだけでいる時、運命が私にあたえてくれたさまざまな才能を私自身がどう思っているかを兄と妹に話したものだ。まるで私の才能が、外側から見えるもの、普通の人はもっていないもの、もっているのが当たり前なので、もっているからといってけっして惚れさせたりはしないものであるみたいに、まくしたてたものである。その時からすでに私は、モーリス・バレスが晩年のある日書き送ってきた、気持ちいいほどに核心をついた、けれど広い友情につつまれた観察によってなされた優しく節度のある文章に値していたのであった。「私が、あなたがおっしゃることすべてについて、あなたのことを考えているということをどうか信じて下さい」。

しかし実際はそんなものではなかった。辛い思いですごした何ヶ月もの間に、神経をすりへらし、いつもぐずぐずとした痛みにつきまとわれ、どんどんとやつれ始めていたのである。その当時は明らかな兆候が現れてさえ誤診されがちであった虫垂炎の初期であった。母や回りの人たちは、私が心に何か不満を抱いたり、悲しい夢想にふけったり、体と心のバランスがとれていなかったりといったことにだけ原因を見ていた。若い人というものはそういう場合には、けなげにも大人たちの言い分に合わせるようにするものである。私もまさにそのとおりであった。私の頭は、日がな一日、さらに夜にはろうそくの下で読みふけったモンテーニュ、フロベール、バルザック、黒いヴァニラのように明瞭で力強い文体の素っ気ないメリメ、金のゴブレットに注がれたワインの季節のようなバルベー・ドールヴィイなどでしめられ、肉体的な痛みなどは、たとえそれがどんなに激しくとも、克服できないはずはないと思っていたのである。意識していたわけではないのに、私の最初の詩には死の影が漂っていた。死を初めて意識し始めたのはもっとずっと時がたってから、今にして思えばほんの子供でしかない、二三歳のチャーミングなアンリ・フランクのベッドの側で、一瞬後には激しく高まり、再びは決して抑えることのできなくなる苦しみを一時的に受入れながら、二月の青白いリラの花をつけた細い枝を、そっと彼の胸の上に置いた時であった。力いっぱい懸命に生きていけば日々襲ってくる肉体的苦痛に負けることがあるなどとは思ってもみなかったのである。身心を衰弱させる不眠、体の奥底に侵入し、自分で自分の体をあたかも敵であるかのように憎むしかないあの身をよじるような痛みにたいして、私のいうことをきくようにと命令した。しかし医者たちは日々悪化していく私のようすを心配していた。どのようにすれば私を救えるか、医者たちの間に一種の闘いが始まった。私は思い切って手術をして欲しかったし、実はそれが一番の方法であったのだが、敢えては行われなかった。

　自由で、自分の運命を決定できる年齢にあり、頭がはっきりとして、よくよく考えて素早く出した解決方法をうまく活用できる時は、闘いに参加するのも愉しいものである。私は最近、私に同情的な医者たち、もちろん欠くことのできない大切な人として敬愛してもいる友人のひとりに「もし病人が枕許にあなたを呼んだ時は、その人の意見もよくきいて診てあげてくださいね」といった。子供や若者には治療しようとしているものと苦しんでいるものの協力関係は許されていない。見放された患者を自分の医療知識と意志によって救うことで人生の長くを渡ってきた人は、生体エネルギーがもっている自分の体についての認識、的を射たひらめきを無視しがちである。もっとも頻繁に会い、一番愛してくれてもいる人たちこそが逆にその患者の声に耳をかたむけないということもありうるのである。その声は、ジャンヌ・ダルクがじっと心を澄まして故郷の地平線の霊気の中にききとったように、私たちのところにもすでにどこからか届いているというのに。

　ごくごく幼い人は、回りの家族に言い分をよくきいてもらえないまま、心の奥でささやきかけてくる考えや、自分をかりたて、勇気を出して、他人をほっとさせなぐさめるようにしむける鋭い判断力や、また回教の行者の健康的で身心の元気を回復させる眠りのような、非常に人々を感動させるあの諦めの心境によって、闘いの手をゆるめ、大人たちの意見と決定に身を任せてしまうのであるが、そうした彼ら幼い者の命が助かるのは奇跡としかいえないであろう。小さな人はやっとの思いで、が、しっかりと自ずから忍従をいいきかせ、名誉心と自尊心にかけて、忍耐強さのほどを見せるのである。

私はあれこれ不平不満をのべることはひかえ、言葉の頼りになる友情を支えとし、それにしたがった。ベッドの足下に、いつも見ていられるように一枚の紙をぶら下げたのである。それにはヴィニー〔フランスの詩人。一七九七―一八六三〕のあの有名な詩句「呻くも、泣くも、ひとしく卑怯、長く辛い務めを雄々しくやってのけよ」、さらにドストエフスキーの「余分に苦しむものはそれだけの苦しみに値するのだ」という文章を書きつけておいた。

今、こうして告白しないでいたら、私が自然にむかって愛のこもったかずかずの感謝の祈りをあげたのは、肉体的虚弱に苦しみ涙をこらえながらであったことをどうして分かってもらえるだろう。私は敵対する運命と闘おうと誓ったのであり、それをなんとかやりとおしてきた。でもそれは「私自身の力によってではなく、やはり神が伝えてくれた力によってなのだ……」。

*

私が信仰も占いも当てにしなかったのは、病気のこれほどにはっきりとしたさまざまな兆候においてだけではなかった。

母やその友人たちから熱烈に愛されていたが、その頃、わが家に雇われていたフランス人家庭教師が良識とはほど遠い人だということを、彼らに上手く分かってもらえないでいた。当時、教育者にたいする尊敬の念は高く評価されていたので、彼らにむかって不平をはっきりと口に出すのは、まるで命令する者の間違いや不当性をつつましく証明したといって咎められ、罪に問われる兵士の不平とおなじほどに反抗的なことであった。

若く優しいライオンの子が飼い主に全面的に委ねられるように妹と私が委ねられたマルグリット・ピエール嬢は、精力的でしばしば快活な性情と突発的に起こる精神の病気をあわせもっていた。そのことはすぐに見分けがついた。彼女の故郷ブザンソンがあたえたスペイン風の茶色の目と、彼女がいうところの「腰回り」をしているその生き生きとしたフランシュコンテ人である彼女の奇妙なふるまいを母にのべ立てた時も、夜、ぐっすり眠っている最中に、彼女が声を限りにオペラの曲を叫び、隣あった妹と私の寝室の仕切りをとおしてきこえてくる時の驚きと恐怖をいいつけた時も、親切でぼんやりしたところのある母は「あの方は風変わりで、想像にふけったりしがちな性質ですから」ときっぱりといっただけだった。私たち二人はだまされなかった。ピエール嬢は、みなからは時に熱心さと献身的なところ、さらに会話における当意即妙な受け答えまでもほめられなどしていたが、いつもいっしょにいた妹と私には急にバランスをくずした態度をあらわにすることがあった。彼女の頭の混乱はいろいろな形態をとった。時には非常に下品な言葉をつかうので私たちは本当に真剣に憤りを感じたし、また宗教、祖国、勇気といった尊い感情がまるで攻撃されでもしたかのように、突然激しくそれらを称賛する演説を始めるのだった。彼女はそうしたものの名誉のために華々しく自分の意見を表明したが、そんな彼女はまるで、演芸カフェの聴衆の前で魂の崇高さを昂揚させるテレサ〔スペインの神秘思想家、聖女。一五一五―八二〕のようであった。良いところもあるが恐ろしいほど変わったことをするその人の存在に私たちは落ち込むばかりであったが、飼い主が評価しているのなら陰険なブルドッグの牙に噛まれることがあっても仕方がないとあきらめるように、やがては慣れて受け入れるようになった。

私と妹が結婚したばかりの頃、ピエール嬢の狂気はとうとう大爆発をした。自分をドン・カルロスの婚約者だと思い込み、手紙にメディナスリ公爵夫人とサインしたり、彼女が「背教者」とよんでいたルナンの母親の運命について、まる一日中悲しんだり、お菓子屋で二百ものアイスクリームを注文してみたり、彼女にいわせれば顔のつやがよくなるように青いパウダーを作って欲しいと薬剤師に頼んだりした。ある冬の朝、真っ裸のまま、トルコスリッパを履き、母が快適に住まわせていた家族寮の屋根の上で見つけられた彼女は、きっとそのままどこかに監禁されたにちがいない。彼女の精神錯乱が死ななければ治らないもので、警告なしに始まるものだったことを知って私たちはむしろ満足だった。ピエール嬢は幸福な妄想によって、自分が全能になる非現実的な世界に住んでいた。そこでは身分の低い者との結婚も、いかなる障害に会うこともなく、祝福されるのである。このように私たちは危うく清らかな娘時代に、精神の崩れた人と寝食を共にするという滅多にないような冒険を経験したのであった。しかし、思春期のごく始めのころは、たとえ妹や私の場合のように病に犯されたとしても、生命力にあふれている時期なので、害になるはずのものさえ役に立つということがあるのである。

すでに狂気の道に入り込んでいたが、それでもピエール嬢のおかげで、十五歳の時、分かりやすい数学の授業を受けることができたし、声高く彼女が要約するマスペロ〔フランスの考古学者。一八四六—一九一六〕の学術的な歴史書を読むこともできた。午前の授業では、モンテカルロの別荘の東にぼんやりと姿を見せたコルシカ島の青みがかった火山の神々しい景色に突然気をとられて、集中できないこともあったが。

文学にたいする目がなくもなかったピエール嬢は、教師という立場上ふさわしいとはいえないが、アナトール・フランス、ポール・ブールジェ、ピエール・ロチの官能的な小説を読むことを許可してくれた。私たちはおませにも、『赤い百合』の激しく官能的な恋人たち、身を売って手にしたダイヤを身につけ、自分に恋狂ったうぶな男が流したロマネスクな血に染まり、それでもスティーヴンス〔アメリカの詩人。一八七九－一九五五〕の絵にある、身なりを整えた女のように礼儀正しく上品な態度をくずさない、飼いならされた動物のような『嘘』のヒロインが好きだった。夢中になって筋を追いながら読んでいたもののやがて興味が離れていった本もあったが、ロチの天才、ララウ、ファトゥゲといった名前、ボラボラ〔フランス領ポリネシアーの火山島〕の国があたえてくれた情熱から心が離れることは決してなかった。しかし、彼女が狂ったままに私たちにあたえていた自由を味わいながらも、私たちは彼女にたいして断固として敵意をもっていた。彼女が迎合して行うさまざまなおべっかいな行為には賢明にもだまされなかったのである。

嫌っていたくせに、妹の方がこの奇妙な魂の指導者になついていた。理屈に合わないと妹を責めて態度を変えさせようとしたが、きき入れられず私はいっそう悲しい思いをした。したがって、もともとは元気で薔薇のように丸々とした娘の日毎の衰弱が、詩のせいではないことを医者たちが理解し、私をポー〔フランス南西部ベアルヌ地方の町〕に送り出した時は、退屈で几帳面なドイツ人の家庭教師がいっしょだった。かってモナコの光あふれる冬が、季節の順序とそれぞれの季節の発する神秘を乱し、私を意気阻喪させたと同じくらい、今度は逆にベアルヌ地方はまるで里帰りのような感じをあたえてくれた。湿気を含み心地の好い水の精のような風土が優しく心身にしみ込んできた。私は瑞々しい植物が好きだったし、謎めいた感じのする回りのひとつひとつの村や地域の名前も好きだった、それらはジェラール・ド・ネルヴァル〔フランスの詩人。一八〇八—五五〕の不思議な詩句から生じる響きと夢想にうっとりと心を奪われ、歴史や地理を無視し、そんなものよりもずっと大事な神秘で満たされるような感じにさせるてくれるのであった。たとえ宗教詩としての聖書の中においてさえ、「幸福の谷」という名の、ベタラム〔ピレネー地方にある巡礼地〕というシラブルを凌駕するほどに魅力的な単語はないだろう。ゲロスやアルジュレスの小高い丘の上以上に、ギリシアの詩人たちの牧歌詩がふさわしい地域があっただろうか。

そうした魅力的な場所では、柔らかな通り雨の過ぎたあとの穏やかさが、心の中に激しい咎めや極端な望みもいだいていない時の心地好い目覚めにも似た幸福感を惜しげなく人々にふりそそぐのである。ルールド〔フランス南西部のカトリックの聖地〕の聖水の付近とよく比べられるスペインに近いこの場所は、私の想像力をいろいろな夢想でゆさぶったものである。私のように病気に苦しむ親がかりの少女にとって、手の届きそうなごく身近に天国のような場所があるということは、好奇心をひきつけるものである。好奇心といっても熱狂させるのではなくほっとした気持ちにさせてくれる好奇心である。

つやつやした葉をもつ不意を打つような力強い灌木や、母の装身具の青や紅の絹でつくった花しか知らず、本当にこの世にそんな花があるのかとずっと疑ってきた椿の木をどんなにか好きだったことだろう。その椿の花々と、燕がさっと切り取ったような葉をしたかろやかな竹は、十二月の銀色の田園に中国の大きな屏風にえがかれた昔話のようなようすをあたえていた。これらの景色を忘れることはけっしてなかった。私が『感歎に満てる顔』を書いた時、無意識のうちになんども目に浮かべたのはこの背景とポー近郊の修道院であった。ピレネー地方でのこの孤独な滞在中、数ヶ月前から私たちにドイツ語を教えていたメクレンブルグ=シュベリンのある老嬢が私の世話をしてくれることになった。ただひとりの医者にまかせたきりで、年頃の病の娘を辺境の地にやるという面倒がおきた時、彼女の厳格な資質が母の目がねにかなったのである。このジョゼ・エムゼン嬢は歴史的には祖国に忠実であるが、祖国で生きることができず、パリの人もなげに降る雨や霧深い日々にもかかわらず、フランスこそ自分が生きて呼吸するのにふさわしい風土とばかりに思っている、昔の感じやすいドイツ女性のひとりであった。夏になるとよく帰省していた故郷への愛着を突然ふりすて、彼女はグリーンランドの冬にも劣らないメクレンの冬のことを私にあれこれ話してきかせるのであった。鈍い金髪、かがやきのない明るい目をしたエムゼン嬢は、まさに男を誘惑することのないままにきた、うぶで、まじめで、陽気な処女そのものであった。ドイツ女性がよくそうあるように、彼女も生まれつき詩的で、完全な教育を受け、またこの上なくひっ込み思案で、それが全体的にはこれといって特徴のないこの女性に魅力をあたえていた。まるで蛇や野獣が徘徊するジャングルから無事に出てこられた旅人のように、なんの波風もたてずにめでたく彼女が達した四十代という年齢は彼女にとっては祖母の年齢であった。恋が彼女の心をかき乱すことはなかった。彼女はただ幸福な夫婦のことをひき合いに出してしゃべる時、あるいは仲の悪い夫婦のことを声低く悲しげに嘆く時にしか恋については語らなかった。

かたいウールの服のお仕着せには不満なエムゼン嬢も、身なりを重装備でかためることが好きであった。ショールをつかってスペインのマンティラ風に腰のところをおおっていたし、男の人と同席する時は、大きな扇を広げていた。オッシュ通りで、冬のある日、昼食時に彼女がそんな風にしているのを見たことがあった。まるで身の安全のために扮装を楽しんでいるような感じだった。多分、絶対的な純粋さというものは貞淑の概念にとりつかれた女におどおどしたようすをあたえるのだろう。おそらく十一歳の少女のように無垢で身持ちの良いドイツ娘エムゼン嬢も、潜在意識が働いて彼女の良心に不安な思いをもたらすことはないものの、ときおりは自分を罪深い欲望にとりつかれていると思うこともあったかもしれない。永遠のイヴに属するものとして、自分もやはり、知らず知らず、意志に反して誘惑者となったり、ふらふらと罪を犯したりしているのではないかとおそれたりしていた。それでも突然にあからさまにされた男の欲望を私が初めて経験したのは、男性にたいする絶対的な無邪気さと予想外の警戒心を彼女がごっちゃにしたおかげであった。日曜日の朝、教会から出て、ポーの高台を二人で散歩をしていると、母のパリの知人のご夫婦が私に気づき、近づいてこられた。儀礼的なあいさつを交わしたあとで、パリに手紙を届けるおりにはご家族によろしくお伝えくださいといった。それはごく自然でていねいな礼儀でしかなかった、しかし、若い娘だけがもつすばやいまなざしで、私は、優雅な物腰、上品な薔薇色の顔、白髪全体に光沢をあたえているやわらかくずるがしこそうな眼をした六十歳代の夫のほうが、エムゼン嬢がつれていた娘、つまり私を長くじっと見ていたことに気がついた。その夕、彼は私たち宛にホテルに書状をよこし、次の日曜日、お茶の時間に、訪問してよいかどうか訪ねてきた。私の孤独を気の毒に感じ、すでに私が獲得していた詩の分野での高名が、私の評判（彼女にとって評判などはむしろ平凡なほうが好ましいのであろうが）を傷つけていると思っていた気のいいエムゼン嬢は、こんな風に気持ちを示してくれることを母親のように喜んだ。彼女はその矍鑠《かくしゃく》とした六十代の人の熱意を尊重すべきであり、彼女が尊敬している私の侍医に、彼女の心配の種となっている私が書いていた天真爛漫な詩を忘れさせるのにちょうどいいのではと判断したのであった。エムゼン嬢は一週間というもの、もてなしのことで頭がいっぱいで、お客に出そうと楽しみにしていたお茶とビスケットを、彼女の受けた教育からもお国ぶりからも熱心に気を配って準備をした。なんどもなんども部屋と門番の住まいをいったりきたりした。というのは、ポーに着き、たくましい腕で部屋に荷物を楽しげに運び入れてくれた南仏の人らしいつやつやとした丈夫そうな女性に度肝を抜かれて以来、エムゼン嬢は、手紙や新聞類を部屋までひとりで持ってあがり、その人間狼を自分が番をしている羊小屋には決して入れまいと心に決めたからであった。約束の日曜日が来た。エムゼン嬢は楽しげにエレガントで地味な衣装を着、よその方を敬う気持をあらわすつもりかマンティラをまとった。そして、身に着けた衣装をこれでいいでしょうといわんばかりの顔で面白がっている私を、優しく抱きながら叫んだのである。「まあまあ今日お出でになるのはおじ様なんですよ」。彼女の国では、この家族的な「おじ様」という呼び方は頭の白くなった優しい男の人になら誰にでも愛情のこもった尊敬の気持ちをこめてあたえられるのであった。「あの方にお嬢さまの心根とお考えの魅力をよくわかっていただけるように精一杯のことをなさいませ」ともつけ加えたのである。

四時ころ、エムゼン嬢が「おじ様」と呼んだ、重々しい、が、コケットな男性が入ってきた。会った最初から私が彼に吹き込んだ極めてつやっぽい感情が消えていないことに私はすぐに気づいた。お茶のテーブルにも、エムゼン嬢が優雅に花を活けた花瓶にも彼は上の空のようであった。付添いとして同席している彼女の丁寧さがむしろ彼を居心地悪くしているように見受けられた。私はといえば、何週間も前から、窓から、緑波打つ草原、十一時の太陽がきらきらとさせるガーヴ川の波からなる輝かしい風景が見えるこのホテルで憂鬱に過ごしうんざりとし、いら立ち、弱々しいどころではない強烈な夢想を胸に描いていたのである。誰にも私の悲しみを打ち明けることもできなかった。彼女が何か気づいた時には、若者むけの何かストイックで宗教臭い格言を口にしながらそっとキスをし、それで私の悲しみを吹きはらったつもりでいた。

その日曜日の午後、ちょっとした気晴らしがあたえられようとしているという予感がした。エムゼン嬢が席を外しさえすれば、私が心底欲しがっている情熱的な言葉をきくことになるだろうと予測をたてたのは、訪問者がきてほんのすぐであった。私は門番に用をいいつけてほしいと巧みに彼女に頼んだ。無邪気で人のいい彼女は気持ちよくひき受け、鳥のように軽やかにドアから消えていった。その時である、快活な老人はこらえきれずに私に恋の告白をした、それは想像だにできなかった種類の言葉をともなった、もっとも熱烈な告白であった、それでエムゼン嬢が戻ってきた時はほっとした気持ちでいっぱいになった。けれど、身が安全になっても、今きいた情熱的な言葉を後悔する気はさらさらなかった。その真髄と響きは私を喜びに浸したのである。

夕方、ささやかな夕食のテーブルのいつもの静かな雰囲気のなかで、私はエムゼン嬢にその日の午後の恋の冒険を打ち明けないではいられなかった。「おじ様」と呼び、ずっと重きを置いてきたその外見と社会的地位がもっとも確かな尊敬の念を彼女にあたえてきた人が、そんな非難されるべき行いをするなどということは絶対にありえないと思い込んでいる彼女は、なかなか信じなかった。自分が保護監督している娘のそばに敬意をもって招き入れた男がそんな言語道断な大胆な行為をしたと認めるよりは、私が罪深い話をでっちあげたと思う方が貞淑な彼女にはよかったのである、病気で想像力にとんだ若い娘はそういうものであり、それは苦いレモン、酢、酸っぱい果実にたいして彼女たちの多くがもっている嗜好のようなものだと思うことにしたのである。エムゼン嬢は、夜あれこれと考えるうち、ぞっとすると彼女がいい放った彼女なりの理由から、私の打ち明けた話の正しさがだんだんにわかってきた。何日もの間、この世は彼女にとっていつもの調和のとれた正しい外観を失った。彼女は大地と天の安定性、人間の感情の均衡を疑い、自分が邪悪なたくらみに弄ばれているのだと思い込んだ。ポー滞在は、二月と三月の芽吹きがもたらす夢見るような自然の景観にもかかわらず、離郷の私を優しくつつんでいてくれたエムゼン嬢の素朴な快活さをもどしてはくれなかった。

教理問答の時間のあとで、魅力にみちたポーの町中に散っていく子供たちの喧噪にも似た田園をかけめぐる春の戦慄を、私ひとりが楽しんでいた。エムゼン嬢はこうした多くの楽しみにも何も感じないままであった。年老いたドンファンが、自分にはどうも理解できない娘にたいして行った訪問の件以来、彼女は男の若さと老いをどう判断するか自信をなくしていたのである。

*

四月の始めにパリに戻った時、ぜひとも必要とされていた休息も私の健康状態をいっこうに改善せず、虫垂炎が悪化する可能性も大いにあるので、今度はルールドにいこうと物語りじみた決心をした。治癒の奇跡がわが身におきると信じることは私には困難だった。同じように天にむかって回復の祈りをささげる人類全体のことを念頭においていたからである。多くの切り捨てられた人々、犠牲となった人々の中で、私だけが選ばれた人間であると考えることは受け入れがたかったのである。けれどもその山河が私をひきつけた地方でのベルナデット*と想像上の天女との出会いの詩を読んでいたので、厳粛な気持ちで聖なる保養地に赴くことができた。山々が龍胆《りんどう》のように青く、銀色の空を後景にくっきりと姿をあらわす景色にふさわしいある朝、敬虔なとはいかないまでも恭しい気持ちで私は巡礼を始めた。少しも期待していなかったので、がっかりもしなかった。足もとは蛇状の古代装飾のちかちかした唐草模様ではなく、薔薇で飾られ、彩色を施された石膏でできたルールドの聖女は、ささやかなつっかい棒に支えられた祠に祭られていた。その田舎の仙女のような素朴さが私の気に入った。感謝の気持ちを雄弁に表す賛歌、信仰の力の証、肉体への精神の働きかけ、そういったものを否定する気は私にはさらさらなかった。パリにもどったら、かって知らなかった幸福が日々をきっと変えてくれるだろう。ピエール嬢の、一度は狂いそしておさまった頭にたいして、知恵と頑張りで対処し優位をたもってきた妹が、それまでおもてに出したことのなかったような衝動的な愛情を私に示してくれたのである。すべての点で似通うことになる、血を分けた二人の人間が、突如、全面的に信頼しあい、二人を同じ気持ちにさせる先祖からのあの共通の流れをさえぎるものをとりのぞく時、比類のない完璧な友情を手に入れることになるのである。対になった二人の気持ち、肉体を作っている共通の血肉、同じように受けた教育、そうしたものは倍に強くなって永遠に共鳴しあうものである。私たちはいつもわけあって生きてきた。喜んで半分こにしたり、交えっこしたりしてきた。さまざまなものを同じ歩調で読み、見聞きし、確信していった。二人の間のちがいが変化し、たっぷり光を浴び、相手によって自分も存在することに喜びを見出すようになったのである。はっきりとした信頼感が二人に生まれた。それまで喜んだり、心配事を忘れたり、逆境を受け入れたりすることの妨げとなってきていたそれぞれの孤独から、私たちは解き放たれた。観察眼、心使いの微妙さ、笑いに関する同じような感覚、主に言葉のニュアンスによってちがいが際立つ感受性、そうしたもののおかげで二人の目と心を感動させるすべてのものを味わい、ともに書き記すことができるようになったのである。私たちはいわば二人の若い落ち穂拾いであった。かごを背負い、そのなかに道端から収穫したものを投げ入れ、仲良く選り分けるのである。私たちはぱっと咲き開くような陽気さ、互いに鏡に映しあっているような喜びを知った。幸福だった。

＊ ルールドの信心深い貧しい粉屋の娘。十五歳の時マリヤを見るという奇跡により、ルールドは主に足腰のたたぬ病人の巡礼の地となる。一八四四－七九。

生涯に何度も私は友愛に満ち、高貴で、まじめでユーモアがあり、教養もある人々に出会うことになるのだが、彼らはゲーテの「ほらわれらと同類の人がいる、それこそがわれらの幸福ではないか」という神聖な言葉どおりの方たちであった。

そうしたすばらしい人たちは、私を強く魅了し、おそらく人間の相互信頼にたいする期待と予感だったのだろうが、幼いころから自然にたいして私がもっていた狂的なまでの信仰心を次第に弱めていき、それ以後は自然にたいする気持ちより人間を信頼する気持ちのほうが強くなっていったのである。

まるで尼になろう、叙階式にのぞもうとでもいった真剣な気持ちで、私は私のために骨身を惜しまず尽くしてくださる人たちのことを懸命に祈った。彼らの魂が映し出している宇宙を味わい、ほかの永遠性などは望まなかった。優しい救いの手にわが手を委ねながら、「私にとって人間の三七度の体熱以上に大切なものがあるだろうか」となんど叫んだことだろう。運命のそうした特別の賜り物、すなわち妹という肉親、人との惜しみない偶然のさまざまな完璧な出会い、しかしそうした人々もやがては死の手にとらえられてしまうことになり、私は命の終り、虚無、外からは見えないが手足をもぎとられるような底なしの思いを知るのであった。どんな展開も無視した短い形式で私は次の詩句を書くことができた、あれから時は経っているが手を加えたりはしまい、真実ありのままなのだから。

きづかなかった、いつ明け初め、
いつ夕べの帳が忍び寄ったか、
誰だって、私ほどに、これほどに、
死者につきそったりしたことはなかったでしょう……

*

妹は十六歳、私は十七歳になった。私たちは人にすぐ同意する母の性質、音楽に夢中の母の生活をいいことにかなり自由に馬車を乗り回していた。横から見るとがっちりとして大きく、御者と従者の姿が縦に伸び、すばらしいけれど年とった馬の姿が横に伸びているランドー型の馬車で、今なら笑いをさそう代物である。その馬車で二人はたいがいは年かさの友人たちを訪ねていった。

卓越したものをもった、あるいは長いキャリアからくる経験とさまざまなエピソードをもった人々と、幼い身で親しくおつき合いできるという運命の恵みを子供心にもきちんとわかっていた。彼らのなかに、群を抜き、考えもふるまいも格別に傑出したエドモン・ド・ポリニャック公がいらっしゃった。この貴公子に似合いのつれ合いといえば、私にはアクロポリスでささげられた絶えざる祈りが、古代デモスの国にとり戻させた、えもいえぬ神々のつれ合い以外の、いかなる伴侶もこの方にはふさわしくないと思った。ギリシア語、ラテン語の才能もディドロやヴォルテールに関する素養もあり、しかもその感受性は鳥の飛翔のように精緻をきわめていた。彼の感受性は、マラルメ〔フランスの詩人。一八四二―一九八〕が虹のように多彩な言葉で「闇の中に薔薇」を育み、私たちの夢の中に「苦い理想の黄金のレモン」をしぼりおとし、この世の原初の時に立ち返り、カオスから「聖なる、生き生きとした美しい今日という日」を解き放ったあの新生の森の中で、立ち止まりふるえるのだった。ポリニャック公は、ヴェネチア風の仮面をかぶり、傷ついた鳩の叫びをあげながら息絶えたあのモーツアルトのドナ・エルヴィル〔オペラ『ドン・ジョバンニ』に出てくる女性〕のように、カルパッチオ〔イタリアのヴェネチア派の画家。一四四五頃―一五二五頃〕の描いた聖女ウルスラと愛で結ばれているという感じがした。イギリス人の血がこの友人の風変わりな風采に、象牙のような優雅なすらりとした背たけ、どこかかすかに人を見下したような気負いのなさ、回りへの気づかいの的確さ、さりげない洗練されたようすをあたえていた。たとえば彼はあまり使われない色合いのたっぷりとしてひらひらする上着を着、円盤投げでもするようにインド更紗の大きく光沢のあるハンカチをイギリス風に広げたりした。好んで身につけていた大きすぎるほどの手袋と靴は、カレーやドゥーブルの港の荷物預かり所の匂いをつけたままのスーツケースの、金色のくすんだ色合いをしていた。

情理をそなえたインテリが普通そうであるように、彼もあらゆる芸術に造詣が深く、哲学、絵画、詩の愛好家であり、風刺家、快楽主義者、食道楽家でもあったが、音楽においてはとくに一言をもち、もっとも才能をしめした。あらゆることに細やかに深く通じているその人は、いずれも玄人の域に達しており、彼自身、自惚れるでもなくへりくだるでもなくそのことを確信していた。ちょうど画家が自分の仕事を嫉妬とも軽蔑ともわからない複雑な心境で、「むしろ建築の仕事をするべきでしょうか……」といったりする時のようであった。音楽の興がわいた時には、まるで天の高みで、パルシファル〔ワーグナーのオペラの登場人物で聖杯の守護者〕の天使たちの歌から王冠をかぶせられているように思えた。

　妹と私は、思想の分野で人々に君臨し、楽しさとともに安心感をあたえる人を見た時に感じる心からの喜びの気持ちをこめて、よく彼をじっとみつめたものである。いわゆる才智が絶えずひらめくポリニャック公ではあったが、情熱、甘美なものにたいする宗教的な気持に運命づけられてもいた。そのおかげで、彼はいかなる感情とも無縁であるということがなかったのである。私はこの懐疑主義者がミサの供物からひきおこされた崇拝の念をつぎのような感動的な言葉でいい表しているのをきいたことがあった。「私はカトリックがもっている銀色と紫色のものが好きだ。」なるほど、いかにも自己満足しているような教会のさまざまな戒律に彼はいら立っていたのかもしれない。天の行う数々の神秘にたいして目にあまるほどのおもねりで「善き神よ」という言葉が発せられるのをきいて、限りない人間の苦悩に哀れみを覚えた彼は、ぶっきらぼうに、「なぜ、善き」なのかと反論したものである。

　アンフィオンで、十月、昼食の前に、彼が湖に面して作られた、落葉の舞いしきるプラタナスの小道を大股で歩くのを目にした時、私たちは二人ともその歩きっぷりにひきつけられたし、辛らつだが魅力的な笑いをふくんだ声から魔法のお話のように流れ出てくる叡知にうやうやしく耳をかたむけもした。年を感じさせず、したがってつねに人生の盛りにいる彼は、モーリス・バレスのナンシーでの選挙運動に積極的に参加していた。バレスはまったくの青年であり、当時その名が私の注意をひくことはなかった。この才ある未来の友の作品は十五歳の時に読んだ『ベレニスの園』一冊きりであったが、その放縦な魅力には気づかないままであった。『ベレニスの園』の幸運な災難のことを知ったのも後になってからである。すなわち南仏の宿屋の主人がバレスに紹介した年若いアルルの女性の名前「小さなデクース」が、印刷工の間違いで「小さなスクース」とされ、それを愉快に思った作家が誤った綴りをそのままにし、「こゆらぎ《スクース》」になったのであった。若きモーリス・バレスが当時すでにもっていた名声のことは私はなにも知らなかった、けれど、ロレーヌ地方での演説のさいに、ポリニャックという音が聴衆の間に思いがけず「ポーランド万歳」という叫びをひきおこしたという話には笑ってしまった。

　寒がりのこの方は薪で暖められた部屋のなかでさえスコットランド製の羊毛の柔らかなショールをほとんど手放すことがなかった。急に寒くなった時の用心に、たたんで腕に掛けていた。ある日、まだ若かったマルセル・プルーストがそのショールが頑固な観光客のようなようすをポリニャック公にあたえていると指摘した時、彼は断固自分の好きにするという意志とそれが彼の楽しみであるということを自嘲的にしめす重々しさで「アナクサゴン〔ギリシアの哲学者。紀元前五世紀〕曰く、人生は旅である……」と答えたのである。

訳者解題

・出版の事情
・女性の自伝としての『わが世の物語』
・「エクリチュール・フェミニン」としてのアンナ・ド・ノアイユの詩
・煉獄と復権
・日本への移入

本書は、アンナ・ド・ノアイユ Anna de Noailles（一八七六―一九三三）の自伝 *Le Livre de ma Vie* の翻訳である。この作品は先ず、一九三一年三月一日から七月一日にかけて『レ・ザナル』に掲載された。いったん休止の後、十二月十五日、第二部が、今度は『パリ評論』に掲載される。本書は以上を訳したものである。さらにその続きはすでにタイプを打たれていたが、一九三二年一月一日、中断の知らせが掲載される。五月、アシェット社より出版されたが、それは全部で十二章よりなり、『パリ評論』掲載分は含まれていない。そして翌年の四月、彼女の死が報じられ、自伝としては未完成のままとなった。一九七六年に生誕一〇〇年を記念して、メルキュール・ド・フランス社より出された版は、『パリ評論』掲載の分を、第十三章として収録している。翻訳にさいしては、その版を参考にした。なお、読者の便宜上、あらたに、章タイトルをつけた。

さらに、ミッシェル・ペロー氏から日本の読者への序文をいただいた。いくつかの詩を別にすれば、日本ではよく知られているとはいえないアンナ・ド・ノアイユを知るのに、これ以上は望めないていねいな序文である。日本の読者にとって、これはまれな幸運であろう。ペロー氏のご厚情に心からの感謝の気持ちを述べたい。ペロー氏とはパリの社会科学高等研究院と、講演のためにこられた福岡で、ほんの短い時間、おめにかかったにすぎない。多忙なペロー氏に序文を書いていただくのは、藤原書店店主藤原良雄氏の助言がなければ、とてもできなかったにちがいない。あわせて感謝申し上げる。

アンナ・ド・ノアイユは一八七六年、パリで生まれ、一九三三年、パリで死んだ。いくつかの先回りはあるが、本書ではおよそ十七歳までの人生が語られている。

その二年後の一八九五年五月、彼女は社交界にデビューし、夫となる二三歳になったばかりの竜騎兵連隊の少尉、マチュ・ド・ノアイユ伯爵に出会う。フランスきっての名門の出である彼との結婚（九七年）により、アンナはカトリックに改宗し、アンリ・マルタン通りに居を構える。情熱的に愛しあっていたとはいえないが、それでもふたりはよい夫婦であった。一九一二年には「協議別居」をしたが、それは財産上のトラブルをさけるためであった。

一九〇〇年に長男アンヌ・ジュールをもうけるが、産後、極度の憂鬱感による神経の衰弱をみ、ブーローニュにある診療所で最初の治療を受ける。その後も生涯にわたり彼女はたびたび不眠や頭痛、眼疾など、おもに精神や神経からくる病に襲われ、投薬だけでなく電気治療なども試みているが、この時の有効な治療法はただひとつ、長年の夢であった詩集の刊行であった。

一九〇一年第一詩集『数知れぬ心』がカルマン・レヴィ社より出され、大好評をはくす。自然を情熱的に歌った多くの詩により、いささかの皮肉をこめてではあるが彼女は以後「庭園のミューズ」と呼ばれることになる。華々しい文壇へのデビューであった。翌年この詩集はアカデミー・フランセーズよりアルション・デペルーズ賞を受け、次々に発表される作品も賛辞をもって迎えられる。

彼女の輝きは一九〇三年、モーリス・バレスとの出会いによってますます華やかなものとなる。彼は『スパルタ紀行』を彼女に献じ、情熱を傾け尽くす。バレスは、アンナの中に夢に描き続けていた「東方の女」を見出し、彼女はいっときその夢によく答えたということであろうか。その夏、子供時代に至福の時を味わったアンフィオンの庭に彼女はバレスをともなう。それはわずか夏の三日間でしかなかったが、多くの美しい作品の中で永遠のものとなった。

しかし、第三詩集『くるめき』の献辞をめぐる葛藤をきっかけに深まった亀裂は、やがて決定的なものになり、両者は断絶する。この失った恋はアンナを苦しめ、彼女の後半生を荒らし尽くし、また痛ましい多くの作品を生み出すことにもなるが、その関係は一九一七年、第一次世界大戦をきっかけに復活し、それ以後は「友愛」とアンナが呼んだ絆が死の時まで続く。

フランス国内だけでなく、イタリア、イギリス、ドイツ、ベルギー、スペインとたびたび旅行を楽しんだ彼女ではあるが、健康を害し、一九一三年以後は、まれに健康をとりもどすことはあるものの、床についたまま日々を過ごすことが多くなる。シェファー通りのサロンには、ブリアン、クレマンソーやカイヨーといった政治家、あるいはジイド、コクトー、ヴァレリーといった文学者などさまざまな人々が訪れ、アンナはかたわらに電話と、被いをかけたランプを置いた寝椅子に横たわったままその訪問を受ける。

戦争中はわずかの作品を発表しただけであったが、戦後に出した『永遠の力』にアカデミー・フランセーズの文学大賞が贈られる。一九二二年にはベルギー王立フランス語フランス文学アカデミー会員に推挙され、またコレットをおさえて「文壇の女王」に選ばれるなど、彼女は栄光の絶頂期にあった。一九三一年には女性として初めてレジオン・ドヌール三等勲章を受ける。

しかし、一九二二年に親友のプルーストとビュトー夫人、ついで母親を、さらに「友愛」で結ばれていたバレス、深い情愛で支えあっていた妹のエレーヌなどを次々に失った彼女は、「私はもう死んでいるのも同じです。だって死すべき身ですから」と歌った若いころにもまして、死の想念につきまとわれるようになる。

「死すべき身」、アンナはそのことを忘れたことはただの一度もなかった。かつてドレフュス事件をきっかけとして、信仰をはっきりと捨て去り、神の存在を否定してきた彼女ではあったが、待ち受けている永遠の闇を前にして、ついに「神を受け入れる」ことに同意する。ミュニエ神父が最後の秘蹟を授けた。しかし、また別の日には「もう終わりが来たの？　虚無に贈り物を十分にしなかったからなのかしら」「どんなに私が自然を愛し、自然の一部となっていたかをみなに言ってちょうだい」とも言う。未完成のままになっている『わが世の物語』について聞かれたときは「闇の国から戻ってきたら、美しい本を書くことでしょうに」とも。そして、一九三三年四月三〇日アンナ・ド・ノアイユはあの世に旅立った。葬儀は五月五日マドレーヌ寺院で盛大にとり行われる。国葬待遇であった。

出版の事情

晩年、彼女は「第三共和国のミューズ」としてときおり公式の席に姿を見せることはあったが、ほとんど寝たり起きたりの状態であった。生来の病弱にさらに睡眠薬の濫用と神経症も加わり、全身を襲う倦怠感と「頭の中にサン・ラザール駅があるみたい」と訴えるほどの激しい耳鳴りと眼疾に苦しんでいた。周囲の励ましと枕許においた『セント・ヘレナ回想録』がなければ、彼女はとっくに死んでいたにちがいない。序章の、自伝を書くにあたっての決意とさまざまなほのめかし、第二章、第三章のナポレオンへの熱烈な思いは、この病魔との闘い、間近に迫った死のことを知らずにはいささか大仰で奇異に聞こえかねないが、さらに次のような事情も考慮に入れておきたい。「女性の自伝」としての欠点も長所もあわせもった作品として、なぜボーヴォワールがこの作品を「ナルシシズムの並はずれた記念碑」と呼んだかがわかるにちがいない。

一九二八年十月、彼女の崇拝者の一人であったルネ・バンジャマンは『ノアイユ夫人の花咲く目の下に』(*Sous l'œil en fleur de Madame de Noailles*) を出版することになっていた。タイトルも示すように、ユーモラスで皮肉にみちた寸劇仕立ての作品であり、当時の人々におなじみの彼女の姿、「ナイーブな虚栄心、雄弁で、即興的にしゃべりまくる毒舌家、大幅な遅刻などに見られる自己中心性、施しの好きな慈善家」を、再現したものであった。タイトル名と「詩神の太陽に」という献呈の言葉のみを知らされていた彼女は一読して驚愕する。この作品のために、鏡を見ながら描いた自画像まで用意していた彼女は本を引き上げさせ、ルネ・バンジャマンの出入りを禁じた。次のような折り込み紙を本の間に入れることで二人はやっと和解する (鏡を見て描いたため髪を左の肩にたらした自画像は一九三〇年に出された『詩抄』でみることができる)。

ノアイユ夫人は印刷されて初めてこの本を知りました。読者諸兄には作品中の、詩人の言葉、仕種が彼女自身のものではなく、著者のものであることをお分かりいただけるでしょう。この人物像を描くにあたり、著者が使ったものはただ自らの感受性、想像力と熱意だけであり、一台の録音機も一人の写真家、一人の速記記者も使ってはいません。

彼女は多くの知名の画家、彫刻家、写真家の前でポーズをとったが、出来上がった作品に満足したことは一度もなかった。藤田嗣治のモデルとなったときは、次のようにしゃべり続け、絵は未完成となった。

だめよ、フジタ。あなたの描いた私の目は小さすぎてよ。あたしの目はとても大きいんだから。あたしの目は湖のようなのよ。それからこの額！……あたしが死んだあとでは、この絵があたしの姿として残るのだということを考えて下さい。だって、このあたしも、いつかは死ぬんですから。

満足の行く姿を残すには、彼女自身が絵筆をとるしかなかったにちがいない。そして、彼女がいつも鏡に映していた自分の姿、「死んだ後までも愛されるように」「未来の読者たちがかたわらの妻よりも私を気に入ってくれるように」と願って、詩の中に刻み込もうとした姿をそのままわかってもらうには、死期のせまる中、気力をふりしぼって自らペンをとるしかなかったのである。

女性の自伝としての『わが世の物語』

残念ながら『わが世の物語』は娘時代で終わっている。その後の人生、結婚、文壇へのデビュー、社交界での活躍、ジョレス、クレマンソーといった政治家はもとより、ピエール・ロチ、コクトー、プルースト、ヴァレリー、ダヌンツィオ、ロスタンをはじめとする文学者たちとの華々しい交遊、とりわけ彼女の人生に輝きをあたえもし、また荒らし尽くしたともいえるバレスとの「友愛」、戦争、愛情を誓い、そそいだ人々にも彼女自身にもつきまとって離れない死へのまなざしといった、もっとも興味深いはずの人生の盛りの華やぎとそれにともなう苦しみや悩みを、彼女自身の口から直接聞くことはできない。しかしアンナ・ド・ノアイユの詳細な評伝を書いたクロード・ミニョ・オグリアストリが指摘するように、「いささか無統制で、学問的枠に入らない往年の女性教育の最後の例、しかも大胆にも今世紀初頭の文学への〈女性の侵入〉の先頭をきった若い娘の中にある文学的使命の目覚め」を見ることができるものとして、この作品は興味を引くに十分である。

しかし、『わが世の物語』の面目はそれだけではない。この作品は女性であることと書くという行為との関係についてあらためて私たちに問題を提起する。それはこの時代がある意味で「女の時代」であったことと無縁ではない。それまで男名のペンネームを使用し、「女性であることに背を向けて書かねばならなかった」女性の作家たちがかかえていた問題が、形を変えながら、彼女たちを襲い、「書くこと」が、さらにいっそう困難な錯綜した行為となったからである。見られる存在としての受動的な女のあり方をむしろ積極的に引き受けた少女が、書くという行為の権力性を知った時のとまどいと葛藤を読み取る時、私たちはこの作品が、近代の女が共通にかかえる問題をあますところなく表現しているのを感じるであろう。

アンナ・ド・ノアイユが活躍した二十世紀初頭、ベル・エポックと呼ばれた時期は、ある意味で女であることがおおいに奨揚された時期であった。いわゆる「女性的な価値」、豊かな感性、自然、柔らかさ、清らかさ、穏やかさ、恋愛、熱っぽい感情、神秘、受動性などに代表されるジェンダーとしての女性性が奨揚された。その理由を文学の世界に求めれば、『フランス女流文学史』においてジャン・ラルナクが説明するように、「自然主義やレアリスムに飽いた人々が、理性的な観察に依らない、本能にもとづいた、もっと感覚に自由をあたえるような芸術をもとめるようになっていたからである。その欲求がピエール・ロティやベルグソンを評価し、さらに一群の女流詩人や女流作家の成功の幕を切って落としたのである。それまで女流作家は男の視点を採用してきたが、ここにいたって女性的な真正さが爆発したのであった。」いわゆる「女流文学」の誕生である。しかし、現在、フェミニズムのいくつかの論争を経験してきた私たちはこうした説明のうらにある差別性にすぐにきづくことができる。

それまでスタール夫人やサンドといった優れた女性の作家たちは、女でありながら男の視点を採用できる「男性にして女性、偉大な男である女」として例外扱いされてきた。ものを書くのは人間の、すなわち男の仕事であり、彼女たちは男のように書くことができたことがなんとか認められたのである。女としては失格の烙印をおされ、「怪物」と呼ばれながら。しかし、今度は、女性たちを、ものを書く行為の周辺に追っ払う方法がとられる。「女流文学」という概念を用意し、彼女たちをあらたにゲットーに囲い込むという戦略である。彼女たちは女であることを隠す必要はなくなった。むしろ人々は女の声を聞きたがっていた。女は女ならではのテーマを女らしい声で表現するかぎりにおいてなら、書くという行為をみとめようというわけである。女の劣等性、補完性としての差異が文学の世界においても巧妙に制度化されたといってもよいだろう。そういう意味では、『女の歴史』においてマルセル・マリーニが指摘したように、この時代が「女性の時代」と呼ばれるのは、むしろ「逆に文学が強烈に男性化していること」の証明である。それは、もちろん近代が強烈に男性化していることと通じている。

たとえば、それはペンネームの問題にも見ることができる。それまで三十年間もの間、偉大な先達サンドにならって、男名のペンネームを使用してきた女性のもの書きたちは、ここにいたっていっせいに女名のペンネームを使い始めた。その最初の手本を示したのは、「カミーユ・クロデール」から女の芸術家のもつ独特の困難さを感じた」アンナ・ド・ノアイユであった。

彼女の作品「連禱」が『パリ評論』に初めて掲載されたのは、結婚の翌年一八九八年のことである。それは結婚前の名と、獲得したばかりの婚家の名を並べたアンナ・エリザベット・ド・ブランコヴァン＝ノアイユ伯爵夫人の名で発表された。三年後に出すことになる、待ち望んでいた第一詩集『数知れぬ心』と、その翌年に出された『日々の影』も同様であった。しかし、その後は、娘時代の名アンナ・エリザベット・ド・ブランコヴァンを並べることなく、マチュ・ド・ノアイユ伯爵夫人、あるいはたんにノアイユ伯爵夫人という名を一貫して採用するのである。最大の詩集である『くるめき』もたんにノアイユ伯爵夫人と記されている。「離婚の原因になりかねないほどの熱烈な献辞」はさまざまな理由から削除されたとはいえ、この詩集が恋人バレスにささげられたものであったこと、さらに「アルファベットの最初の文字で始まり、前から読んでも後ろから読んでも同じで、完璧さを約束している」アンナ（Anna）という名前に、子供のころの彼女がいかに愛着を覚えていたか、そしてその名を書きつけることが彼女にとっていかに大切なことであったかを、『わが世の物語』に読んだ読者にはそれは意外なことに思われる。

アンナ、私はこの名をおぼつかない子供らしい手つきでどこにでも書きつけたのだった。幼いながら自分をつくりあげていきたいという欲求が自分の名をできうる限りたくさん書きたいという気持ちにさせたのである。ノートに、本に、吸い取り紙に、帽子ケースにそして砂利道の上にも、アンナという名を書きつけること……（本文一一二ページ）

たしかに、ものを言うこと自体を禁じられたり、男のふりをしなければものが言えなかった時代に比べれば、女性的な価値がおおいにもてはやされたこの時期は、ある意味で、時代が女に味方をしたと言っていい。しかし、それはその時代がもとめた「女性的な価値」、ジェンダーとしての女性性でしかないのは言うまでもない。「女らしい」身振りで「女らしい感性」を表現したとみなされる時のみみとめられる価値、すなわち、官能、清新な空気、感覚的にとらえられる自然、幸福、生の息吹き、喜びの具現、家族や子供への愛情、女がものを言うのはおおいに結構、しかしあくまで女に求められているものを女らしい声でというわけである。

そして「一八三〇年のロマン主義は女の心を解放し、一九〇〇年のロマン主義は女の官能を解放した」あるいは「一八二〇年から一八三〇年にかけての感傷的浪曼主義と一九〇〇年代の印象主義的ナチュリスムは女流作家の才能を発揮するのに適当であった」などと男性文学史家たちが評すとおり、女性作家たち、そしてだれよりもアンナ・ド・ノアイユは、欲望のきしりとその夢の展開、官能と陶酔、生きることの喜びを表現した作品を世に送り出し、時代がもとめていた女として、とりわけ「若い男」たちを熱狂させた。

そして、たとえば、娼婦に代表される特別の女にしか歓迎されなかった官能性とその表現が女性作家の専売特許になったのである。彼女たちの多くは、貴族やブルジョワ家庭の女、言わば、結婚して世間の認める枠に収まった「普通の女」であった。そのことになにがしかの意義があるとすれば、今までは抑圧され、今では大いに奨揚されることになった価値を、普通の女が享受することになったことを示したと言うことになるであろうか。だとすれば彼女たちが女名のペンネームを使ったのも偶然ではない。

したがって、「結婚するまでは本を出してはいけません。そんなことよりコルセットをしっかりとしめなさい」という母親の忠告にしたがい、「立派な背骨をした」非のうちどころのない三高男マチュ・ド・ノアイユ伯爵と結婚し、めでたく長男をあげ、社交界の花形となることで獲得した名前、きちんとした家庭をもった女であることを示すノアイユ伯爵夫人という名も、本名でありながら、同時に戦略的な意味をもったペンネームであったということができるかもしれない。あれほどすべてのものに書きつけたいと願っていたアンナという名はこうして捨てられたのであろうか。女性の時代といわれ、女らしさがもとめられたこの時期も、女性作家にとって、すなわち、女にとって、状況はそれまでの時代と根本的には何も変わっていない。それどころか、「女らしさ」がいっそう制度化され、固定化された不幸な時期であったとも言えるかもしれない。

彼女は「フェミニスト」ではなかった。一九二二年、元老院が女性に参政権をあたえることを拒否したときには、ジャヌネ議長に抗議の意を表したが、一九二七年、ルース・エルダが（夫の許可なく！）女性の飛行士としては初めて大西洋を横断したときには、「女は男に守られ、いたわられるものです」などと発言し、当時のフェミニストたちから反発をかっている。次のエッセイはそれに反駁して書かれたものである。

女は誰でも政治が好きで、時に気づかないまま政治に専心しているのです。……女たちの世界を狭めているとして私をフェミニストではないと非難する方々、ご安心ください。男がいるかぎり女にはすべてが可能なのです。たとえどんなに手の届きそうもない、人の羨む地位だって男を通して手に入れることができるのですから。なぜってどんな男でも、それに優れた男なら余計に女には弱い者なのですから。（「女たちの野心」『情念と虚栄』）

『わが世の物語』にはこうした考えに呼応するように「女らしさ」を積極的に受け入れている姿が散見する。受動性、マゾヒズム、ナルシシズム、これら女性の特性といわれているもの、『わが世の物語』はそれであふれかえっているといってもいいくらいである。

私のこうした大胆で危なっかしいふるまいが、嘘でも本当でも恐がってみせたり、気絶したり、叫び声をあげたりすることと同様に、女の弱さに魅力を加えることを知らなかった訳ではない。私はそうしたことを止そうとは思わなかった。まだほんの少女であったけれど男の気持ちをひきつけ、その腕の中で死にたいと望んでいた。（本文二一一―二一二ページ）

女の自伝が貧困な印象をあたえるのは、そこにあふれるナルシシズムのせいであるとボーヴォワールは言った。『わが世の物語』においても、時にあまりに誇り高い女性の、笑いを誘うほどの自己認識にたじろぐことも一度や二度ではない。その不安も悩みも、くり返し訴える病の苦しさも、父親の早世も、彼女にヒロインとしての特別の運命を吹き込む助けとなったと言い切ってしまうのは酷に過ぎるかもしれないが、それは、美しく生まれ、才能にあふれ、早くから世に迎えられ、「第三共和国のミューズ」となり、時代がもとめた「女らしさ」をわが身に引き受けることに格別の不都合を感じなかった女が、後の世の人々に残したいと願った生涯の物語であったとも言える。

しかしくり返し言うように『わが世の物語』の面目はそこにあるのではない。ここには、ナルシシズム、傲慢とも思える自己愛、自分は例外的で「宇宙の特権的な存在」であるという自己認識などと同時に、常につきまとう「生真面目な卑小感」が述べられている。それは、先に見たように、時代が求めた「女らしさ」を彼女が積極的に受け入れ、時にはそのことに被虐的な喜びを感じていたことと無縁ではない。

少女は、才能を自覚すると同時に何かが不足し、奪われているという気持ちをもつ。しばしば交差する確信とその留保、意欲とためらい、「自分に豊かで輝かしい知的才能があるとためらわずに判断し、自分の価値を自覚し、無限の力があると信じ、その力で世に打って出ようと夢みている人間」が同時にもつ不安。それは「死にもの狂いになって逃げ出したいという気持ち」を引き起こし、アンナはそれを「心を揺さぶる女らしい情緒の不安定さとなる」と言っている。これはキャロリン・ハイルブランがその『女の書く自伝』の中で「伝記作者は女の生涯を書こうとする時、疑問の余地なく女であるという宿命と、何か他のものになりたいという女主人公の欲求ないし運命とのあいだの、避けがたい葛藤に取り組まねばならなかった」という指摘を思い出させずにはいない。アンナも「記憶をたどればたしかに野心がごく幼いころから私の意欲と勇気を鼓舞してきた」と正直にその野心を認めることもあれば、「使命」、「天から降ってくる力」、「宿命」が自分を選んだのであり、自分はただその運命にしたがっただけだと説明することもある。

私は気づいていなかったのだ。二人とはちがって、私はすべての人々から遠く離れていると同時にすべての人々と相結びあっているのであり、宇宙の広大無辺の詩が私を選び、「この子の胸にはいっていこう」と考えていることに。(本文一一〇ページ)

天の力をもち出し、自分はその声にしたがっただけだと受動性を強調することが、ものを書くことで「世に打って出る」などという「女である宿命」と真っ向から対立する野心を隠し、葛藤を除くとでも思ったのであろうか。こうした混乱は、彼女が「女であることの宿命」を冷静に感じ取っていたことを証している。同じような比喩が使われている次の二つの引用を読めば、それはいっそうはっきりするかもしれない。

パートナーから勝ち誇ったように見下ろされた女たちは、私の目には、陽気にも感傷的にも映った。精悍で軍人気質の男たちは気まぐれな馬を乗りこなすように、いわば人生を乗りこなしていたのである。人生は、訓練をつんだ男なら喜びも苦しみも勇気をもってさばくことのできる馬である。そのことがしっかりと落ち着いた精神、騎馬精神とでもいうものを男たちにあたえていたのである。(本文一六二ページ)

もうひとつは、逆に、子供ながらに、自分が主体として、会話をリードし、その場をコントロールすることに手ごたえを感じている「女らしくない」告白である。

会話をしながら、自分のことを、ぶつかりもせず、大きくはっきりとした足跡を残して突進する駻馬《かんば》につないだいくつもの車をあざやかに御している敏捷な御者のようだと感じて、心中得意な気分であった。(本文二六二ページ)

ここには文学的使命に目覚めた少女が「天命」というヴェールに隠したつもりの野心の片鱗がたしかに感じられる。すなわち言葉の力により権力をもつという野心である。最初に述べたように、この作品は後半生が語られないままに終わった。言葉の力、すなわち詩により、人々、とりわけ「若い男たち」を魅了し、支配するようになった彼女の達成した野心と「女である宿命」との関わりは、この作品からは読むことはできない。しかし、ナンシー・ミラーが、女の語りに欠けていると嘆いた「権力への志向」を明言している次の告白を読むとき、もし死がその完成をもう少し待っていたら、それは女の自伝の新しい形を示すこともあったのではないかと残念でならない。

きっといつか、これこそがと思える、外へと響きわたるような方法で、思いっきり力を出しきるようになるのだと確信していた。言葉の力、雄弁という音の響きの働き、詩の支配力、自分を抑えつけられ、いささかの恨みを感じるおりおりに私は漠然とお前たちを予感していた。

（本文二〇三ページ）

「エクリチュール・フェミニン」としてのアンナ・ド・ノアイユの詩

右の告白からもわかるように彼女はなによりも詩人である。未完となった自伝を惜しむより、こうした野心と「女である宿命」との葛藤をその詩に見てみよう。依存的な生き方を「女らしさ」だとして積極的に引き受け、時にそのことに被虐的な喜びを感じた女は、どんな言葉で世界を表現したのだろうか。

あゝわれ此宵、わが肩によりかゝる、若き男の胸こそ欲しけれ。（……）

われ彼の人に、「誘ひしは君ならず、そはあらゆる夜のさま、わが胸をして鳩の如くにふくれしむ。されど君はあまりに若ければ、黄金の血潮と溶け行く心、骨に徹する肉のかなしみ、われそを訴えん夜にのみ。（……）

うるはしき夜のみ眺めて語りたまふな。傷しくも悩める君をのみわれは求むる。狂ひて叫ばん唇に、消えも失せなん心して、わが愛する人よ。泣きたまへ。唯泣きたまへ。」と語るべし。

（「ロマンティックの夕」『珊瑚集』永井荷風）

第三詩集『くるめき』に収められているこの作品は自然主義的な彼女の官能の戯れを、原詩以上にしどけなく肉感的に訳しすぎているとされているが、それ故、彼女の「女性性」がどのように表れているかを知るのに適した作品であるだろう。

「若き男」の原語は adolescent であり、十四歳から二十歳位の男を指す。女はおよそ三十歳。「肉の悲しみを訴える」にはなるほど「あまりに若すぎる」相手であるかもしれない。その「若き男」は「泣き」だすだろう。なだめるために女は言う。「私の本当の恋人、肉の悲しみを訴える相手は、夏の夜なのだから、あなたは何も語らずにただ泣いていたらいい」と。顔色なし。「若い男」でなければ怒りだすかもしれない。『春泥集』の序文で与謝野晶子とノアイユ夫人を並べ称したのは上田敏であるが、矢野峰人はそれを肯定しつつ、さらに「下京や紅屋が門をくぐりたる男かわゆし春の夜の月」という歌をこの詩のかたわらに置くべき好個の作品だとしている。古来、「美しくあれ、黙してあれ」と語り続けてきたのは男たちであったのに、ついに男に「語りたまふな」という女、「男を後宮の女、もの、道具のように扱う女」が西に現われ、東には男を「かわゆし」と歌う女が現われたのである。彼は両者に共通した、当時の女の声としてはおよそもっとも大胆な声を聞いたのであろう。

この作品集におけるアンナ・ド・ノアイユは、第一詩集『数知れぬ心』、第二詩集『日々の影』における以上に、「アダムより先に創られたイヴ」のようである。その恋の対象は「若き男」、あるいは特定されぬ男、男全体であり、それは「ロマンティックの夕」で見たように、すぐにさまざまの時間と空間においてとらえられる自然、拡大された自然である宇宙にとって代わられる。F・ポルシェは「欲望する才能を例外的に与えられたこの女は全く男を意に介さない。それが男にとって侮辱的なことだとは思ってもみないのだ」と述べている。しかしさらに次の作品を読んだなら彼はなんと言うだろうか。

波状格子の窓を通して、私の手はやさしく大胆に
辻歌いの唇に触れる
目を合わせず姿形も定めないまま、
ただその人の激しい欲望だけを感じて。

くらがりの中、それはきっと
私の血が求めてやまないあの神秘なくちづけ
誰とも分からず、何度交わしたかも知らずに、

力強い無限からうけるようなくちづけ。

同じく『くるめき』収録の「感傷旅行」の一部を仮に訳出したものである。恋人との旅を歌った幸福な詩であるが、それにもかかわらず、夕べ、バルコニーにもたれ、流しのギター引きがかき鳴らす火のような音楽を耳にした時、女はそのギター引きと交わすくちづけを夢想するのである。

これは「語るな」と言われたり、「自然」に見変られたりする以上の侮辱ではないだろうか。彼女はF・ポルシェが言うように「欲望する才能を例外的にあたえられた女」なのだろうか。もしもアンナ・ド・ノアイユが例外的だとすれば、それは彼女が「ものを書く」という野心をもちながら「女らしい女」であろうとしたことである。女性作家の多くは彼女ほど「女らしさ」を積極的に引き受けることは少なく、逆に「女らしさ」を引き受けた女は言葉による支配などという野心はもたないからである。

そのことはまた先にみたように何故「女らしい女」が逆に男を意に介さない作品を残しているか、何故かたわらの男より自然、宇宙と結びつこうとするのかを説明するだろう。

アンナ・ド・ノアイユのみならず多くの女性の作家が自然にたいして強い傾倒を示していることはしばしば指摘されることであるが、その訳を、それが何故「自然というものは本質的に女の領分である」という理由で説明されるのかをも含めて私たちに明らかにしてくれたのはボーヴォワールであった。すなわち、女はちょうど「男に対する女のような関係にある自然」の中でのみ「依存性」から解放されるからである。アンナ・ド・ノアイユが自然の中で見せる狂態、自然と感覚の相互影響によってのみもたらされる神秘主義的な昂揚感「くるめき」を、「侮辱を感じた」男性批評家たちが、「非人間的」「ヒステリック」「故意の感情の狂乱」であるとして揶揄し敬遠したのも彼らなりの理由があったのである。

彼らの言を待つ迄もなく、かたわらの恋人を無視し、自然や宇宙と結びつこうとする彼女のエゴティズム、ナルシシズム、さらにミスティシズムへといたる「くるめき」には時に不自然なものが感じられるということは確かである。しかしそれが「女らしい女」であったアンナ・ド・ノアイユの声であるとすれば、彼女は人々が言うほど、そして自分で思っているほど特別に例外的な女ではない。性差を本質的なものとして受け取り、そこにとどまる限り、女が発する声は、弱ければ弱い女の声として耳を傾けられもするが、強ければ、彼女を閉じこめる壁に反響し、屈折し、悲痛な響きをもつだろうから。

例外的に地上の運命から惜しみなく愛された人も老いと死を免れることはできない。彼女もまた普通の女たちと同様に人生の秋を迎えることになる。次第に青春の寵を失い、若さから見放され、自分を取り巻き、笑いかけていた人々が去っていくのを見ることになる。栄光は失われることはないにしても、彼女が欲していたようなものではなくなる。二五歳の時に出した第一詩集『数知れぬ心』はアカデミー・フランセーズからアルション・デペルーズ賞を受け、二八歳の時、新設されたフェミナ賞の審査委員長となる。一九二〇年、四四歳の時、彼女はすでにレジオン・ドヌール五等勲章であった。一九二一年にアカデミー・フランセーズより文学大賞を受け、ベルギーの王立フランス語フランス文学アカデミー会員に迎えられたのも、一九三一年にレジオン・ドヌール三等勲章を授けられたのも女性としては初めてのことであった。しかし、彼女の詩はすでに流行遅れとなっていた。アカデミーの外では、文壇は特に戦争により大いに変化したのだ。彼女の出席を競っていたサロンは消えて行き、すべてがよりスピーディーで粗雑になった。「雄弁の代わりに欺かれまいという怖れ、皮肉、簡潔さ」がもとめられ、新聞は詩人やサロンにもはや場所をあたえなくなっていた。公式には第三共和国を代表する詩人として、重大な国家の祝典や外交儀礼のときにはいつも詩をもとめられてはいたが、詩壇では彼女はもはや過去の人であった。過去に郷愁を抱く人々がモンパルナスのキャバレーで朗読される彼女の詩を聞くことはあったが、彼女が何よりも愛していた「若人たち」からは顧みられなくなっていたのである。友人たちが止めなければ、彼女はすんでのところでそうしたキャバレーで自らの詩を朗読するところであったという。

そして四五歳の時、アンナ・ド・ノアイユは女たち全体の名において次のような詩を書いている。

彼女たちが心を許してもの騒がしく取り乱し
あなたたちの手に抱かれて、その聖なる瞬間にもがきばたつく時、
彼女たちに命令を与えるのは広大な宇宙である、
あなたたちはただ好ましい憩いに過ぎない。

愛以外の何もその狂おしい女たちの心を占めてはいない、
彼女らの情のこもったやさしさは

狂おしくこまやかな魂が、
女の欲望ほどには激しくない男の欲望に報いてあたえるささやかな贈り物である！

五番目の詩集『永遠の力』収録の「愛の悲しみ」である。「女の体と魂の秘密」を解き明かした作品は、その「侮辱としか思えない告白」で大勢の男性読者にショックと不快感をあたえた。「狂おしい女たち」の原語は furies、ローマ神話にでてくる復讐をつかさどる女神たちである。狂おしく憤り、猛然と愛を求める女たちをそう呼んでいるのである。それはもちろん彼女自身の姿でもある。恋する女は「宇宙と結びつく」のであって、男は「ただ好ましい憩ひに過ぎない」と彼女は言う。ここで示されている女性の優越性、復讐のようにも思える驕慢さは『女の歴史Ⅳ２』においてアンヌリーズ・モーグが指摘した「女性たちのもつ征服的で残虐な企て」に通じるものがある。しかしそれを彼女が「愛の悲しみ」と呼ぶ時、その驕慢な歌いぶりの後ろに響き渡る声、勝ち誇った嬌笑の裏に聞こえる悲しみの声、その屈折した響きは、ヴァージニア・ウルフが、「心に広がったヒビ」と表現したものよりもさらにいっそう「執拗で痛ましく」感じられる。なぜならそのヒビは、男名のペンネームを使用した時代の女性作家たちの、「女でありながら書く」という悪戦苦闘から生まれたのではなく、まさに「女性として書く」ことによって生まれたものだと思われるからである。

煉獄と復権

一九三三年四月三〇日、彼女の死が報じられ、葬儀は五月五日、マドレーヌ寺院において国葬待遇でとり行われた。心臓は防腐処置が施され、彼女が愛してやまなかったサヴォワのピュブリエの教会の墓碑の下に埋葬される。遺体は墓地ペール・ラシェーズにある実家のビベスコ家の廟に納められた。遺族や友人たちが結成した〈アンナ・ド・ノアイユ友の会〉によって彼女の栄光はその後も光を放ち続けていた。しかし、偶然の一致とは言え、彼女の死亡記事とヒットラーのオーストリア侵攻を告げる記事が『ジュルナル』紙の一面に並んで掲載されたことが象徴するように、死の直後の社会全体の急激な変化とともに文壇や若い人々の記憶からは急激に消えていった。

生誕一〇〇年に当たる一九七六年には、未刊のままであった第十三章を含んだ『わが世の物語』がメルキュール・ド・フランス社から、また版を改めた『詩抄』がグラッセ社から刊行された。国立図書館では大規模な回顧展が催され、彼女の肖像画を刷った記念切手も出されたが、そこに人々が見るのはおそらく過去の栄光につつまれた詩人であっただろう。

一九九二年春、オデオン座のロジェ・ブランの間で、私はアポリーネールやラシーヌなどに続いて、彼女の"Les Regrets"が女優ジュヌヴィエーヴ・パジェによって朗読されるのを聞いた。この作品は、福永武彦が「後の想ひ」と題して訳出したものであるが、明治四十二年、帰国したばかりの永井荷風が朝日新聞に連載した「冷笑」において、主人公吉野紅雨の口を借りて紹介したのを始め、上田敏、堀口大学、堀辰雄の心をとらえた作品でもある。「地にありし日、孤りにては眠らざりしこのわれは!」照明だけの簡素な舞台に柔らかな声が響き、「大きな森」に擬せられた階段状の座席はしんとしていた。しかし、最後の「やるせなき、愛の望みに心傷つきて、歩み来らん、蓋し、わが灰は彼等の生命よりなほ熱かるべければ……」にかかった時、この朗読会の常連でもあろうか、前方の座席から微かではあるが嘲笑ともとれる笑いがもれた。そのあまりに「時代がかった、メロドラマティックな調子」のせいだと私にも分かった。かっては彼女に「あなたは手放しで賛嘆するという幸福を私に教えてくださいました。あなたの文章の香り立つ竜巻によって、私の魂も心も、まるでギターのようにふるえています」と手紙をよせたはずのジイドが、『新フランス評論』の厳格主義により、その編纂した『フランス詞花集』から巧みに彼女を追い出したのはそのせいであったのだろう。

確かに彼女の声の調子は時代がかり、古くさいこともある。しかしそれでも彼女はソネットを放棄し、「韻にとらわれることなく韻を保ち」、なにより「シュールレアリストたちよりずっと以前に、言葉の奇妙な組合せの秘密を知っていた」。プルーストやコクトー、ヴァレリーに技法上の影響をあたえたこともしばしば指摘されている。そういう意味ではアンナ・ド・ノアイユはもっとも知られていたと同時にもっとも誤解されたままの詩人であると言えるだろう。

フランス3のテレビ番組「世紀の作家たち」(一九九七年九月一〇日水曜日、二三時、ベルナール・ラップ企画製作)が「誤解されたままの詩人」としてアンナ・ド・ノアイユの特集を組んだ時、忘れ去られていた理由を次のように述べた。

今日、私たちは詩的な声の輝きを忌み嫌う傾向がある。それがアンナ・ド・ノアイユが私たちから非常に遠ざかっていた理由である。彼女がそう遠くはない一九三三年に死んだということや、彼女が現代詩人であるミショー、プレヴェール、オディベルティーと知り合うこともあったのにとは考えにくいのである。反対に私たちは彼女がルコント・ド・リールの同時代人であり、彼女が幼かった時には、ヴィニーが彼女を愛し、フェルナン・グレーがその膝に彼女を跳び乗らせたような気がするのである……。読者は印刷された言葉より、彼女自身に熱狂し、彼女も容易く要求に答えすぎたのである。時がたつにつれて、まるで陰謀のように尊敬され祭り上げられ、国家的人物となり、文学の世界から巨匠としてパンテオンの方へおしやられ、理解されないままに死んだのである……。第一次世界大戦のあと、彼女自身も人々の心が文学の世界とともに変化しつつあることを感じていた。表現の方法が変わり、より激しく、乱暴で、スピーディになり、さまざまな新技術は若い才能を必要とし、その人たちが出版界を牛耳っていたのである。それでも彼女は、コレットの『シェリー』『青い麦』に強い影響を受け、小説へと方向転換しようと試みた。しかし、新世代の作家の仲間入りを果たすにはあと数年は生きている必要があった。そうであったなら、おそらく彼女は苦労もなく成功を収めたにちがいないのに。

人々が意識しないままもとめているものを先んじて歌い、なかなか受け入れられない詩人は大勢いる。しかし、まさに時代がもとめていたものをもとめていた形であたえたアンナ・ド・ノアイユは、声を発するや人々の心をとらえ、時代の寵児となった。そして、年月や経験が成熟をもたらし、あらたな表現を生み出すことを促していた時、死とその直後の急激な時代の変化が彼女を襲う。忘却と煉獄は、当然の運命であるかもしれない。

しかしついに「彼女を再発見する時が来た」のである。死後五〇年の間（バレスとの往復書簡は遺族の申し出によりさらに一〇年間）未公開のままであった彼女の日記や創作ノート、書簡の類いが公開され、本国のみならず、イタリア、アメリカ、カナダなどでも精密な研究報告がなされ始め、彼女の世界が再び光を浴びるようになる。そのもっとも充実した成果である評伝『アンナ・ド・ノアイユ』の著者クロード・ミニョ・オグリアストリが指摘するように、「科学の幻想に欺かれ、外部の世界を拒否する極度に洗練された象徴主義、世紀末的なペシミズムあるいはデガダンたちの甘く苦い音楽にも満足できない当時の人々にとって、ひとつの答えであった」彼女の詩は、新しい世紀を迎えようという今もなお、その清新な魅力で私たちの心をとらえ、「戦慄的で真摯な自然主義、ざわめく生への渇望、死を、生を構成するひとつの要素としてとらえる感じ方、偉大なもの、本質的なものへの志向、ざわめく生への渇望、ロマン主義の伝統と結びついた言葉の味わいを惜しげなくあたえてくれる」のである。

ああ若人よ、われおんみらにこれらの書を書き記し、
その中に、恰かも林檎嚙む幼児のごとく、
わが歯形をばとどめおけり。

この書のいたましき陰影のなかにわれは残さん、
わがめつき、わが額、はたおん身らのまさぐれる、
わがこのつねに熱烈につねに酔ひたる霊を。

「若人に」矢野　峰人訳

日本への移入

日本への移入は、明治四二年、前年に帰朝したばかりの永井荷風によって行われた。まず、三月、博文館より出された『ふらんす物語』の「祭りの夜がたり」の題詞として彼女の第三詩集『くるめき』収録の“Soir romantique”の一部を「おぼろ夜」として訳出したのを嚆矢とする。六月には『秀才文壇』にその全訳が「ロマンチックの夕」と名を変えて掲載される。周知のように、この作品は大正二年、籾山書店から出された『珊瑚集』に、「九月の果樹園」、「西班牙を望み見て」とともに収録される。十二月から翌年にかけては、朝日新聞に連載された「冷笑」の中で、主人公吉野紅雨の口を借りて、“J'écris pour que le jour…”(「私は書く……」)と“Les Regrets”(「後の想ひ」)が概説紹介されている。

それは本国の出版に遅れること二年であった。そして、フランスにおいて生前の華やかさを裏切るように死後は急速に忘れ去られたのとは反対に、仏文学移入の本格的な第一歩が始まる昭和初年以降も、彼女の作品は翻訳され続ける。しかし本国での「煉獄」は日本でのアンナ・ド・ノアイユ研究に影響をあたえないはずはなかった。見過ごされたままの彼女の子供時代のおびただしい数の「ノート」、公開を禁止され続けた書簡の類いなどに阻まれて、彼女は最初に紹介されたままの「自然と愛と死を歌った官能的な女流詩人」として記憶されているに過ぎない。たとえば、『珊瑚集』に掲載された「ロマンチックの夕」がくり返しさまざまな詩集に収録され、近代の日本人に新しい感受性をあたえた翻訳詩集としての研究がなされればなされるほどそうした評価は定着する。多くの文学事典はそのことを示している。

しかし、フェミニズムの立場からの文学研究の蓄積は、書くという行為が普遍的に男性のものであるという観点が作り出した「女流詩人」を、「女性の詩人」としてとらえ直そうと試み始めている。（先にあげた評伝のほかに、例えば、一九九八年前期のカナダのモレアル大学のシラバスには「女性固有の文体《エクリチュール・フェミニン》の研究を目的として、まずコレットとアンナ・ド・ノアイユを取り上げる」とある）日本においても、「自然と愛と死を歌った官能的な女流詩人」というだけのレッテルはこの「貴族にしてドレフュス派、つつましくありながらも傲慢、饒舌と沈黙、寛容と残酷に引き裂かれ、生きることに貪欲でありながら死にもまとわりつかれた人」アンナ・ド・ノアイユを評するには不十分と言わざるを得ないだろう。「光にあふれた神秘」ともいうべき彼女の矛盾にみちた真の姿をとらえるのは今後の研究に残された課題である。以下にあげたアンナ・ド・ノアイユの翻訳詩のリストは、本書『わが世の物語』とともに、その助けとなることができると確信している。項目の末尾に出典を記している。

略号は次の通り。

『数知れぬ心』 *Le Cœur innombrable*, Calmann-Lévy, 1901. ……………… *C*
『日々の影』 *L'Ombre des Jours*, Calmann-Lévy, 1902. ……………… *O*
『くるめき』 *Les Eblouissements*, Calmann-Lévy, 1907. ……………… *E*
『生きる者と死せる者』 *Les Vivants et les Morts*, Fayard, 1913. ……… *VM*
『永遠の力』 *Les Forces éternelles*, Fayard, 1920. ……………… *FE*
『愛の詩集』 *Poème de l'Amour*, Fayard, 1924. ……………… *PA*

邦訳一覧

永井荷風訳『珊瑚集』籾山書店、一九一三年
「九月の果樹園」 Le Fruitiers de septembre *E*
「ロマンチックの夕」 Soir romantique *E*
「西班牙を望み見て」 En face de l'Espagne *E*

永井荷風訳「遺稿――訳詩二篇」『中央公論』七月号、中央公論社、一九五九年
「シューマンをきゝて」 En écoutant Shuman *VM*
「ショパンの曲」 La Musique de Chopin *VM*

与謝野鉄幹訳『リラの花』東雲堂、一九一四年
「誓約」 La Promesse *E*
「東方の昼」 Journée orientale *E*
「波斯の風景」 Paysage persan *E*
「永日」 Silence en Eté *E*
「セエヌの岸」 Les bords de la Seine *E*
「我が抱く自然」 Nature que je sers *E*

堀口大学訳『月下の一群』第一書房、一九二五年
「若さ」 Jeunesse *O*
「幻影」 L'Image *C*

堀口大学訳『海軟風』新潮社、一九五四年
「戀」 L'Amour *C*
「今日は何時までも」 Il fera longtemps claire ce soir *C*

三好達治訳『仏蘭西現代詩選』金星堂、一九三三年
「秋」 L'Automne *C*
「優しい夏」 L'Amoureuse Eté *C*
「心」 Le Cœur *C*
「季節と戀」 Les Saison et l'Amour *C*

西条八十訳『蝋人形』七月号、蝋人形社、一九三三年
「友情」 L'Amitié *VM*

石邨幹子訳『つみくさ』櫻井書店、一九四三年
「面影」 L'Image *C*
「果樹園」 Le Verger *C*
「庭園と家」 Le Jardin et la Maison *C*
「朝」 Matinée *E*
「ペルシアの踊り子」 Danseuse persane *E*
「園の黎明」 Aube sur le jardin *E*

「コンスタンティノープル」 Constantinople *E*
「ロマネスクな岸邊」 Les Rives romanesqes *E*
「琥珀の數珠」 Le chaplet d'ambre *FE*
「使命」 Mission *DV*
「クロエ」 Chloé *DV*
「牝のペルシア猫」 Chatte persane *DV*
「叡知」 Sagesse *DV*
「至福の島島」 Les Iles bienheureuses *DV*
「英国の或る園の思い出」
Souvenirs d'un jardin d'Angleterre *DV*
「童女の昔」 Quand j'étais une enfant *DV*

堀辰雄訳『続仏蘭西詩集』青磁社、一九四三年
「生けるものと死せるものと」 Tu vis, je bois l'azur *VM*

福永武彦訳『世界詩人全集』第四巻、河出書房、一九五四年
「後の想ひ」 Les Regrets *O*

斉藤磯雄訳『近代フランス詩集』新潮社、一九五四年
「面影」 L'Image *C*
「亡霊たち」 Les Ombres *O*

三井ふたば子訳『少女世界名作全集』第六巻、東西五月社、一九六〇年
「捧げる」 Offrande *E*

矢野峰人訳『世界名詩選』毎日新聞社、一九六一年
「若人に」 Offrande *E*

那須辰造訳『少年少女新世界文学全集』第一八巻、講談社、一九六二年
「春の朝」 Matin de printemps *FE*

岩瀬孝『愛の名詩集』講談社、一九六七年
「若さ」 La Jeunesse *C*

金子美都子訳『フランス女流詩人詩抄』木魂社、一九九一年
「今宵はいつまでも暮れなずむでしょう」
Il fera claire longtamps ce soir *C*
「幻影」 L'Image *C*
「この哀しく強い欲望は」 Pourquoi ce besoin force et triste *PA*
「青春」 Jeunesse *O*
「果樹園」 Le verger *O*

参考文献

キャロリン・ハイルブラン『女の書く自伝』（大杜淑子訳）みすず書房、一九九二年
『女の歴史Ⅳ　十九世紀２』（杉村和子・志賀亮一監訳）藤原書店、一九九六年
『女の歴史Ｖ　二十世紀１』（杉村和子・志賀亮一監訳）藤原書店、一九九八年
フィリップ・ルジェンヌ『フランスの自伝』（小倉孝誠訳）法政大学出版局、一九九五年
シモーヌ・ド・ボーヴォワール『第二の性』（生島遼一訳）新潮文庫、一九七三年
ユキ・デスノス『ユキの思い出』（河盛好蔵訳）美術評論社、一九七九年
ヴァージニア・ウルフ『自分だけの部屋』（川本静子訳）みすず書房、一九八八年
Rene BENJAMIN, *Sous l'œil en fleur de Mme de Noailles*, Librairie des Champs-Elysée, 1993
Jean LARNAC, *Histoire de la littérature féminine en France*, KRA, 1929
Claude MIGNOT-OGLIASTRI, *Anna de Noailles*, Meridiens-Klincksieck, 1986
François BROCHE, *Anna de Noailles— un mystère en pleine lumiére*, Robert Laffont, 1989
Charles DU BOS, *Comtesse de Noailles et le climat du génie*, La table ronde , 1949
Beatrice SLAMA, DE LA 〈LITTÉRATURE FÉMININE〉 A 〈L'ÉCRITURE-FEMME〉, Littérature, no. 44, 1981
Camille AUBAUD, *Lire les Femmes de lettres*, Dunod, 1993
Marthe BORELY, *L'émouvante Destinée d'Anna de Noailles*, Albert, 1939

アンナ・ド・ノアイユ　作品年譜

1901　詩集『数知れぬ心』*Le Cœur innombrable*, Calmann-Lévy/ Helleu, 1918/ Librairie des Champs-Elyées, 1931. / Grasset, 1957.

1902　詩集『日々の影』*L'Ombre des jours*, Calmann-Lévy/ Société du Livre d'Art, 1938.

1903　小説『新しい希望』*La Nouvelle Esperance*, Calmann-Lévy.

1904　小説『感歎に満てる顔』*Le Visage emerveillé*, Calmann-Lévy.

1907　詩集『くるめき』*Les Eblouissements*, Calmann-Lévy.

1905　小説『支配』*La Domination*, Calmann-Lévy.

1913　詩集『生ける者と死せる者』*Les Vivants et les Morts*, Fayard.
散文集『ヨーロッパの岸からアジアの岸へ』*De la rive d'Europe à la rive d'Asie*, Dorbon Aîné.

1920　詩集『永遠の力』*Les Forces éternelles*, Fayard.

1921　詩集『ラドヤード・キップリングへ』*A Rudayard Kipling*, Champion.

1922　演説『ベルギー王立フランス語フランス文学アカデミー入会演説』*Discours à l'Académie royale de langue et littérature françaises de Belgique*, La Renaissance du Livre.

1923　小説集　『無垢の女あるいは女の叡知』*Les Innocentes ou la Sagesse des femmes*, Fayard. /Crès, 1926.

1924　詩集『愛の詩』*Poèmes de l'amour*, Fayard.

1926　散文集『情念と虚栄』*Passions et Vanités*, Crès.

1927　詩集『苦しむ名誉』*L'Honneur de souffrir*, Grasset.

1928　詩集『子供時代の詩』*Poèmes d'enfance*, Grasset.

1930　散文集『正確』*Exactitudes*, Grasset.

1930　詩集『詩抄』*Choix de Poésies*, Fasquelle/ Grasset, 1976.

1932　自伝『わが世の物語』*Le Livre de ma Vie*, Hachette/ Mercure de France, 1976.

1933　詩集『最後の詩』*Derniers Vers*, Grasset.

1934　詩集『最後の詩と子供時代の詩』*Derniers Vers et Poèmes d'enfance*, Grasset.

1946　詩集『十二の詩』*Douze Poèmes*, Calmann-Lévy.

（白土康代作成）

訳者紹介

白土康代（しらつち・やすよ）

大分県別府市出身。1970年九州大学文学部卒業。1979年，九州大学大学院文学研究科博士課程修了。フランス文学専攻。現在，日本文理大学商経学部一般教育助教授。「フランス語」「女性と文化」担当。主な論文に，「見られる人 Annna de Noailles」（日本フランス語フランス文学会『フランス語フランス文学研究』N°. 39, 1981年）「アンナ・ド・ノアイユの『我が生涯の記』について」（日仏女性研究学会『女性空間』14号，1997年）。

わが世の物語——アンナ・ド・ノアイユ自伝

2000年2月25日　初版第1刷発行©

訳　者　白　土　康　代
発行者　藤　原　良　雄
発行所　株式会社　藤　原　書　店

〒162-0041　東京都新宿区早稲田鶴巻町523
電　話　03（5272）0301
ＦＡＸ　03（5272）0450
振　替　00160-4-17013

印刷・平河工業社　製本・河上製本

落丁本・乱丁本はお取替えいたします
定価はカバーに表示してあります

Printed in Japan
ISBN4-89434-166-2

女性たちに歴史があるか？

女性史は可能か

M・ペロー編
杉村和子・志賀亮一監訳

女性たちの「歴史」「文化」「エクリチュール」「記憶」「権力」……とは？女性史をめぐる様々な問題を、〝男女両性間の関係〟を中心軸にすえ、これまでの歴史的視点の本質的転換を迫る初の試み。新しい歴史学による「女性学」の最前線。

四六上製　四四〇頁　**三六八九円**
（在庫僅少）（一九九二年五月刊）
◇4-938661-49-7

UNE HISTOIRE DES FEMMES EST-ELLE POSSIBLE ?
sous la direction de Michelle PERROT

「表象の歴史」の決定版

『女の歴史』別巻1

女のイマージュ

〈図像が語る女の歴史〉

G・デュビィ編
杉村和子・志賀亮一訳

『女の歴史』への入門書としての、カラービジュアル版、「表象」の歴史。古代から現代までの「女性像」の変遷を描ききる。男性の領域だった視覚芸術で女性が表現された様態と、女性がそのイマージュに反応した様を活写。

A4変上製　一九二頁　**九七〇九円**
（一九九四年四月刊）
◇4-938661-91-8

IMAGES DE FEMMES
sous la direction de Georges DUBY

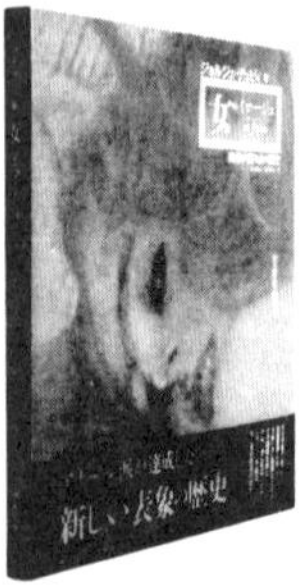

女と男の歴史はなぜ重要か

『女の歴史』別巻2

「女の歴史」を批判する

G・デュビィ、M・ペロー編
小倉和子訳

「女性と歴史」をめぐる根源的な問題系を明らかにする、『女の歴史』（全五巻）の徹底的な「批判」。あらゆる根本問題を孕み、全ての学の真価が問われる場としての「女の歴史」はどうあるべきかを示した、完結記念シンポジウム記録。シャルチエ、ランシエール他。

A5上製　二六四頁　**二九〇〇円**
（一九九六年五月刊）
◇4-89434-040-2

FEMMES ET HISTOIRE
Georges DUBY et Michelle PERROT

全五巻のダイジェスト版

『女の歴史』への誘い

G・デュビィ、M・ペロー他

ブルデュー、ウォーラーステイン、コルバン、シャルチエら、現代社会科学の巨匠と最先端が活写する『女の歴史』の領域横断性。全分野の「知」が合流する、いま最もラディカルな「知の焦点」（女と男の関係の歴史）を簡潔に一望する「女の歴史」の道案内。

A5並製　一四四頁　**九七一円**
（一九九四年七月刊）
◇4-938661-97-7

全く新しいバルザック像

バルザックがおもしろい

鹿島茂、山田登世子

百篇以上にのぼるバルザックの「人間喜劇」から、高度に都市化し、資本主義化した今の日本でこそ理解できる十篇をセレクトした二人が、今日の日本が直面している問題を、既に一六〇年も前に語り尽していたバルザックの知られざる魅力をめぐって熱論！

四六並製　二四〇頁　**予一五〇〇円**

（一九九九年四月刊）

◇4-89434-128-X

文豪、幻の名著

風俗研究

バルザック

山田登世子訳＝解説

文豪バルザックが、一九世紀パリの風俗を、皮肉と諷刺で鮮やかに描いた幻の名著。近代の富と毒を、バルザックの炯眼が鋭く捉える、都市風俗考現学の原点。「優雅な生活論」「歩き方の理論」「近代興奮剤考」ほか。図版多数。〔解説〕「近代の毒と富」（四〇頁）

Ａ５上製　二三二頁　**二八〇〇円**

（一九九二年三月刊）

◇4-938661-46-2

PATHOLOGIE DE LA VIE SOCIAL

BALZAC

写真誕生前の日常百景

タブロー・ド・パリ

画・マルレ／文・ソヴィニー

鹿島茂訳＝解題

国立図書館に一五〇年間眠っていた石版画を、一九世紀史の泰斗が発掘出版。人物・風景・建物ともに微細に描きだした、第一級資料。

厚手中性紙・布表紙箔押・函入

Ｂ４上製　一八四頁　**一一六五〇円**

（一九九三年二月刊）

◇4-938661-65-9

TABLEAUX DE PARIS

Jean-Henri MARLET

初の本格的研究

ガブリエル・フォーレと詩人たち

金原礼子

フランス歌曲の代表的作曲家・フォーレの歌曲と詩人たちをめぐる初の本格的研究。声楽と文学双方の専門家である著者にして初めて成った、類い稀な手法によるフォーレ・ファン座右の書。年表・作品年代表収録。口絵一六頁。

Ａ５上製貼函装　四三二頁　**八五四四円**

（一九九三年二月刊）

◇4-938661-66-7